DEM STURM TROTZEND

DIE MASTER DER SHADOWLANDS-REIHE
BUCH 11

CHERISE SINCLAIR

VanScoy Publishing Group

@ Deutsche Ausgabe: FP Translations; 2025
@ Originalausgabe: *Protecting His Own* by Cherise Sinclair; 2016
Published by VanScoy Publishing Group
ISBN: 978-1-947219-57-1

Dieses Buch enthält explizite Darstellungen sexueller Handlungen und ist nicht für Leser unter 18 Jahren geeignet!

Cover Art: April McMillan

Lektorat: Christian Popp

ANMERKUNG DER AUTORIN

An meine Leser/Leserinnen,

dieses Buch ist reine Fiktion. Und wie in den meisten Romanen wird die Liebesgeschichte in eine sehr, sehr kurze Zeitspanne hineingepresst.

Ihr, meine Lieben, lebt in der wirklichen Welt. Ihr werdet mehr Zeit brauchen als die Romanfiguren. Gute Doms wachsen nicht auf Bäumen und es gibt ein paar sehr seltsame Menschen dort draußen. Wenn ihr auf der Suche nach eurem eigenen Dom seid, hört auf euer Bauchgefühl und seid bitte vorsichtig.

Und wenn ihr ihn findet, dann nehmt zur Kenntnis, dass er nicht eure Gedanken lesen kann. Ja, so beängstigend das auch sein mag, ihr werdet euch ihm öffnen, mit ihm reden und auch ihm zuhören müssen. Teilt eure Hoffnungen und Ängste miteinander. Erzählt ihm, was ihr euch von ihm wünscht und wovor ihr abgrundtiefe Angst habt. Okay, er wird eure Grenzen etwas austesten – er ist schließlich ein Dom –, aber ihr habt ja euer Safeword. Nicht das Safeword vergessen, okay? Und passt auf euch auf. Verhütet. Vertraut euch einer Person in eurem Freundeskreis an. Teilt euch mit, kommuniziert.

Denkt dran: Safe, sane, consensual. (Sicher, vernünftig, einvernehmlich.)

Ich wünsche mir für euch, dass ihr diese besondere Person findet, die euch liebt, die eure Bedürfnisse versteht und euch im Herzen trägt.

Während ihr nach diesem besonderen Menschen Ausschau haltet, könnt ihr Zeit mit den Shadowlands-Mastern verbringen.

Fühlt euch gedrückt,
  Cherise

KAPITEL EINS

„Beff?"

Im Innenhof des Frauenhauses *Der Morgen Gehört Mir* lächelte Beth King den vierjährigen Jungen an. Jedes Mal, wenn er das „th" in ihrem Namen falsch aussprach, schmolz ihr Herz dahin. Kein einziger Gärtner hatte so einen entzückenden Assistenten. „Ja, mein Schatz?"

Er legte einen winzigen Löwenzahn auf den Unkrauthaufen, und seine kleine Stirn lag plötzlich in Falten – Sorgenfalten? „Lamar hat mein Malbuch genommen, aber Grant hat ihn dazu gebracht, es zurückzugeben."

„Ich bin froh, dass Grant da war." Connors Bruder war sieben und hatte es zu seiner Mission gemacht, seinen kleinen Bruder zu beschützen.

„Aber ..." Connor schüttelte den Kopf, um zu zeigen, dass sie nicht verstand. „Lamar mag es nicht, zu malen."

Ah. Das Problem war nicht der versuchte Diebstahl, sondern das unlogische Verhalten. Sie zog ihre Handschuhe aus, um über sein ohrenlanges, dunkelbraunes Haar zu streicheln, und er rieb seinen Kopf vertrauensvoll an ihrer Handfläche. Immer so dankbar für Zuneigung. „Vielleicht hat Lamar gesehen, dass dich

1

Ausmalen glücklich macht, und er hoffte, dass dein Buch auch ihn glücklich machen würde."

Tief in Gedanken versunken verzog Connor das Gesicht. „Nein. Er hasst es, still zu sitzen."

„Er wird es lernen. Die Leute wissen nicht immer, was sie glücklich macht. Nur ist Stehlen ein sicherer Weg ins Unglück."

Wieder sorgenlos kicherte er. „Grant hat geschrien und Lamar ist weggerannt."

„Da hast du es." Ihr Herz war so voll, als sie ihn in ihre Arme zog. Im Frühjahr, als der Junge zum ersten Mal das Frauenhaus in Tampa betreten hatte, hatte er nur selten gesprochen. Jetzt, Mitte Juli, schwatzte er wie eine Elster.

Er erwiderte die Umarmung und flüsterte an ihrem T-Shirt. „Beff? Wir gehen nachhause."

Sie erstarrte. „Heute?"

„Ja. Zurück zu unserem und Jermaines Haus, weil Mama von hier weg muss. Sie sagt, hier treibt sie alles in den Wahnsinn."

„Ich –" Beth räusperte sich. „Es tut mir leid, das zu hören, Schatz." Dass die beiden wieder nachhause gingen, kam nicht völlig überraschend. Jermaine hatte Drusilla McCormick, die Mutter der Jungs und seine Freundin, gebeten, zu ihm zurückzukommen, sobald er die gerichtlich angeordneten Anti-Aggressionskurse absolviert hatte. *Verdammt.* Mit Drusillas Drogenmissbrauch täte sie besser daran, ihn fallen zu lassen und sich neue Freunde zu suchen.

Seit Mai war dies Drusillas zweiter Aufenthalt im Frauenhaus. Die erste Versöhnung mit Jermaine war gelungen, bis es wegen Geld zum Streit kam und er sie krankenhausreif geschlagen hatte. Drogen und Missbrauch – die Kombination ging oft Hand in Hand und wer litt am meisten? Die Kinder.

Bitte, Gott, lass den Aggressionsbewältigungskurs für den Idioten funktioniert haben. Und sorge dafür, dass die beiden nicht rückfällig werden.

Sie legte ihre Wange auf Connors Kopf und schloss die Arme

fester um ihn. Obwohl er immer noch zu dünn war, hatte er im Frauenhaus etwas an Gewicht zugelegt. „Gehst du schon heute Morgen?", fragte sie an dem Kloß in ihrem Hals vorbei.

Er nickte und rieb sein Gesicht an ihrer Schulter.

Verdammt, sie würde ihn und Grant so sehr vermissen.

Wie aus der Luft herbeigezaubert, trat sein großer Bruder in den Hof. „Mama ist bereit zu gehen, Connor."

„Hey, du." Beth streckte ihre Hand aus.

Er zögerte, viel zu zurückhaltend, um wie Connor auf Zuneigung zu drängen. Als sie jedoch ihren Arm um ihn legte, saugte er die Umarmung wie eine nach Regen hungernde Pflanze auf. Seine Mutter war nicht liebevoll. Als das Frauenhaus Grant eine Party zu seinem siebten Geburtstag veranstaltet hatte, kam Drusilla nur lange genug vorbei, um etwas Kuchen zu essen.

Doch nach dem, was Grant sagte, war sie vor dem Tod ihres Ehemannes, der letztes Jahr sein Leben im Irak verloren hatte, eine gute Mutter gewesen. Bevor sie angefangen hatte, Alkohol zu trinken und Meth zu nehmen. Beth konnte sich den Schmerz, einen geliebten Mann zu verlieren, nicht einmal vorstellen; nur der Gedanke allein fühlte sich an, als würde ihr jemand mit dem Messer in die Brust stechen.

Drusilla hatte jedoch zwei Kinder, die ihre Aufmerksamkeit benötigten. Wusste die Frau nicht, welch wertvolle Geschenke sie erhalten hatte? Beth hatte das vergangene Jahr alles versucht, um die Chance auf wenigstens *ein* Kind zu bekommen.

„Beff, wir müssen gehen."

„Ich weiß, Baby." Sie umarmte die Jungen fester und wünschte, sie könnte sie mit einem Schutzschild umgeben. *Was ist, wenn sie in Schwierigkeiten geraten?* Sie sollte ihnen zumindest ihre Telefonnummer geben. Ihr überfürsorglicher Master würde murren, aber er hatte ein so weiches Herz, dass er es verstehen würde. Und er war sowieso nicht hier, um Aufhebens zu machen. „Weißt du, wie man telefoniert, Grant?"

„Klar." Er wartete. Braune Augen in der Farbe von reichhaltiger Milchschokolade waren auf sie gerichtet. Er war der Erstgeborene. Ein knallharter Kerl. Vor nicht allzu langer Zeit hatte er ihr gesagt, es sei seine Aufgabe, seinen kleinen Bruder und seine Mutter zu beschützen.

Als Kind war Nolan wahrscheinlich genau wie er gewesen. Der Gedanke an ihren Mann brachte eine Welle der Einsamkeit mit sich. „Ich gebe dir meine Nummer. Wenn du mich brauchst oder reden willst, rufst du an, okay? Oder du rufst an, damit Connor reden kann."

Connor sprang zustimmend auf und ab. Grant würde nie anrufen, um mit ihr zu plaudern; wie Nolan war er jemand, der handelte und nicht redete. Wenn Grant jedoch wählte, konnte Connor so viel reden, wie er wollte, und sie würde wissen, dass bei ihnen alles in Ordnung war.

Grant überlegte. „Okay."

Beth entließ den Atem, den sie angehalten hatte. „Gut. Meine Nummer ist einfach. 555-1234. Kannst du dir das merken?"

„555-1234", wiederholte er. Zu ihrer Belustigung wiederholte auch Connor die Ziffern in seiner süßen Stimme.

So kluge Kinder. „Perfekt."

Die Mutter der Jungs erschien in der Tür und schob ihr brüchiges blondes Haar über ihre Schultern. „Connor, Grant." Ihre Stimme erinnerte an scharfkantiges Eis. „Bewegt eure Ärsche zu mir. Sofort!"

Beths Augen brannten vor Tränen. „Ich werde euch zwei ganz doll vermissen."

Sie umarmte die Kleinen und hörte die kindlichen Schluchzer, bevor sie sich von ihr lösten und in das Gebäude rannten. Zum Abschied hob die Mutter die Hand und verschwand. Keine langen Abschiede für Drusilla. Natürlich hatte die Frau ihre meiste Freizeit im Frauenhaus damit verbracht, von den Drogen wegzukommen und nicht viele Augenblicke dafür verwenden können, Freunde zu finden.

Mit einem verschwommenen Sichtfeld beobachtete Beth, wie

sich die Tür zum Hof schloss. Oh, sie würde sich nach diesen Jungs sehnen, und Nolan würde es nicht anders ergehen.

Wie viele misshandelte Kinder waren sie im Umgang mit Männern vorsichtig und Beths Master war vernarbt, groß und beängstigend. Er hatte jedoch geduldig daran gearbeitet, das Vertrauen von Grant und Connor zu gewinnen. Am Ende war Grant ihm überallhin gefolgt. Nolans persönlicher schweigsamer, kleiner Schatten.

Bitte sorge dafür, dass ihnen nichts passiert. Beth erhob sich, klopfte Dreck von ihren khakifarbenen Shorts und ging hinein, um ihren Teil zu leisten, dieses Ziel zu erreichen.

Im Büro rief die grauhaarige Sekretärin die Akten der Kinder für sie auf und verzog das Gesicht. „Die armen Kinder. Sieht so aus, dass Clifford E. Price dem Fall zugewiesen wurde. Ich werde dir seine Nummer aufschreiben."

„Ernsthaft? Price?" Beth stieß einen genervten Seufzer aus. Der Mann hätte schon vor mindestens fünf Jahre in den Ruhestand gehen oder ... den Beruf wechseln sollen. Ausgebrannt, gleichgültig, arrogant. Und faul. Als Sachbearbeiter, der lieber Papierkram erledigte, als sich von seinem Arsch zu erheben und seine Fälle vor Ort zu überprüfen, gehörte er Gott sei Dank zu den Ausnahmen im *Department of Children and Families.* Im vergangenen Jahr war sie so oft mit ihm aneinandergeraten, dass sie eine Beschwerde eingereicht und auf eine Versetzung für ihn gehofft hatte. Leider vergeblich.

„Dummerweise. Was für ein Pech für die Kinder, dass sie ausgerechnet ihn bekommen." Die Sekretärin schüttelte enttäuscht den Kopf und schrieb die Telefonnummer auf einen Zettel.

„Sie verdienen etwas Besseres." Beth ging in den Hof und tippte auf dem Weg über den Rasen die Nummer in ihr Handy.

„Department für Kinder und Familien. Price." Er klang so ungeduldig, als hätte sie einen Anruf mit dem Gouverneur unter-

brochen. In Wirklichkeit hatte sie wahrscheinlich seine Zigaret-
tenpause gestört.

„Hier spricht Beth King von dem Frauenhaus *Der Morgen
Gehört Mir*." Als sie zu dem Picknicktisch ging, streifte ihr Arm
die blau blühende Plumbago-Hecke, und sie erinnerte sich, wie
Connor vor Begeisterung über die Schmetterlinge auf und ab
gesprungen war. „Drusilla McCormick und ihre Söhne Grant und
Connor sind auf dem Weg nachhause. Drusillas Freund Jermaine
lebt immer noch bei ihnen."

„McCormick? Warten Sie." Über die Leitung hörte sie, wie er
auf die Tasten einhämmerte. „Hier haben wir es. Laut der Akte
absolvierte Jermaine Hinton seinen Aggressionsbewältigungskurs
und Mrs. McCormick stimmte zu, zurückzukehren. Ich sehe das
Problem nicht."

Kein Personal oder Bewohner war gerade im Hof, also setzte
sich Beth an den Picknicktisch. „Das Problem ist Drusillas
Vergangenheit mit Drogen – Crystal Meth, um genau zu sein. Ihr
Freund hat ein Problem mit Drogen und Gewaltausbrüchen. Die
Kinder sind gefährdet." Warum war die Frau zu ihm zurückgekehrt? Vielleicht hatte sie Angst, obdachlos oder ohne Geld dazu-
stehen. Schließlich schaffte sie es nicht, lange einen Job zu halten.

Mehr Tippen. „Drusilla hat eine Beratung zu Drogenmissbrauch erhalten, als sie in Ihrem Frauenhaus war. Damit wurde
alles abgedeckt, Mrs. King."

Beth biss eine unhöfliche Bemerkung zurück. „Mir geht es
nicht so sehr um die Grundlagen wie um die Kinder. Können Sie
bitte regelmäßig nach ihnen sehen?" Ihre Worte waren, das gab
sie zu, mehr eine Forderung als eine Frage.

Prices Stimme kam nun unterkühlter heraus: „Meine Zeit ist
extrem begrenzt, Mrs. King. Ich werde jedoch versuchen, in den
nächsten Wochen irgendwo einen Anruf einzubauen."

In den nächsten Wochen? *Ein* Anruf? „Ich hatte auf einen
früheren und persönlichen Besuch gehofft. Schließlich ist dies das
zweite Mal, dass die Familie im Frauenhaus war."

„Deshalb war Jermaine gezwungen, den Kurs zu absolvieren."
Sie hörte seine Finger ungeduldig auf den Schreibtisch klopfen.
„Jetzt entschuldigen Sie mich, aber ich muss mich um andere
Dinge kümmern."

Stille.

Beth nahm das Handy von ihrem Ohr und starrte es an. Die
aufgeblasene Kröte eines Mannes hatte aufgelegt. Nun, *okay.*
Wenn die Kinder sie nicht bald anriefen, würde sie einfach ...
zufällig ... in ihrer Nachbarschaft sein und für einen geselligen
Besuch vorbeischauen.

Sie sah auf die Uhr und sprang auf die Füße. Die Direktorin
des Frauenhauses hatte sie gebeten, eine Morgensitzung zu leiten,
da der Psychologe sich krankgemeldet hatte. Da wir es gerade von
unfähigen Personen hatten ... Nur weil sie Geld an das Frauenhaus
spendete, bedeutete das nicht, dass sie etwas über Therapie
wusste.

Sie war eine Gärtnerin, *um Himmels willen.*

Eine Stunde später beendete Beth die Therapiestunde. Es
brach ihr das Herz, von wie vielen Menschen das Leben zerrüttet
wurde – nicht *ruiniert*, denn dieses Wort würde sie nie verwenden.
Dennoch hatten diese Frauen viel zu viel Schmerz und Leid ertra-
gen. Für einige würde die körperliche Genesung lange dauern.
Melodys Wange war von dem kochenden Kaffee vernarbt, den ihr
Mann ihr ins Gesicht geschüttet hatte; Sandras Arm wurde vom
Stiefel ihres Mannes gebrochen, Julis Kehle von den großen
Händen ihres Freundes zerquetscht.

Es war jedoch die mentale Genesung, die am längsten brauchen würde.

Wenn sie ihnen nur helfen könnte, sich selbst so zu sehen, wie
sie wirklich waren – schön, strahlend und einzigartig, jede
einzelne von ihnen. Aber, wie sie nur zu gut wusste, konnten

körperliche und emotionale Misshandlungen das Selbstwertgefühl im Keim ersticken. Vor ein paar Monaten glaubte sie, sich vollständig von ihrem sadistischen ersten Ehemann erholt zu haben. Immerhin war es über drei Jahre her, seit er gestorben war.

Und doch hatte sie den ganzen Sommer gegen die Rückkehr ihres elenden Selbsthasses angekämpft.

Sie schüttelte ihre Sorgen ab, stand auf und lächelte ihre kleine Gruppe an. „Marta sollte morgen zurück sein, also notiert euch heute alle abfälligen Gedanken, die in eurem Kopf festhängen. In der nächsten Sitzung könnt ihr sie teilen und Wege finden, ihnen entgegenzuwirken."

Alle wussten von ihrer Vergangenheit, und sie sammelte Umarmungen, bevor die Frauen auf den Ausgang zugingen. Sie unterhielten sich bereits über die Aufgaben und Therapiestunden für den Nachmittag, als Beth ihre Notizen in ihre Tasche packte. Sie hatte heute noch viel zu tun. Zum einen Landschaftspläne für eine Bank in Carrollwood. Dann würde sie in der Egypt Lake-Nachbarschaft vorbeischauen, wo die Besitzer eines neu gebauten B&Bs einen Vorgarten gestaltet haben wollten.

Als sie aus dem klimatisierten Raum in die schwüle Hitze trat, fühlte sie sich wie ein ungewässertes Veilchen verwelken. Sie hatte schon Saunen betreten, die weniger intensiv waren als der August in Florida.

Die Kinder in dem grasbewachsenen Hof, der von den verschiedenen Gebäuden des Frauenhauses umgeben war, schienen mit der Wärme kein Problem zu haben. Im Sandkasten füllten zwei kichernde Kleinkinder rote Plastikeimer. Ältere Kinder spielten fröhlich auf den Schaukeln und dem Klettergerüst.

Als Beth das Foyer des Verwaltungsgebäudes betrat, entdeckte sie Jessica mit ihrem Baby auf der Hüfte.

„Hey, Beth, ich hatte gehofft, dass wir uns sehen." Ihre Freundin hatte ihre blonden Haare auf dem Kopf zusammengebunden – und zweifellos war ihre vier Monate alte Tochter der Grund, warum das meiste davon verheddert war.

Hinter Jessica stand eine andere Freundin von ihr. Kari hielt die Hand ihres Sohnes und zeigte auf sie. „Schau nur, Zane. Es ist Beth." Das Kleinkind stieß einen hohen Freudenschrei aus und stolperte nach vorn. Jemand wollte eindeutig von ihr in die Arme genommen werden.

So, so süß. Beth konnte nicht anders, als zu denken, dass ein Kind von Nolan wahrscheinlich dunkle Haare wie Zane haben würde – und genauso entzückend wäre. *Bitte gib mir die Chance.* Sie beugte sich vor, um ihren Ausdruck vor neugierigen Blicken zu verbergen, und hob das Kleinkind hoch. „Wer ist ein großer Junge? Wer ist der beste Junge der Welt?"

„Ich, ich, ich!" Seine absolute Gewissheit war bittersüß, denn für die meisten Kinder im Frauenhaus wäre dies nicht die Antwort.

„Genauso ist es." Sie machte mit ihren Lippen ein Furzgeräusch an seinem Hals.

Sein ansteckendes Lachen sorgte bei ihr zu einem Grinsen. Sie setzte ihn auf ihre Hüfte und bot Jessicas Baby einen Finger an. Sophia hatte einen stahlharten Griff, was mit Master Z als Vater nicht verwunderlich war. „Was macht du und Kari hier?"

„Wir haben eine Reihe von Spenden von der letzten Wohltätigkeitsaktion vorbeigebracht." Jessica zeigte auf den Lagerraum.

Sie hatten die Kisten in Karis Garage aufbewahrt, und sie waren riesig. „Ihr habt alles alleine reingeschleppt?"

„Natürlich nicht", antwortete Kari. „Es ist Dans freier Tag und Jessica hat Z zu einer langen Mittagspause überredet. Sie trugen die Kisten und wir haben das Ganze überwacht."

„Natürlich habt ihr das." Wer würde es sonst wagen, Master Z oder Master Dan herumzukommandieren? Die Männer waren zwei der mächtigsten Doms im Shadowlands.

Jessica rollte mit den Augen. „Okay, wir haben ihnen die Türen geöffnet und sie durchgeleitet."

„Also das glaube ich sofort." Als Zane anfing, zu zappeln, setzte Beth ihn ab.

Fröhlich quietschend machte er sich auf den Weg zur Kinderecke, in der drei andere Kinder spielten. Nachdem er sich einen Plüschhund und eine flauschige Katze geschnappt hatte, ließ er sich auf sein Hinterteil fallen und führte einen miauenden Dialog.

„Hör ihn dir nur an." Beth seufzte, als die anderen – sehr stillen – Kinder Zane staunend anstarrten. Es war offensichtlich, dass Zane nie wegen zu viel Lärm geschlagen worden war. „Er ist so glücklich."

„Hey, Freundin." Mit Sophia in den Armen stieß Jessica ihre Schulter gegen Beths. „Denke daran, warum du diesem Frauenhaus geholfen hast – damit andere sicher und glücklich sein können."

„Das stimmt." Beth lächelte und drehte sich um, als sich eine Tür öffnete.

Master Z kam aus dem Abstellraum. „Elizabeth." Die Geschmeidigkeit seiner tiefen Stimme verringerte nicht die Wirkung, die ihr zugrunde lag. Dunkelhaarig, schlank und muskulös schlenderte er durch das Foyer, um sich ihnen anzuschließen. Seine *Ich bin ein Psychologe*-Kleidung hatte er für das Kistenschleppen angepasst: Die Ärmel seines weißen Hemdes waren hochgekrempelt; die silbergraue Krawatte, die zu seinen Augen passte, hatte er gelockert. „Es ist schön, dich zu sehen. Ist Nolan wieder zuhause?"

„Nein. Das Material für das Dach kam verspätet. Auf seiner Postkarte stand, dass er noch eine Woche länger bleiben wird." Warum hatte Sir sich nicht irgendwo mit einem anständigen Empfang als Freiwilliger melden können? Postkarten waren kein Ersatz für eine echte Person. Jeder Tag ohne ihn fühlte sich endlos an. Sie waren in den drei Jahren, in denen sie nun ein Paar waren, nie länger als zwei Tage voneinander getrennt gewesen.

Zs Blick schärfte sich. „Bekommst du etwas Schlaf?"

Der Dom konnte ihr wahrscheinlich jede lange, schlaflose

Nacht ansehen. Ihre helle Haut verbarg sicherlich nicht die dunklen Ringe unter ihren Augen. Leider war es nicht möglich, der Frage eines Masters auszuweichen. „Etwas. Du weißt, wie es ist, wenn man schon eine Weile verheiratet ist. Es ist schwer, allein zu schlafen."

„In der Tat." Sein Blick schwankte nicht. „Nolan wollte dich nicht verlassen – nicht nach der Sache mit Anne."

Im vergangenen Mai hatte ein gewalttätiger Ehemann seine Frau zurückgewollt und Beths Freunde angegriffen, um hinter die Adresse des Frauenhauses zu kommen. Die Frauen hatten den Kampf gewonnen, aber es hatte sie auch erschüttert. Beth war noch nicht einmal dort gewesen und allein davon zu *hören* und sich um die Wunden der Verletzten zu kümmern, hatte alte Erinnerungen wachgerufen. Vielleicht, weil sie genau wusste, wie sich eine Faust ins Gesicht anfühlte.

Sie versuchte, ihre Stimme beschwingt klingen zu lassen. „Ich hatte zuerst ein paar Albträume, aber jetzt fühle ich mich gut." Nur nicht in den Nächten, wenn die Einsamkeit überhandnahm. „Geht ihr heute Abend ins Shadowlands?"

„Oh ja. Wir werden sogar Zeit haben, uns ein bisschen unter die Leute zu mischen und eine Session zu spielen." Jessica entließ ein entzücktes Geräusch. „Linda verbringt den Abend mit Sophia. Um genau zu sein, hat sie verlangt, babysitten zu dürfen, da sie es vermisst, Babys im Haus zu haben."

„Da ihre Kinder jetzt auf dem College sind, überrascht mich das nicht." Beth lächelte das niedliche Baby an. „Und hey, wer würde nicht auf Sophia aufpassen wollen?"

„Hast du das gehört, Kleine? Du bist beliebt." Z hob seine Tochter über den Kopf und sie quietschte vergnügt und strampelte mit ihren winzigen Füßen.

Oh, ich will ein Baby.

Er setzte Sophia in die Kurve seines Arms, bevor er seine Hand auf Beths Schulter legte. „Nolan wird bald wieder zuhause sein, da bin ich mir sicher. Bis dahin möchte ich, dass du mich anrufst, wenn du reden möchtest."

„Mir geht es gut. Wirklich."

„Kari." Dan schloss sich ihnen an und lächelte Beth zu, bevor er zu seiner Frau sagte: „Die Kisten sind gestapelt. Zeit, zu gehen, Süße."

Der kleine Zane ließ die Stofftiere fallen und tapste unsicher durch den Raum zu seinem Vater, der ihn hochhob und seinen Sohn im Kreis schwang. Wie bei Z wurde auch Dans harter Gesichtsausdruck sanft. Die zähen Master des Shadowlands waren Softies, wenn es um ihre Kinder ging.

Nolan wäre wie die beiden, hätte er ein Kind. Er wurde dazu geboren, Vater zu sein, und sollte viele, viele Kinder haben. *Bitte, bitte, bitte.*

Kari umarmte Beth. „Die Lehrer kommen in zwei Wochen für die Planung zusammen, also sollten wir uns davor nochmal treffen, bevor ich mit Schülern überflutet werde."

Wo war der Sommer hin? „Ja, das müssen wir auf jeden Fall tun." Sie sah zu Jessica. „Viel Spaß heute Abend."

Jessica drückte sie. „Nur weil Nolan nicht hier ist, heißt das nicht, dass du nicht im Shadowlands vorbeischauen kannst. Komm früher, sodass wir ein wenig plaudern, Sessions beobachten und Snacks essen können. Okay?"

„Ich ... ja. Okay." Allein zu sein, war schwer. Obwohl ihr Sir für seine stille Art bekannt war, fand sie bereits durch seine bloße Anwesenheit ihren inneren Frieden. War er aber weg, brüllte das Haus vor Einsamkeit. „Ich komme ein bisschen früher." Sie würde auch recht früh gehen, damit Jessica und Z ihre verdiente Spielzeit bekamen.

Als die Gruppe ging, nahm sie ihre Gartengeräte und kehrte in den Innenhof zurück. Sobald sie hier fertig war, würde sie vor ihren Nachmittagsprojekten zu Mittag essen. Wenn sie sich beeilte, hätte sie zuhause genug Zeit, um ein Kundenpaket für den Termin am frühen Morgen zusammenzustellen.

Nachdem sie sich ihre leuchtend blauen Gartenhandschuhe angezogen hatte, kümmerte sie sich um das Unkraut in dem Blumenbeet, bis der Duft von feuchter Erde in der schwülen Luft hing. Leises Donnern übertönte die Geräusche der Kinder, und langsam sickerte wieder Zufriedenheit in ihre Seele. Blumengärten waren eine sichtbare Versicherung dafür, dass die Welt weit mehr Farbe und Schönheit als Schmerz und Hässlichkeit enthielt.

Ihr Handy klingelte.

Ernsthaft? Sie blickte mit finsterer Miene auf ihre schmutzigen Hände. Lauerte ein Dämon in der Nähe und trainierte seine Kohorten? *„Wartet, wartet, ja, jetzt stecken ihre Hände in dreckigen Handschuhen. Zeit für den Anruf!"* Leicht genervt zog sie sich die Handschuhe aus und nahm den Anruf an. „Beth."

„Mrs. King, hier spricht Dr. Thompson." Einer ihrer Fruchtbarkeitsspezialisten.

Ihr Herz rutschte ihr in die Hose. Er würde ihre Ergebnisse haben. „Was haben die Tests gezeigt?"

„Ich würde gerne einen Termin mit Ihnen und Ihrem Ehemann vereinbar –"

„Nein." Ihr Mund trocknete aus. Ärzte teilten gute Nachrichten über das Telefon mit, bestanden jedoch darauf, schlechte Nachrichten persönlich zu überbringen. „Er ist gerade nicht verfügbar." Nolan wusste nicht einmal, dass sie diese Behandlung ausprobiert hatte. „Sagen Sie es mir einfach."

„Mrs. King, es wäre gut –"

„Spucken Sie es aus, Doktor." Ihr krächzender Ton war eindeutig. „Meine Gebärmutterschleimhaut ist immer noch nicht ... dick genug? Sogar mit den Hormonen?"

Sein Seufzer war ein Zugeständnis. Zweifellos sagte er sich, dass sie die Ergebnisse ohnehin bereits erraten hatte, also ... „Ich fürchte, das Endometrium hat nicht so gut reagiert, wie wir gehofft hatten. Es gibt einfach nicht genug für die Implantation."

Oh Gott. Nein. Sie schloss die Augen. Obwohl sie die Antwort kannte, brach die Frage aus ihr heraus: „Was für Möglichkeiten bleiben mir noch? Was kann ich noch tun?"

„Mrs. King." Seine Stimme wurde sanfter. „Beth. Es ist an der Zeit, eine Leihmutter oder eine Adoption in Erwägung zu ziehen."

Die dicke Luft verstopfte ihr die Kehle. Das Lachen der Kinder auf dem Spielplatz klang hart und schrill. „Natürlich." Sie wischte ihr T-Shirt über ihre nassen Wangen. *Dumme Beth.* Andererseits hatte sie gestern ihre Periode bekommen und ihre Emotionen fuhren bereits durch die Hormonspritzen Achterbahn. Deshalb weinte sie. Nicht, weil all ihre Hoffnungen jetzt tot und begraben waren.

Nichts hatte funktioniert.

Anschuldigungen und Wut stiegen auf ... und sie schluckte die Emotionen schnell herunter. Das Mitleid des Arztes strahlte durch das Telefon. Nicht seine Schuld. „Nun, wir wussten, dass die Methode keinen großen Erfolg verspricht."

Er hatte es nicht einmal versuchen wollen, aber sie hatte nicht aufgeben können. Nicht, solange es noch eine Chance gegeben hatte.

„Es tut mir leid, Beth."

Das tat es ihm, das wusste sie. Nur weil er ihre Träume zerschlagen hatte, gab ihr das nicht die Erlaubnis, ihr Unglück an ihm auszulassen. Obwohl sie traurig war, hielt sie ihre Stimme ruhig. „Danke für den Anruf. Ich weiß es zu schätzen, dass Sie mich trotz der schlechten Nachricht nicht haben warten lassen."

Als sie sich verabschiedete und ihr Handy in die Hosentasche schob, musste sie alles geben, um sich auf ihre Atmung zu konzentrieren. *Einatmen. Ausatmen. Einatmen. Ausatmen.* Tränenreiche Zusammenbrüche waren in einem Frauenhaus nicht ungewöhnlich, aber sie war eine Freiwillige, keine Bewohnerin. Keine Überlebende.

Nur, dass sie sehr wohl eine Überlebende war. Eine vernarbte und beschädigte Überlebende.

Verflucht seist du, Kyler. Verflucht sei sie selbst. Weil sie so jung und dumm gewesen war, als sie ihn getroffen hatte, und sie gedacht hatte, sie würde einen Dom heiraten, der sie liebte. Stattdessen hatte sie einen sadistischen Psychopathen bekommen.

Narben prägten ihren Körper, andere ihre Seele. Vielleicht war die schlimmste Wunde der Verlust ihres ungeborenen Babys gewesen. Sie hatte sich immer gefragt, ob er sich an diesem Tag bewusst dafür entschieden hatte, sie zu foltern. Es war zu früh für das Baby gewesen, um zu überleben, und zu spät für eine einfache Fehlgeburt. Als sie auf ihre Finger starrte, kehrte sie zu dem Moment zurück, als etwas in ihr ... auf eine Weise beschädigt wurde und sich Blut zwischen ihren Beinen gesammelt hatte.

Ihre Hände ballten sich im Dreck zu Fäusten, als Trauer sie ergriff – zusammen mit der anhaltenden Scham, dass sie ihr Baby nicht hatte beschützen können.

Nach dem Verlust ihres Babys hatte sie weiter geblutet, und die notwendige Ausschabung der Gebärmutter hatte ein schreckliches Syndrom verursacht. Ihre Gebärmutterschleimhaut war nun so dünn, dass sich kein Ei daran festsetzen konnte. Asherman-Syndrom.

Selbst wenn sie schwanger werden würde, bezweifelten die Ärzte, dass sie das Kind austragen könnte. Nolan hatte nicht gewollt, dass sie es versuchte, hatte sie nicht riskieren wollen. Aber es war *ihre* Gesundheit und *ihr* Leben. Nach vielen Diskussionen hatten sie sich auf einen Kompromiss geeinigt. Er hatte sie bei den medizinischen Behandlungen unterstützt und gleichzeitig den Prozess einer Adoption in die Wege geleitet, dafür Kurse, Inspektionen und Zertifizierungen abgelegt.

Als sie den Vorschlag einer Leihmutter gemacht hatte, der sie ein befruchtetes Ei einsetzen würden, hatte Nolan sich geweigert. Er hatte gute Gründe. Eine Cousine von ihm, die sich als Leihmutter angeboten hatte, war bei der Geburt gestorben. Eine weitere Leihmutter in seinem Bekanntenkreis hatte Selbstmord begangen. Nolan war sich der Risiken einer Schwangerschaft nur allzu bewusst und würde keine Frau bitten, sich dem auszusetzen.

Also keine Leihmutterschaft.

Damit blieb nur Adoption. Da viele Kinder keine Eltern hatten, war für sie und Nolan immer klar gewesen, dass sie adoptieren wollten. Irgendwann. Nur hatte sie ihm zuerst selbst ein Baby geben wollen – ein Kind, das sie zusammen schufen. Um sich selbst zu beweisen, dass sie nicht kaputt war.

Doch das war sie.

Sie legte ihre Wange auf die Knie. Wie konnte sie ihm jemals von diesem Versagen erzählen? Er wusste nicht einmal, dass sie die riskante Behandlung versucht hatte. Das würde ihn wütend machen. Da der Empfang auf seiner Baustelle so miserabel gewesen war, hatte sie ihm die Angelegenheit nicht erklären können. Da er durch verspätete Lieferungen und ungeschulte Arbeiter hohem Stress ausgesetzt gewesen war, hatte sie es nicht ertragen können, seine Sorgen zu verstärken.

Und was hätte sie schon sagen können? Wie sollte ihr Mann ihre Sehnsucht verstehen, dass sie ein Kind für ihn austragen und in den Armen wiegen wollte, ein Baby mit seinen dunklen Augen und der wunderschönen goldbraunen Haut?

Er wollte Kinder. Er war umgeben von Brüdern und Schwestern aufgewachsen und wollte dasselbe für seine eigene Zukunft. Er hatte sein Haus entworfen, um eine große Familie unterzubringen. Nun musste sie ihm sagen, dass sie ihm seinen Traum nicht erfüllen konnte.

Sie musste ihm sagen, dass er sich eine Frau angelacht hatte, die ... unfruchtbar war.

Vielleicht war sie wirklich so wertlos, wie Kyler immer gesagt hatte.

KAPITEL ZWEI

Auf dem Parkplatz des Shadowlands, Tampas exklusivstem BDSM-Club, stellte Nolan King seinen Pick-up ab und öffnete die Tür. Die feuchte Florida-Luft wickelte sich um ihn, presste sein weißes Hemd an seinen Oberkörper und verwandelte seine Jeans in verdammte Folie. Mit einem genervten Grunzen rutschte er aus seinem Auto. Bei der Bewegung pochte seine Schulter, als ob jemand Nägel in seinen Knochen hämmerte.

Fuck. Die langen Stunden im Flugzeug hatten ihm keinen Gefallen getan. Er stemmte sich mit seinem guten Arm gegen den Pick-up und wartete. Der Schmerz würde irgendwann nachlassen ... ebenso wie die Erinnerung daran, wie er sich verletzt hatte.

Der Nachthimmel Floridas wurde von der Mittagssonne ausgelöscht, die alles unter dem afrikanischen Himmelsdach in eine Bratpfanne verwandelt hatte. Der ältere Zimmermann, der mit ihm arbeitete, war abrupt aufgestanden und nach hinten gestolpert. Ein Schritt. Ein weiterer. Nolan war nach vorne gesprungen und hatte versucht, den Mann zu fangen. Jedoch hatte er mit den Fingern nur noch seinen Stiefel gestreift. So nah dran. Leider war der Mann geräuschlos über die Dachkante gestürzt.

Aus dem Gleichgewicht geraten, wäre ihm Nolan fast gefolgt.

17

Rutschen, rutschen. Instinktiv zur Seite gerollt. Durch den unfertigen Teil gefallen und auf einem Balken gelandet. Die Finger bekamen das Holz zu fassen, sein Gewicht hätte ihm beinahe die Schulter aus der Gelenkpfanne gerissen.

Nolan hatte überlebt, aber der alte Mann war tot. Es stellte sich heraus, dass der Sturz ihn nicht getötet hatte – der Herzinfarkt war es gewesen. *Ich hätte ihn nicht retten können.*

Er fühlte sich trotzdem schuldig.

Das Summen eines Autos, das auf der einsamen Landstraße vorbeifuhr, brachte ihn in die Realität zurück, und er schlug die Autotür zu und ging dann auf das dreistöckige Anwesen zu. Zeit, sein Leben wieder in Gang zu bringen – und seine Frau zu finden. Er hatte gehofft, Beth zuhause überraschen zu können, aber sie war nicht dort gewesen. *Du solltest keine Mutmaßungen anstellen, King.* Er hoffte immer noch auf eine Überraschung und hatte Jessica eine Nachricht geschrieben, um zu sehen, ob sie wusste, wo seine Frau war. Und Z hatte geantwortet. Beth war im Shadowlands – und hatte nach Zs Beurteilung gestresst ausgesehen.

Der Gedanke, dass seine Beth etwas anderes als sorglos war, fühlte sich wie ein Tritt in den Magen an. Er hätte sie niemals verlassen dürfen, hätte sich von Raoul nicht überreden lassen sollen, den Bau in einem weniger entwickelten Land zu beaufsichtigen. Er hatte gewusst, dass der Job eine komplizierte Geschichte darstellen würde. Sich auf Freiwillige und eine zusammengestellte Crew mit unzuverlässigen Materialquellen verlassen? *Yeah, nein, dumme Idee.* Es war ein Albtraum gewesen. Sicher, das Klinikgebäude war jetzt fertig und sah gut aus, aber es hatte einen Monat länger gedauert, als er berechnet hatte. Seine eigene Baufirma hier in Tampa hatte gelitten.

Beth hatte gelitten.

Er zog die schwere Eichentür auf und trat ein. Hinter dem Schreibtisch blickte Ben auf. „Hey, King." Der freudige Gesichtsausdruck des Sicherheitsmannes verblasste. „Wird auch Zeit, dass du zurückkommst. Dein Mädchen verkümmert – und du siehst nicht viel besser aus."

„Ich habe mir meine Schulter verletzt. Deshalb bin ich früher zurückgekommen." Was hatte er aber gerade über Beth gesagt? Seine kleine Sub musste wie die Hölle aussehen. Nolan runzelte die Stirn, als die Sorge seine Eingeweide verknotete. „Ist Beth im Club?"

„Ist sie. Sie hat nicht mal Fetischklamotten an."

„Kein gutes Zeichen." Beth liebte es, sich in Fetischklamotten zu kleiden – etwas, das er sehr genoss. Seine zähe kleine Frau besaß nicht viele mädchenhafte Züge, aber er schätzte die wenigen, die sie hatte.

Er musterte Ben für eine Sekunde und bemerkte die entspannte Körperhaltung des Mannes. In einer Beziehung zu sein, war gut für ihn. „Wie geht es deiner Mistress?"

„War ein langer Tag für sie, also ist sie zuhause geblieben und lässt es ruhig angehen." Ben tätschelte seinen flachen Bauch und grinste. „Sie zeigt endlich einen Babybauch. Es ist verdammt niedlich, wenn sie sich Sorgen darüber macht, wie ihre Kleidung jetzt sitzt."

„Ich würde Geld bezahlen, um das zu sehen. Grüß sie von mir." Als Mistress Anne, pensionierte Marine, ehemalige Kopfgeldjägerin und die berüchtigtste Sadistin im Shadowlands schwanger wurde, waren alle amüsiert – und erfreut – gewesen. Er verabschiedete sich von Ben und ging in den Club.

Im Hauptraum, in dem das Lied *Heartworms* von Coil mit der kratzigen Stimme und dem brutalen Rhythmus über seine Haut kratzte, hielt Nolan King inne, um seinen Augen zu erlauben, sich an das düstere Licht der schmiedeeisernen Wandleuchter zu gewöhnen. Gutes Publikum heute Abend. Der Clubraum umfasste im Anwesen den größten Teil des Erdgeschosses, und jeder Sessionbereich entlang des Raumes war in Benutzung.

In der rechten Ecke tanzten die Mitglieder auf der kleinen Tanzfläche in ausgefallener Latex- und Lederausrüstung gepaart mit der klassischen Auswahl an nackten Ärschen. In einem abgesperrten Bereich mit der Spanking-Bank schlug eine Domina eine wimmernde, unterwürfige Blondine mit einem Paddel. Unregelmäßige Schreie von weiter weg kamen wahrscheinlich von jemandem, der mit einem Rohrstock bearbeitet wurde.

Auf der linken Seite befand sich die Ecke mit den Snacks und zusätzlichen Tischen und Stühlen. Keine Beth.

In der Mitte des Raumes hatten ledige Subs einen Sitzbereich, in dem sie Zeit miteinander verbringen konnten. Keine Beth.

Doms und ihre Subs sammelten sich oft an der massiven ovalen Bar, die von Cullen und seiner Sub Andrea gemanagt wurde. Jemand dort würde zweifellos wissen, wo sich sein kleines Häschen verschanzt hatte.

„Hey, willkommen zuhause, Kumpel." Cullens Stimme ertönte, als er einen langen Arm über die Bar streckte, um Nolans Hand zu greifen. „Ich dachte schon, dass du gar nicht mehr zurückkommst."

„Langsam habe ich auch daran gezweifelt." Nolan nahm ein Corona von Andrea entgegen. Kaltes Bier – eine der schönsten Freuden des Lebens, die er in letzter Zeit wirklich vermisst hatte. Mit seiner Frau Liebe zu machen, war eine andere. „Wo ist meine Frau?"

Vor drei Jahren war *Frau* nur ein Wort mit vier Buchstaben gewesen; Beth hatte das Wort in eines verwandelt, das einem Wunder gleichkam.

„Sie und Jessica wollten sich ansehen, wie Vance und Galen zusammen toppen." Cullen zeigte zum anderen Ende des Raumes. „Gut, dass du zurück bist. Beth sieht nicht gut aus."

„Ja, das ist mir auch schon zu Ohren gekommen." Nolans Mund spannte sich an. Wahrscheinlich hatte sie Albträume von diesen beschissenen Arschlöchern, die in Annes Haus eingebrochen waren. Gott sei Dank war Beth nicht vor Ort gewesen. Kim hatte ein paar Flashbacks von dem Angriff erlitten, aber Raoul, ihr Dom, hatte ihr damit geholfen.

Nolan war nicht da gewesen, um Beth zu helfen.

Cullens buschige, braune Augenbrauen zogen sich zusammen. „Du siehst fast so schlecht aus wie sie. Alles okay?"

„Geht schon. Meine Schulter ist nur etwas angeschlagen."

Als er nach hinten ging, wurde er von verschiedenen Mitgliedern begrüßt. Er entdeckte hier und da andere Master und Mistresses. Olivia zeigte sich mit einer neuen Sub – diesmal mit einer Blondine. Jake hatte Rainie an ein Andreaskreuz gefesselt und passte die Beleuchtung an, um ihre bunten Tattoos in Szene zu setzen.

In der Aufseherweste mit den goldenen Akzenten beobachtete Dan einen Neuling, der versuchte, eine hübsche Brünette auszupeitschen. Nach dem unzufriedenen Gesichtsausdruck des Polizisten zu urteilen, würde er ihm bald die Peitsche wegnehmen und den jungen Dom nachhause schicken, um zunächst an einem Kissen zu üben.

Im hinteren Teil hatte Z einen überdimensionalen Bereich für die Peitschen-Enthusiasten abgesperrt. Ketten von einem freiliegenden Deckenbalken hielten Sallys Arme über ihrem Kopf. Vor der Brünetten stand Vance, der ihre Brüste mit einer kleinen Hirschhautpeitsche neckte. Hinter ihr benutzte Galen eine Peitsche an ihrem Rücken und ihrem Arsch.

So wie ihr Kopf auf ihrem erhobenen Arm ruhte, war Sally tief im Subspace. Nicht besonders überraschend. Die beiden Doms waren verdammt gut darin, ihre unterwürfige Frau als Team zu toppen.

Nolan ließ den Blick über die Sitzmöglichkeiten schweifen … und fand Beth und Jessica. Er stellte sein unvollendetes Bier auf einen Tisch, damit die Mitarbeiter es mitnehmen konnten, verschränkte die Arme vor seiner Brust – zuckte bei dem Ziehen in seiner Schulter zusammen – und musterte seine Frau.

In einer Ecke des Ledersofas kauernd saß seine kleine Sub in einer Jeans und einem schlichten weißen T-Shirt. Kein Make-up. Ihr langes, rotbraunes Haar wurde mit einem Haargummi zurück-

21

gehalten. *Gott*, selbst zum Unkrautjäten bemühte sie sich sonst mit ihrem Erscheinungsbild mehr.

Als sie zusammenzuckte, weil bei einer Session in der Nähe jemand schrie, wusste Nolan, dass sie Hilfe brauchte. Und doch hatte sie die wenigen Male, die sie es in den letzten Wochen geschafft hatten, zu reden, darauf bestanden, dass es ihr gut ging.

Sie hatte ihn angelogen.

Während diese unangenehme Tatsache bei ihm ankam, sah sie sich im Raum um. Ihr Blick schweifte an ihm vorbei, stoppte und kehrte zu ihm zurück. Ihre Hand hob sich zu ihrem Mund. „Master?" Und dann rannte sie auch schon durch den Raum und knallte so heftig in ihn hinein, dass er auf seinen Fersen zurückschaukelte.

Zum Teufel, das schmerzte.

Es war ihm egal.

Er schlang seine Arme um sie und zog sie enger an sich. *Endlich.*

„Du bist hier!" Sie drückte ihn mit zu dünnen, aber wunderschön muskulösen Armen, und er senkte den Kopf, sodass er ihren Erdbeer-Zitronen-Duft einatmen konnte. Sein eigener süßer Leckerbissen.

Ihre Lippen waren weich und nachgiebig, als sie sich so eng an ihn presste, dass sie regelrecht mit ihm verschmolz. *Verdammt*, er hatte sie vermisst.

Als sich Schritte entfernten, wurde ihm klar, dass Jessica sie taktvoll ihrer Wiedervereinigung überlassen hatte.

Schließlich zog er sich zurück ... und runzelte die Stirn. Seine Freunde hatten es auf den Punkt gebracht. Obwohl Beths Gesicht vor Aufregung errötet war, zeigten sich die dunklen Ringe deutlich unter ihren Augen.

Ohne seine Musterung zu bemerken, tätschelte sie seinen kurzen Bart. „Was ist das? Ich habe dich fast nicht erkannt."

„Als ich nachhause kam, habe ich mir nicht die Zeit genommen, mich zu rasieren." Mit seiner uramerikanischen Abstammung konnte er nicht besonders viel Gesichtsbehaarung hervorbringen. Sich auf der Baustelle zu rasieren, war die Mühe also nicht wert, wenn es ohnehin bei Stoppeln blieb.

Sie fuhr über seinen Bart. „Ich mag es irgendwie", murmelte sie.

„Für dich lasse ich das Unkraut noch einen Tag unberührt."

Ihre Hand hielt inne und sie runzelte die Stirn. „Du siehst schrecklich müde aus, mein Master."

„Langer Flug." Als er mit einem Finger über ihre Wange fuhr, bemerkte er, wie der Knochen ausgeprägter schien, und er neigte ihr Gesicht nach oben. Sie war immer schlank gewesen, aber sie hatte in letzter Zeit weitere Kilos verloren. Das konnte sie sich nicht leisten. Besorgnis war in seiner Stimme zu hören: „Kleines Häschen, was ist los? Du siehst furchtbar aus. Wie viel Gewicht hast du verloren?"

Als sie zusammenzuckte, wurde ihm bewusst, dass er das sensible Thema anders hätte ansprechen können. Das Problem war nur, dass sie, wenn es ihnen gelang, sich am Telefon zu unterhalten, auf seine Frage, ob es ihr gut ging, stets geantwortet hatte: *Alles prima. Keine Probleme.*

„Es geht mir gut." Sie hob trotzig das Kinn. „Draußen zu arbeiten, wenn es so heiß ist, raubt mir den Appetit."

„Tatsächlich?" *Und das wäre Lüge Nummer ... wer wusste das schon.* Sie häufte sie mittlerweile an. Er würde ihr den Arsch versohlen, aber ihr fehlte es momentan an Polsterung, um die Schläge gut wegzustecken. „Anstatt einer Session füttere ich dich besser."

„Ich ... Okay." Ihre Augen hielten Enttäuschung – und Erleichterung – bereit.

Erleichterung? Seine Augen verengten sich. Zuerst würde er dafür sorgen, dass sie etwas aß, und dann würde er sie nachhause bringen, um das erleuchtende Gespräch zu führen, das mehr als überfällig war. Ein langes Gespräch, eines, bei dem sie erregt und kurz vor einem Orgasmus stehen würde. Am Telefon war es ihr vielleicht gelungen, seinen Fragen auszuweichen, aber ihr Körper konnte ihn nicht anlügen.

Er legte einen Arm um sie und führte sie zur Bar.

Er war *hier*. Ihr Ehemann und Master. Ihr Leben.

Doch selbst als Beths Herz vor Glück tanzte, meldeten sich ihre Sorgen. Weil Nolan, müde oder nicht, verheerend attraktiv war. Im Laufe des Sommers hatte sich seine Haut verdunkelt. Seine Arme waren muskulöser und seine Schultern waren noch breiter geworden. In seinen Postkarten hatte er erwähnt, dass er neben der Überwachung des Projektes auch selbst Hand angelegt hatte.

Ein Lederband hielt sein schulterlanges, glattes schwarzes Haar zurück. Mit den Stoppeln, dem schwarzen T-Shirt und der ebenso farbenen Jeans sah er aus wie ein dunkler Krieger. Ein tödlicher Krieger.

Und sie sah *furchtbar* aus.

Es stimmte. *Verdammt.* Und er mochte keine mageren Frauen. Subs redeten immer über die Doms, besonders über die Shadowlands-Master, also hatte sie im Laufe der Jahre jedes noch so kleine Detail über Nolan gehört. Wie die Tatsache, dass die zahlreichen Frauen vor ihr üppig und kurvig, mit großen Brüsten und weiten Hüften gewesen waren – alles, was sie nicht war. Ihr Gewichtsverlust machte es noch schlimmer. Anstelle einer Fruchtbarkeitsgöttin verkörperte sie einen felsigen Bergrücken, unwillkommen und trocken. Unfruchtbar.

Nein, hör auf damit. Sie war noch nie üppig und kurvig gewesen und er liebte sie trotzdem. Jetzt, da er zuhause war, würde sie das Gewicht wieder zulegen, das sie verloren hatte.

Sie konnte jedoch nie die Hoffnung wiedererlangen, seine Babys für ihn auszutragen, und Trauer war ein grausamer Wind, bei dem brüchiges Gras keine Chance hatte. *Nein. Nicht jetzt.* Ihr Nolan war zuhause. Mit einem Kopfschütteln, um die Verzweiflung zu vertreiben, fuhr sie mit den Händen über seine Brust, nur um sich seiner Realität zu versichern.

Er zuckte zusammen.

Schockiert trat sie zurück. Die helleren Lichter des Barbereichs zeigten harte Linien um seinen Mund. Seine Augen waren müde ... und ruhelos. Sie legte ihre Hand auf seinen Arm. „Nolan, was ist los?"

Sein rechter Mundwinkel hob sich. „Darüber können wir später reden. Zuerst" − sein Ton hielt die Härte eines Befehls − „möchte ich, dass du dir einen Teller mit Essen holst. Wenn es nicht so viel ist, wie du meiner Meinung nach haben solltest, werden wir das Thema ausführlicher besprechen."

Ein Schauer jagte durch sie. Oh, sie hatte die Autorität in seiner tiefen Stimme vermisst. *Ich habe ihn vermisst.* „Ja, Master." Ihre Stimme kam heiser heraus und die Falten neben seinen Augen vertieften sich.

„Sobald du etwas gegessen hast, bringe ich dich nachhause, wo wir reden werden und ich mir überlege, in welchen Positionen ich dich die ganze Nacht ficken soll."

Die Art und Weise, wie sich seine schwarzen Augen in geschmolzene Lava verwandelten, machte sie feucht. Dann erinnerte sie sich jedoch an etwas und biss sich auf die Unterlippe. „Ich ... es ist die Zeit im Monat."

Enttäuschung trübte seinen Blick. „Verdammt. Deine Periode? Habe ich den Überblick verloren?"

Das hatte er nicht. Sie war wegen der Hormonbehandlungen nicht länger in ihrem normalen Rhythmus. „Es tut mir leid." Wenn sie ihre Tage hatte, war alles da unten immer zu empfindlich, und auf diese Weise wollte er ihr nicht wehtun.

„Mir tut es auch leid, Süße."

Sie leckte sich über ihre Lippen und dachte über Alternativen nach, wie ihm einen Blowjob zu geben und sich der schieren Intimität des Küssens und des Leckens seines dicken Schwanzes hinzugeben. „Stattdessen könnte ich vielleicht ..."

„Mmm." Er fuhr mit dem Daumen über ihre Unterlippe, als würde er erwägen, ihren Mund sinnvoll zu nutzen, aber dann fiel sein Blick auf ihre dunklen Augenringe. „Du brauchst eine schlafreiche Nacht, denke ich."

Selbst mit der Freude über seine Rückkehr konnte sie die Müdigkeit in ihren Gliedern nicht leugnen. Natürlich war ihm dies nicht entgangen.

Auch er war erschöpft. Sie hob ihre Hand, ahmte seine Geste nach und berührte die dunklen Ringe unter seinen Augen, die sich trotz seiner goldbraunen Haut zeigten. Seltsam. Normalerweise laugte ihn rein gar nichts aus. „Du auch."

„Ja, da liegst du nicht falsch. Hol dir jetzt erstmal etwas zu essen, damit du für den morgigen Tag genug Kraft hast." Als er sich abwandte, bemerkte sie, wie steif er sich bewegte. Er lehnte sich an die Bar, zuckte zusammen und drückte sogleich die Schultern durch.

Das war mehr als Erschöpfung. „Du hast Schmerzen. Was ist passiert?"

„Es ist nur meine Schulter."

Nur? Mehr als nur. Wenn er sich verletzte, scherzte er meist darüber, und sah nicht so unstet aus. „Ich denke, du verschweigst mir etwas."

Sein Achselzucken tat ihm offensichtlich weh, und die Linien neben seinem Mund vertieften sich. Ihr Name kam knurrend heraus: „Beth."

Sie stemmte die Hände auf ihre Hüften und blickte ihn finster an. „Nolan."

Seine Lippen zuckten. „Das Häschen nimmt es mit dem Löwen auf."

Sie wartete. Er hatte ihr beigebracht, wie effektiv Schweigen sein konnte.

„Verdammt. Ich dachte, die kleinen Häschen sollten schüchtern sein, nicht widerspenstig." Müdigkeit verstärkte seinen texanischen Dialekt. Nach einer Sekunde seufzte er und gab nach.

„Wir waren auf dem Dach. Eines meiner Crewmitglieder hatte einen Herzinfarkt. Ich versuchte, ihn zu packen. Erfolglos."

Das eine Wort enthielt eine Fülle von Wut und Reue. Vorsichtig legte sie ihre Arme um ihn. „Oh, Baby. Ist er schwer verletzt?"

„Er hat den Herzinfarkt nicht überlebt."

Oh Gott. „Oh, nein. Das tut mir leid. So, so leid." Sie legte ihre Hände auf seinen Rücken und versuchte, Trost zu spenden, da es keine Möglichkeit für sie gab, diese Art von Schmerz zu beheben. Natürlich litt er; ihr Dom war schließlich der Überzeugung, er müsste alle retten. „Es gibt nichts, was du gegen einen Herzinfarkt hättest tun können – und doch fühlst du dich immer noch schuldig, oder?"

Sein Schweigen beantwortete ihre Frage. Sie stand ruhig da, umarmte ihn, ihr Gesicht an seine Brust geschmiegt, und nach einer Minute legte er seine Wange auf ihren Kopf und nahm ihren Trost an.

Ihm helfen zu können – auf welche Weise auch immer –, bereitete ihr Freude. „Du wurdest also verletzt?"

„Ja. Ich bin gefallen, konnte mich aber an einem Balken abfangen und habe mir bei der Bewegung die Schulter verletzt."

„An einem Balken abgefangen." Wie nahe war er einem verhängnisvollen Sturz gekommen? Ihr Herz setzte einen Schlag aus, als die schockierende Erinnerung ihre Haut kühlte. Er hätte dort sterben können. Ohne sie. Sie schob ihre erste Reaktion von sich – ihn anzuschreien – und ihre zweite – in Tränen auszubrechen – und konzentrierte sich darauf, ihn zu halten, bis sie spürte, wie sich seine angespannten Muskeln lösten. Gott sei Dank war er zuhause, wo sie auf ihn aufpassen konnte. „Ich bin so froh, dass es dir gut geht."

„Ich auch." Schließlich küsste er sie auf den Kopf, zog sich zurück und tippte ihr auf die Nase. „Geh jetzt. Hol dir etwas zu essen, bevor du ganz verschwindest."

„Ja, Sir."

Sie legte sich ein Sandwich auf den Teller, fügte ein Stück von Nolans liebsten Erdnussbutter-Käsekuchen hinzu und erkannte, dass sie tatsächlich ... Hunger empfand. Als sie zu ihm zurückging, fühlte sie sich leichter. Nach dem Essen könnten sie –

Sie hielt abrupt an.

Ihr Master – ihr Ehemann – umarmte eine Frau.

Als sie sich aus der Umarmung lösten, wurde Beths Glück an den Wurzeln herausgerissen. Die Frau war ein wandelndes, sprechendes Beispiel für Fruchtbarkeit. Etwa einen Meter siebzig und kurvenreich. Ihr rotes Korsett stellte ihre großen Brüste in Szene, und ihre farblich passenden Stilettos waren so sexy, dass Ben ihr erlaubt hatte, sie anzulassen. Eine dicke Mähne aus mahagonifarbenen Haaren ergoss sich über ihren Rücken. Ihr schweres Make-up akzentuierte große, dunkelbraune Augen und pralle Lippen.

Irgendwo fehlte einem *Playboy*-Magazin die mittlere Doppelseite.

„Alyssa, es ist schön, dich zu sehen." Nolan hielt immer noch die Hände der Frau.

Angst sickerte wie kalter Nebel in Beths Gedanken, als er fortfuhr: „Wie lange ist es her? Fünf Jahre?"

„Sechs. Wir sind vor sechs Jahren nach New York gezogen." Alyssas Lippen bebten. „Letzten Monat hat mir m-mein Master das Halsband a-abgenommen."

„Ah, verdammt, das tut mir le –"

„Hey, Beth", rief Cullen von der Bar. „Wie ich sehe, hat dich Nolan gefunden."

Als sie Cullen ein wackeliges Lächeln schenkte, drehte sich Sir um und sah sie. Er ließ Alyssa los und streckte seine Hand nach ihr aus. Beth fühlte sich dürr und hässlich, ließ sich aber von ihm nach vorne ziehen. „Beth, das ist Alyssa. Sie war hier früher ein Mitglied."

Von der verschlingenden – und vertrauten – Art, wie die Frau Nolan ansah, hatte sie mit ihm Sessions gespielt. Und sie hatte es genossen. Zudem hatte sie erst kürzlich ihren Dom verloren. Neben Mitgefühl spürte Beth Unbehagen aufkeimen.

„Alyssa, das ist meine Frau Beth."

„*Frau?*" Alyssas rote Wangen zeigten, dass ihr bewusst war, wie unhöflich ihre ungläubig klingende Reaktion gewesen war. „Äh, Glückwunsch, Master Nolan. Es freut mich, dich kennenzulernen, Beth."

Wenn Beth sich vor Eifersucht gelb färbte, dann war das eben so. „Es freut mich auch."

Nolan warf einen Blick auf den Teller mit Essen, den Beth hielt, und nickte zustimmend, bevor er sich das Stück Käsekuchen schnappte. „Danke, Süße."

Sein zufriedenes Summen hätte ihr vielleicht Wärme geschenkt, wenn sich die Kälte nicht bereits durch ihre Abwehr gesprengt hätte. „Gern geschehen, Sir."

Er nahm ihr den Teller ab und streckte sich, um ihn auf die Theke zu stellen und … zuckte zusammen.

„Böser Master." Stirnrunzelnd nahm Beth ihm den Teller ab. „Hör auf, deinen Arm zu benutzen."

Er schnaubte.

„Geht es dir gut, Master Nolan?", fragte Alyssa in einem sanften Ton.

„Ich habe mir bei der Arbeit die Schulter verletzt."

„Erlaubst du mir, dass ich mir das ansehe, Sir?"

„Sicher."

Alyssa fuhr mit den Fingern über Nolans Bizeps, seine Schulter und tastete ihn sanft ab. „Es ist geschwollen und verspannt. Es wäre mir eine Freude, daran zu arbeiten, wenn du damit einverstanden bist."

„Daran arbeiten?", fragte Beth vorsichtig.

„Ich bin Physiotherapeutin. Ich kann dafür sorgen, dass sich die Muskeln lockern und so alles schneller verheilt."

Nolan lehnte sich an die Bar. „Bist du nicht hier, um Urlaub zu machen und dich auszuruhen?"

„Nein. Ich bin für ein Seminar hier." Alyssas Augen füllten sich mit Tränen. „Ich musste eine Weile aus New York raus."

Frisches Mitgefühl zerrte an Beths Herz. Sie konnte sich keine Welt ohne Nolan darin vorstellen. „Das tut mir so leid, Alyssa."

„Danke." Alyssa wandte sich an Nolan, und ein verzweifeltes Bedürfnis mischte sich in ihre Stimme. „*Bitte*, Master Nolan. Ich vermisse es, dienen zu können."

Er schüttelte den Kopf. „Nein. Ich denke nicht, dass das –"

„Ich finde, das ist eine ausgezeichnete Idee." Beth musste die Worte rauspressen. Sir hatte Schmerzen, und wenn eine *Physiotherapeutin* ihm befahl, es ruhig anzugehen, würde er vielleicht hören und es mit seiner Schulter nicht übertreiben. „Wenn die Physio hilft, solltest du es tun, Master."

Sein Stirnrunzeln glättete sich und er fuhr mit einem Finger über Beths Wange. „Ich habe deine autoritären Anfälle vermisst."

Die Wärme in seinem Blick sank tief in sie hinein und die eisige Sorge schmolz dahin.

Er drehte sich zu Alyssa und nickte. „Ich würde mich über die Hilfe freuen."

„Wundervoll." Das Gesicht der Therapeutin hellte sich auf. „Wohnst du immer noch am selben Ort?"

Beth erstarrte. Diese Sub war im Haus gewesen? In dem Haus, das sie mit Sir teilte? Wie grober Sand kratzte die Angst über ihre Nervenenden.

„Ja", sagte Nolan.

„Morgen ist Sonntag. Wie wäre es, wenn ich vorbeikomme und mal nach der Schulter sehe?", fragte Alyssa. „Zumindest kann ich dir ein paar Übungen zeigen, um zu verhindern, dass der Bereich starr wird."

„Klingt gut." Er drehte Beth zur Bar und tippte auf den Teller. „Alles aufessen, Süße. Cullen, könntest du ihr ein Glas Milch bringen?"

Beth runzelte die Stirn. „Ich brauche kein –"

„Doch, das tust du." Nolans feste Stimme ließ ihren Protest verstummen.

Verdammt. Ihr Appetit war wieder verschwunden, aber wenn sie nicht aß, wäre er unzufrieden mit ihr.

„Es war schön, dich kennenzulernen, Beth." Alyssa warf Sir einen flüchtigen Blick zu, der vor Sehnsucht nur so schrie. „Master Nolan, wir sehen uns morgen." Als sie mit gesenktem Kopf davon lief, anmutig und lieblich in ihrer unterwürfigen Haltung, drehte sich jeder Dom an der Bar um und beobachtete sie.

Mit einem angeekelten Stöhnen hob Beth ihr Sandwich auf und sah es finster an. Physiotherapie war eine ausgezeichnete Idee – aber warum konnte Alyssa kein Mann sein?

***

Fuck, **es war** schön, zuhause zu sein. Nolan folgte seiner Frau ins Haus und atmete den schwachen Duft der Zimtkerzen ein, die sie so gerne anzündete. Wie immer war alles makellos. Zwischen seiner Haushälterin und Beths eigenen Vorstellungen von Sauberkeit überlebte kein Durcheinander lange.

Sie blieb im Foyer stehen. „Kann ich dir etwas zu essen machen? Oder dir ein Bier holen?"

„Nein." Er schloss die Tür, stellte das Sicherheitssystem ein und legte eine Hand auf ihren Bauch. Er fühlte sich mehr konkav als konvex an, und seine Sorgen meldeten sich erneut. Er hätte sie nie verlassen dürfen. Schuldgefühle fügten seiner ohnehin schon rauen Stimme eine gewisse Härte hinzu. „Was ich will, bist du in meinen Armen, und zwar neben mir in unserem Bett."

Er hatte nicht bemerkt, wie angespannt sie war, bis er sah, wie sich ihre Muskeln lösten. *Zur Hölle nochmal*, Erschöpfung und Schmerz hatten ihn aus der Bahn geworfen. Ihm entging zu viel. Die Zeit, in der sie voneinander getrennt waren, trug zu dem Problem bei und alles fühlte sich zwischen ihnen merkwürdig an.

Sie zögerte und zeigte sich verunsichert. Dies war jedoch nicht der Moment, um nachzuhaken, was sie beschäftigte. Dafür müsste er aufmerksamer sein. Nicht halbtot.

Er beugte sich vor, um sie in seine Arme zu heben, erkannte aber rechtzeitig, dass er sie nicht tragen konnte. Seine Schulter pochte bereits wie ein Hurensohn. *Fuck.* Mit einem Anflug von Verzweiflung legte er einen Arm um sie und lenkte sie quer durch das Haus in die Master-Suite.

Das kleine Nachtlicht beleuchtete die goldenen Wände und formte Schatten an der Holzdecke. Seine Stiefel polterten über den Holzboden, und das Geräusch verschwand, als er den orientalischen Teppich am Fuße des Kingsize-Himmelbettes betrat. Das kunstvoll geschnitzte Kopfteil hatte einst Bondage-Ketten aufgewiesen, jedoch hatte er, bevor er den Prozess mit der Adoption und den Pflegeeltern eingeleitet hatte, den Kerkerraum zusammen mit jeder sichtbaren BDSM-Ausrüstung in den Ruhestand versetzt.

Es spielte ohnehin keine Rolle. Heute Abend wollte er keine Fesseln.

Für den Moment musste er seine Frau halten, um die Verbindung zwischen ihnen aufzufrischen. Er wollte lediglich die Intimität zurückhaben, die entstand, wenn ein Paar das Bett teilte. *Verdammt*, er hatte sie vermisst.

Es gab Zeiten, in denen er sich fragte, wie abrupt er sich von einem Mann mit einer breiten Vielfalt an Frauen zu einem verheirateten Mann gewandelt hatte, der nicht glücklicher sein könnte, eine Frau in seinem Leben zu haben.

Was half, war, dass diese Frau Beth war. *Seine Beth.*

KAPITEL DREI

Am nächsten Morgen erkannte Nolan, dass er allein im Bett war. Als er sich aufsetzte, quietschte seine angeschlagene Schulter wie eine Tür, die dringend geölt werden musste. Er unterdrückte ein Stöhnen und massierte die Unbeweglichkeit heraus, während er nach Beth lauschte.

Das Haus war leise.

Weil sie nicht zuhause war.

Richtig.

Gestern Abend, als sie sich an ihn gekuschelt und über ihre Arbeit gesprochen hatte, war zur Sprache gekommen, dass sie am frühen Sonntagmorgen einen Termin mit einem neuen Kunden hatte. *Verdammt*, er war sich ziemlich sicher, dass er weggenickt war, als sie noch geredet hatte.

Er hatte sie nicht mal gehen hören. Trotz seiner schmerzenden Schulter hatte er wie ein Stein geschlafen. Seit der alte Mann gestorben war, war dies die erste Nacht gewesen, in der er durchgeschlafen hatte. Anscheinend sehnte sich sein Unterbewusstsein danach, Beth neben sich im Bett zu haben.

Es war wirklich ein langer Sommer gewesen. Er rieb sich mit

der Hand über das Gesicht. In Zukunft würde er darauf achten, derartige Projekte kurz zu halten. Für sie beide.

Nachdem er seine Jeans angezogen hatte, die neben dem Bett auf dem Boden lag, ging er in die Küche. Er sollte besser etwas Kaffee trinken, sonst würde er dem kleinen Häschen den Kopf abbeißen, wenn sie so beschwingt wie sonst durch die Tür käme.

Aber würde sie das? Als er eine Kapsel in die Kaffeemaschine steckte, runzelte er die Stirn. Im Shadowlands war ihre überschwängliche Freude schnell verblasst. Im Bett hatte es sich gut angefühlt, sie in seinen Armen zu halten, sie jedoch war immer noch ... zurückhaltend gewesen. Der Bund zwischen ihnen hatte sich verändert.

Durch seine Erschöpfung und die Schmerzen in seiner Schulter fiel es ihm schwer, ihre Körpersprache zu deuten. Es war klug gewesen, sie erstmal nicht um Antworten zu drängen. Jetzt war er jedoch daheim und auf dem Weg der Besserung. Was auch immer ihre Beziehung durcheinanderbrachte, musste geklärt werden.

Dafür würde er schon sorgen.

Grant McCormick öffnete die Schlafzimmertür weit genug, um zu hören, was im Haus geschah. Er war wirklich hungrig und Connor auch. Sie hatten gestern nach dem Verlassen des Frauenhauses nicht viel zu essen gehabt. Wenn es ... sicher klang, konnten sie in die Küche gehen und frühstücken. Sein Magen knurrte, als würde er dem Plan zustimmen.

„... Strikeout." Der Fernseher war aus dem Wohnzimmer zu hören. Baseball. Sein Magen spannte sich an. Mama hasste Sport; Jermaine liebte ihn, also war er hier. Er mochte es nicht, Grant oder Connor in der Küche zu sehen. Er sagte immer, sie aßen zu viel.

War Jermaine zuhause, dann war es nicht sicher.

Das Klirren von Gläsern war ein weiteres Warnsignal. *Alkohol.* Sie tranken immer Alkohol, wenn sie Sport schauten. Mama sagte, Alkohol machte es leichter, den langweiligen Sport zu ertragen.

Ein vertrauter, ekliger Geruch wehte den Flur hinunter, wie der aufdringliche Duft von Kerzen, aber es waren keine Kerzen, und er schloss verzweifelt die Augen. Er wusste, was dieser Geruch bedeutete.

Im Frauenhaus hatte sie geweint und versprochen, dass sie keine Drogen mehr nehmen würde. Sie hatte es *versprochen*. Sein Magen und seine Brust fühlten sich komisch an, als würde er sich gleich übergeben ... oder weinen. Heute Morgen, als sie ihre Glaspfeife und ihr Feuerzeug aus dem Schrank geholt hatte, hätte er die Pfeife am liebsten durch den Raum geworfen und dann darauf herumgetrampelt.

Nein, Mama, nein.

Aber sie hörte nicht auf ihn. Er konnte sie nicht davon abhalten. Daddy hätte das geschafft. Sie würde das Drogenzeug nicht machen, wenn er hier wäre. Aber Daddy war weggegangen, da er Soldat war, und dann war er als Held gestorben. Er würde nie wieder nachhause kommen. Zornig schlug Grant mit der Faust gegen den Türrahmen. Daddy hätte bleiben sollen. Als Daddy noch hier war, hatte Mama ihre Kinder gemocht. Sie hatte sie umarmt und mit ihnen gespielt und gekocht. Sie hatte gelacht, weil sie glücklich war. Jetzt war ihr Lachen ganz schrill und verrückt.

Denn wenn sie dieses Zeug rauchte, wurde sie anders ... wie ein Monster in einem Cartoon. Sie wurde schnell wütend – gruselig wütend. Wie einmal, als Connor um Abendessen gebeten hatte. Als Antwort hatte sie geschrien und ihre Tasse nach ihm geworfen, die zerbrochen war und überall Scherben hinterlassen hatte.

Sie hatte versprochen, mit den Drogen aufzuhören.

Grant erschauderte, als sie anfing zu lachen, das Geräusch so hoch, es könnte Gläser zum Bersten bringen. Auch Jermaine war zu hören und seine Worte stürzten alle komisch ineinander.

Lautlos schloss Grant die Tür.

Halb im Schlaf lag Connor im Bett an der Wand und wartete darauf, dass Grant entschied, was sie nun tun sollten. „Ist Mama gegangen?"

„Nein", flüsterte Grant. „Und Jermaine ist auch da draußen."

Connors Stirn legte sich in Falten. „Sie rauchen das Zeug?"

„Ja." *Kein Frühstück für uns.* Könnte er sich in Mamas Schlafzimmer schleichen und einen Dollar aus ihrem Versteck holen? Sie bemerkte es nie, wenn sie nur einen Schein nahmen. Er und Connor könnten aus dem Fenster klettern und Essen an der Tankstelle kaufen.

Nur war es möglich, dass sie oder Jermaine in dem Moment auf die Toilette gingen. In Mamas Schlafzimmer erwischt zu werden, wäre ... schlimm.

Lautlos zog Grant ein Kissen und eine Decke vom Bett.

Connors Gesicht fiel, aber er zog einen Koffer unter dem Bett hervor. Er schob die Decke und das Kissen vor sich her, als er an den Koffern und Aufbewahrungsboxen zu dem engen Raum neben der Wand rutschte.

Als Grant folgte, stieß er immer wieder mit seinen Schultern an den Bettrahmen. Was würde passieren, wenn er weiter wuchs? Wenn er sich nicht länger hier unten verstecken könnte? Er zitterte, als er sich neben Connor zusammenrollte und das Kissen mit ihm teilte. Sein Magen knurrte wieder.

„Grrr, grrr", flüsterte Connor wie ein Löwe und kicherte.

Auch Grant kicherte. Aber er *war* hungrig. „Schau in die Box. Ist etwas zum Essen drin?"

Sein Bruder öffnete die verbeulte Lunchbox, die sie in einem Mülleimer gefunden hatten. Zwei Cracker waren von gestern Abend übriggeblieben.

Grant verzog das Gesicht. Bevor Mama sie ins Frauenhaus gebracht hatte, war Jermaine aufgefallen, dass Grant und Connor

Essen aus der Küche schmuggelten. Er war wirklich wütend gewesen und hatte versucht, sie mit seinem Gürtel auszupeitschen.

Gestern Abend hatte sich Grant, wohl wissend, dass sie vorsichtig sein mussten, nur eine Handvoll Cracker von der Schachtel auf dem Couchtisch geschnappt. Zwei blieben übrig. Er reichte Connor beide Cracker. „Iss nur."

Connor schüttelte den Kopf und gab einen zurück.

Warum konnten Cracker nicht größer sein? Mit einem Seufzer nahm Grant einen winzigen Bissen, in der Hoffnung, dass er so länger etwas davon hatte.

Dann zog er den Koffer wieder an seinen Platz und schloss so den Zugang zu ihrer kleinen sicheren Höhle.

***

Da Beth nicht in der Lage gewesen war, länger zu schlafen oder zu frühstücken, war sie noch vor Sonnenaufgang aufgebrochen. Während die Sonne über den blauen Himmel gewandert war, hatte sie die Blumenbeete für eine Bank und dann ein Maklerbüro gejätet. Ein paar Stunden später, als ihre Energie nachgelassen hatte, war sie bei Starbucks vorbeigegangen, um sich einen Karamellapfel-Frappuccino zu kaufen.

Kaffee zum Frühstück – na ja, vielleicht war es auch schon ihr Mittagessen. Ihrem Sir würde das nicht gefallen. *Aber, hey, da war Apfel drin. Gesund!*

Sie nippte an ihrem Getränk und fuhr auf dem Weg zum Hyde Park-Stadtviertel bei einigen ihrer Privatkunden vorbei. Ihre Gartencrew leistete gute Arbeit, um der sommerlichen Vegetationsperiode einen Schritt voraus zu sein. Einen Block von North Hines entfernt betrachtete sie eines ihrer ersten Landschaftsprojekte. Die Grundlage einer Bepflanzung war ausgezeichnet und das Gelände makellos gepflegt; nur zeigte sie diesen Monat keine Wirkung. Ein saisonaler Farbtupfer war erforderlich. Sie hielt an und machte eine Notiz in ihrem Planer, bevor sie ihre Fahrt fortsetzte.

Nach ihrem Termin konnte sie nachhause gehen. Zu Nolan. Ihre Lippen formten sich zu einem Lächeln. Der bloße Gedanke an ihn wärmte ihr das Herz. Niemals hätte sie gedacht, dass sie jemanden so sehr lieben könnte.

Danke, dass ich dich habe, Master.

Ihn zu lieben, machte ihre Welt komplett, obwohl es sie ein bisschen beunruhigte, wie sehr sie ihn vermisst hatte. *Um Himmels willen*, bevor er in ihr Leben getreten war, hatte sie es auch ohne ihn geschafft. Bis zu ihrer Hochzeit mit Kyler hatte sie während und nach dem College allein gelebt. *Aber ... okay, gib es zu:* Nachdem sie Kyler entkommen war, hatte sie sich nicht sicher gefühlt. Nicht, bis sich Nolan in ihr Leben gedrängt hatte.

Diesen Sommer, die ganze Zeit, in der Sir in Afrika gewesen war, hatte sie einfach keine Ruhe finden können. Sie war ein nervöses Wrack gewesen. Wenn sie ehrlich war, dann war Nolan ihre Sonne, und sie machte sich nicht gut, wenn seine Wärme verschwand.

Jetzt war er aber zuhause, und sie sollte sich besser fühlen. Wirklich, alles sollte prima sein.

Sie rümpfte die Nase. Alles wäre prima, nachdem sie ein paar Mucken überwunden hatten.

Das große Problem? Ihr Master hatte Schmerzen. Am liebsten würde sie in Tränen ausbrechen, wenn sie sah, wie erschöpft er war und dass er Schmerzen litt. Sie wollte Master Raoul schlagen, weil er Sir an einen so unsicheren, unzivilisierten Ort geschickt hatte. Sie presste die Lippen zusammen. Sie musste sicherstellen, dass er sich nicht übernahm. Dickkopf, der er war, würde er schon bald zur Arbeit zurückkehren wollen. Blöd für ihn, denn sie hatte vor, ihn ein wenig zu verwöhnen.

Und der andere Fehler auf dem Weg zu ihrem Glück ... war sie selbst.

Sie war ein dummes, emotionales Durcheinander.

Ja, das war sie.

Sollte sie ihm von der letzten Behandlung erzählen, die sie versucht hatte? Und wie die Ärzte sie aufgegeben hatten? Sie holte schmerzhaft Luft. Normalerweise würde sie Sir nie etwas vorenthalten, aber ... das? Die Nachricht würde ihn schlimmer verletzen als seine Schulter. *Meine Schuld.* Er wusste, wie sehr sie sich sein Baby wünschte.

Sie schlug verärgert mit dem Hinterkopf gegen die Kopfstütze. Warum konnte sie diese ... Besessenheit nicht überwinden, dass ihr Leben ohne Kinder nicht vollständig wäre? Es war bescheuert. Nicht jeder hatte Kinder. Nicht jeder wollte Kinder.

Sowohl sie als auch Nolan wollten das jedoch sehr wohl, und sie konnte ihm keine geben, weil sie beschädigt war. Defekt.

Nichtsdestotrotz musste er es wissen. Er würde es wissen wollen. Und sie würde es ihm sagen.

Das würde sie.

Sie fuhr durch das historische Hyde Park-Viertel und runzelte die Stirn, als sie über Szenarien nachdachte. Vielleicht wäre es am besten, die schreckliche Unterhaltung noch eine Weile hinauszuzögern. Sie war zu emotional, und er hatte Schmerzen. Also würde sie heute mit einem Lächeln auf den Lippen nachhause gehen und sich als die Ruhe in Person verkaufen. In ein paar Tagen würde sie sich mit ihm zusammensetzen und ihm erklären, dass sie ihm niemals hübsche dunkeläugige Babys geben könnte.

Dumme Tränen.

Blinzelnd überprüfte sie die Hausnummern und fuhr in eine kreisrunde Einfahrt. Das Zuhause ihres Kunden war ein wunderschönes dreistöckiges, italienisches Haus aus dem 19. Jahrhundert mit asymmetrischen Linien und einem quadratischen Turm im Zentrum − eines der älteren Häuser der Stadt. Und absolut traumhaft.

Jetzt war es Zeit dafür, professionell zu sein. Sie wischte sich die Tränen aus den Augen, holte ein paar Mal tief Luft und schnappte sich ihre Tasche.

Von der Straße aus musterte sie das cremefarbene Haus mit seinem dunkelroten Ziegeldach. Die hohen Fenster waren doppelt so groß wie sie, was bedeutete, dass die Räume sicher schön hell waren. Ausgezeichnetes Fundament.

Im Gegensatz zu dem wunderschön restaurierten Äußeren des Hauses war der Hof einfach erbärmlich, gefüllt mit sterbenden Sträuchern, fleckigem Gras und Beete voller Unkraut. Dr. Drago hatte erwähnt, dass die Vorbesitzer den umfangreichen Umbau abgeschlossen hatten, aber der Ehemann wurde nach New York verlegt, bevor sie das Gelände in Angriff nehmen konnten. Es schien, als könnte sie bei null anfangen. Sie ging über den Bürgersteig aus weißen Ziegelsteinen und dachte über verschiedene Landschaftsstile nach. Würde ihr britischer Kunde etwas Klassisches bevorzugen?

Sie blieb abrupt stehen, als sie erkannte, dass Dr. Alastair Drago auf der schönen Veranda mit den weißen Säulen saß. *Verdammt.* Hatte er ihre Nachahmung eines Wasserfalls im Auto gesehen? Waren ihre Augen ganz rot?

Er erhob sich und schlenderte mit einer Tasse in der Hand zum Portikus, um ihr entgegenzukommen.

Groß und schlank und muskulös. Sie hatte ihn einige Male im Shadowlands gesehen. Jetzt bei Tageslicht würde sie sagen, dass der Mann perfekt zu seinem wunderschönen Haus passte.

Gekleidet war er in eine maßgeschneiderte Hose und ein grünes Hemd und er schien nur ein paar Zentimeter größer zu sein als Master Nolan. Sein schwarzes Haar war so kurz wie der Bart, der seinen kräftigen Kiefer bedeckte. Seine scharfsinnigen, grünbraunen Augen waren unheimlich schön und stachen durch seine makellose braune Haut heraus. Ja, der Mann war klassisch gutaussehend – und er war zudem *Doktor* Drago. Sie würde wetten, dass der Arzt scharenweise Frauen anzog.

Nicht sie. Sie hatte in den letzten zehn Jahren gut daran getan, Ärzte zu meiden. Aus gutem Grund. „Guten Morgen, Dr. Drago."

„Alastair reicht vollkommen." Seine widerhallende Stimme wies einen eindeutigen englischen Akzent auf. „Was ist los, *Love?*"

Oh, ehrlich jetzt? Einen Shadowlands-Dom zu besuchen, wenn sie traurig war – mit Sicherheit ein großer Fehler! Natürlich hatte er ihre Tränen und roten Augen bemerkt. „Nichts." Als sich seine Augen verengten, lenkte sie ein stückweit ein. „Ich hatte einen miesen Morgen, aber es hat nichts mit der Arbeit zu tun. Sollen wir –"

„Wir sollten reingehen, eine Tasse Tee – oder Kaffee – trinken und plaudern." Mit einer Handbewegung wies er sie an, vorauszugehen.

Mit einem stillen Seufzer drückte Beth ihre Schultern durch, ging durch die Eingangstür und blieb stehen, um den Innenbereich zu bewundern. Sein Zuhause war wunderschön. Hohe Decken mit traditioneller Zierleiste, glänzenden Parkettböden und orientalischen Teppichen, pastellfarbenen Wänden, einem funkelnden Kronleuchter und Antiquitäten. Trotz der klassischen Einrichtung sahen das weiße Sofa und die Sessel im Wohnzimmer bequem aus, und die Statuen, die Kunst und die bunt gemusterten Webstoffe aus der ganzen Welt sorgten für eine gewisse Schrulligkeit.

Auf dem Weg durch die kleine Frühstücksecke neben der Küche bemerkte sie Kisten, die an den Wänden gestapelt waren. Extra Stühle, Tische und Regale standen in den Ecken. „Bist du nicht schon vor ein paar Monaten eingezogen?"

„Das bin ich." Er stellte seine Tasse auf den Tisch und zog ihr anmutig den Stuhl zurecht. „Tee oder Kaffee?"

Seine Tasse enthielt Tee. „Tee klingt gut."

Nachdem er eine weitere Tasse geholt hatte, goss er ihr aus einer antiken Porzellankanne ein, stellte sie vor ihr hin und schob das silberne Serviertablett mit Würfelzucker, Zange und geschnittener Zitrone zu ihr. „Ich habe Milch im Kühlschrank, wenn du willst."

„Das ist nicht nötig, danke." Er setzte sich ihr gegenüber hin und sie nahm ihren ersten Schluck von dem Tee, der mit einem subtilen Geschmack daherkam. „Du hast ein wunderschönes Zuhause, und ich habe bereits ein paar Ideen für Landschaftsstile, die zu dir passen könnten. Wir könnten –"

Im Küchenlicht waren seine unerschütterlichen Augen eher braun als grün. „Vielleicht könnten wir zuerst darüber sprechen, was dich so traurig macht."

„Was?" Fast hätte sie den Tee verschüttet, und so stellte sie die Tasse vorsichtig ab. „Mir geht es gut."

„Ich glaube dir nicht." Sein scharfsinniger Blick fegte über sie, und die Sorge in seinem Ausdruck trat noch deutlicher hervor. „Ich weiß, dass dein Master gestern zurückgekehrt ist. Vielleicht solltest du den Tag mit ihm verbringen. Und reden. Wir können diesen Termin verschieben."

„Das ist nett von dir, aber er schläft heute Morgen aus. Und er ist erschöpft. Er muss nicht wissen, dass ich einen ... ähm, Moment hatte."

Alastair lehnte sich in seinem Stuhl zurück und streckte seine langen Beine aus. „Darf ich frei sprechen, Beth?"

Sie blinzelte und nickte.

„Beth, ich habe gehört, wie dein Master von dir gesprochen hat, von seiner Frau, die auch seine Sub ist. Ich habe keinen Zweifel daran, dass er extrem fürsorglich ist. Liege ich falsch?"

„Nein."

„Würde er nicht von deinem *Moment* wissen wollen?"

Dickköpfige, dickköpfige Doms. Als Landschaftsgestalterin für die Gärten des Shadowlands und den privaten Garten von Master Z hatte sie viele Kunden aus dem Club. Sie hatte schnell gelernt, dass Doms auch außerhalb des Clubs furchtbar herrisch waren – und sie ließen sich verdammt nochmal nicht vom Thema abbringen.

Und dies war ein sehr erfahrener Dom. In der Minute, in der er Master Z gesagt hatte, dass er sich dauerhaft in Tampa niederließ, war Alastair als „Master" nominiert worden, eine Ehrung, die nur den mächtigsten, fähigsten und moralisch standfestesten Doms im Shadowlands verliehen wurde. Und zudem war er ein Arzt. Natürlich wäre er sowohl fürsorglich als auch aufmerksam. *Verflucht.*

Leider hatte er Recht. Sie seufzte kapitulierend. „Ja. Er würde es wissen wollen. Ich werde es ihm heute sagen."

„Gutes Mädchen. Danke."

Etwas in ihr entspannte sich, als sie erkannte, dass ihre Entscheidung für sie getroffen worden war. Jetzt musste sie sich nicht mehr um das *Wann* sorgen.

Er nahm einen Schluck von seinem Tee und beobachtete sie weiterhin aufmerksam.

Als sie nach ihrer eigenen Tasse griff, lächelte er. „Sehr gut."

Sie warf ihm einen schiefen Blick zu. „Wirst du mit deinen Designvorstellungen für dein Grundstück auch so dickköpfig sein?"

Sein Grinsen war strahlend weiß in seinem dunklen Gesicht. „Solange die Blumen nicht Trübsal blasen, nein."

Das Lachen, das ihr entfleuchte, war ermutigend.

„Du hast dich über die Kisten und Möbel gewundert", wechselte er taktvoll das Thema. „Mein Cousin Max ist letzten Monat eingezogen, aber seine Möbel sind erst vergangene Woche gekommen. Wir hatten bisher noch keinen gemeinsamen freien Tag, um zu entscheiden, was davon wir behalten, einlagern oder verkaufen."

„Ich wette, Kinderärzte haben schreckliche Arbeitszeiten." *Hmm.* Wie schwer wäre es wohl, ihn dazu zu überreden, im Frauenhaus zu helfen? „Was macht dein Cousin beruflich?"

„Er ist Detective bei der Polizei von Tampa." Alastair stellte seine Tasse ab. „Du wirst ihn sicher bald kennenlernen. Wenn nicht hier, dann im Shadowlands."

War Max ein Dom wie Alastair, oder ein Sub? „Ist er ein ..." *Sei ruhig, Beth. Benimm dich.* „Ah, wie schön. Ich freue mich darauf, ihn kennenzulernen."

Alastair lachte. „Er ist ein Dom, und wir spielen zusammen, so wie Vance und Galen das tun. Jedenfalls haben wir das, bevor sich unsere Wege trennten."

Beth schaffte es kaum, ihre Überraschung zu verbergen. Wie Galen und Vance? Die beiden dominierten Seite an Seite, und sie hatten ihre Partnerin Sally geheiratet – was ungewöhnlich war. Obwohl sich gelegentlich zwei Doms einer Session anschlossen, waren zwei heterosexuelle Männer, die sich in einer Vollzeitbeziehung eine Sub teilten, ziemlich selten.

Alastair erhob sich mit einer Anmut, die seine Größe verleugnete. „Da du wieder du selbst bist, lass uns schauen, was du zu meinem Vorgarten zu sagen hast."

Zwei Stunden später schüttelte Beth Alastair die Hand. Um ihr dabei zu helfen, einen reibungslosen Übergang von innen nach außen zu planen, hatte sie Fotos vom Inneren des Hauses sowie dem Gelände gemacht. „Ich werde in ein paar Tagen ein detailliertes Konzept zusammen mit einer Projektbeschreibung für dich haben. Vor der endgültigen Zeichnung und dem Kostenvoranschlag können wir daran arbeiten und es nach deinen Vorstellungen abändern." Sie zögerte. „Da dein Cousin hier lebt, wäre es vielleicht gut, wenn er auch anwesend wäre."

„Das war der Plan. Er hatte gehofft, dich heute kennenzulernen, wurde aber unerwartet in die Station gerufen." Alastair sah den kargen Vorgarten mit Verachtung an. „Du hast einiges vor dir, fürchte ich."

„Es wird Spaß machen. Und du wirst es genießen, wie schnell Pflanzen in diesem Klima wachsen."

Sie konnte nicht aufhören, zu lächeln, als sie in ihren Pick-up sprang. Es hatte eine Zeit gegeben, als sie in die Fußstapfen ihres Vaters treten und eine Gärtnerei eröffnen wollte. Vor ein paar Jahren hatte sie jedoch erkannt, dass sie Landschaftsgestaltung bevorzugte. Mit Jessicas Hilfe bei der Buchhaltung und Nolans Management-Expertise hatte sie ihr Geschäft erweitert und eine kleine Crew eingestellt, die ihr Zeit für die Designarbeit gab.

Jedes neue Projekt fühlte sich an wie eine ungeöffnete Schachtel Buntstifte – ein Geschenk, das mit dem Potenzial gefüllt war, Schönheit zu schaffen.

Als sie nachhause fuhr, fühlte sie sich wieder ... normal, und ihre Vorfreude stieg. Nolan war *zuhause*.

Vielleicht sollte sie damit beginnen, ein gutes Sonntagsessen zu kochen, sodass sie deren beider Mägen glücklich machen konnte; sie war nicht die Einzige, die abgenommen hatte. Danach würde sie ihm von der Behandlung und den Ergebnissen erzählen. Sie könnten reden – etwas anderes, das sie vermisst hatte.

Zwei Monate waren einfach zu lang gewesen, vor allem, wenn der Telefondienst keine langen Gespräche erlaubte. Andererseits waren ausdehnende Gespräche und Nolan ein Widerspruch in sich.

Sie grinste. Ihr Master fühlte sich unter Menschen wohl, aber gesprächig war er nun wirklich nicht. Seiner Meinung nach brauchte es nur die wichtigsten Fakten. Alles weitere empfand er als übertrieben. Auf der anderen Seite bedeutete das, dass er wie kein Zweiter zuhören konnte. Wenn sie sich unterhielten, war sie sich seiner ungeteilten Aufmerksamkeit sicher, was sie schon immer als erstaunlich sexy empfunden hatte.

Oh, sie war froh, dass er zuhause war und dass er heute ganz ihr gehörte.

Als sie das klimatisierte Haus betrat, blieb sie abrupt stehen und schnüffelte. Statt Zimt roch die Luft nach einem reichhaltigen, moschusartigen Parfüm. Jemand war hier gewesen.

Nolan war nicht in seinem Büro, der Küche oder im Wohnzimmer. Sie fand ihn draußen, schlafend auf der Terrasse und in einer Badehose. Zwei Gläser standen auf dem kleinen Tisch neben ihm.

Die Physiotherapeutin. Alyssa hatte gesagt, sie würde heute vorbeikommen.

Nolans gebräunte Haut glänzte mit Öl. Diese üppige, großbusige Sub hatte ihn berührt. Sie hatte Öl in seinen muskulösen Rücken gerieben. Beth fühlte einen Stich in ihr Herz, so unerwartet, wie wenn die Dornen einer Rose ihre Lederhandschuhe durchbohrten.

Hör auf, Beth. Eifersucht ist unter deiner Würde. Alyssa schien nett zu sein. Beth biss sich auf die Unterlippe, als sie ihrem Mann beim Schlafen zusah. Vielleicht ein bisschen zu nett. Und zu hübsch. Und unangenehm bedürftig.

Nichtsdestotrotz war es am besten, Alyssa vorbeikommen zu lassen; Sir würde sich sicherlich nicht die Zeit nehmen, sich eine Überweisung an einen regulären Therapeuten zu besorgen, geschweige denn zu irgendwelchen Terminen gehen.

Ich kann mit ein wenig Eifersucht umgehen. Für Nolan.

Natürlich könnte sie damit besser umgehen, wenn sie schöne große Brüste wie die der Therapeutin hätte. Beth rollte mit den Augen. Das war doch mal ein Ziel.

Was wünschst du dir für das Leben, Beth?

Weltfrieden. Eine große Familie. Riesige Titten.

Wirklich albern. Abgesehen davon, dass sie ihrem Master etwas zum Packen geben würde, wären große Brüste wirklich unhandlich. Ständig im Weg und recht schädlich für den Rücken – und mit ihrem Glück würden sich Bustüren nicht schließen, weil sie im Weg waren.

Geh, Mädchen. Nimm eine Dusche und versuche, nicht daran zu denken, dass Alyssa Sir berührt hat.

KAPITEL VIER

S ein kleines Häschen brauchte heute wirklich lange unter der Dusche.

In Jeans und einem T-Shirt lehnte Nolan in der Küche an einem Schrank und trank einen Eistee. Als er von der Terrasse reingekommen war, bemerkte er, dass sie im Badezimmer war. Seltsam. Normalerweise weckte sie ihn, wenn sie nachhause kam und ihn schlafend vorfand. Oder bevor sie das Haus verließ.

Was war mit seiner Beth los?

Ihre Erschöpfung und ihr Gewichtsverlust waren zwar besorgniserregend, aber hatten ihn nicht unerwartet getroffen. Die Distanz zwischen ihnen war jedoch neu. *Fuck*, er wünschte, er hätte Raouls Angebot abgelehnt und wäre den Sommer zuhause geblieben. Nachdem er von den Bedingungen gehört hatte, hatte seine weichherzige Beth darauf bestanden, dass er die Reise unternahm. Und das Dorf *hatte* ihn gebraucht. Er hatte den erbärmlichen Unterschlupf gesehen, den sie benutzt hatten, wo die Kranken und Verletzten im Dreck gelegen und unter Hitze und Insekten gelitten hatten.

Nun musste er allerdings herausfinden, was in seiner Abwesenheit vorgefallen war.

Er sah zu dem Kühlschrank und überlegte, das Mittagessen zuzubereiten. Sie sollte nicht noch mehr Mahlzeiten verpassen. Vielleicht wäre es jedoch eine bessere Strategie, sie sich zu schnappen, wenn sie aus der Dusche kam.

Im Schlafzimmer setzte er sich auf das Bett und massierte seine Schulter. Alyssa wusste, was sie tat und der Schmerz hatte nachgelassen. Eine Schande, dass sie sich von ihrem Master getrennt hatte. Einige Subs fielen in ein tiefes Loch, nachdem ihnen das Halsband abgenommen wurde.

Während er sich streckte und dehnte, konzentrierte sich Nolan weiter auf die Geräusche im Badezimmer.

Die Dusche stoppte. Abtrocknen. Eincremen. Die Tür ging auf.

Mit nassen Haaren kam Beth mit einem Handtuch um ihren Körper aus der Tür. Als sie ihn sah, blieb sie abrupt stehen.

Nolan lächelte. Komisch, wie sie ihm manchmal als atemberaubend erschien, manchmal einfach als herzerwärmend lieblich. Er musste jedoch sagen, dass ihre großen türkisfarbenen Augen sein liebstes Merkmal an ihr waren. Ihre Haut war leicht gebräunt, ihr Gesicht, ihre Arme und Schultern mit Sommersprossen bedeckt und ihre Brüste makellos weiß. „Komm her, Süße."

Als sie zögerte, musterte er sie aufmerksam. Angesichts des Missbrauchs in ihrer Vergangenheit wollte er sie nicht erschrecken; er genoss es jedoch, ihre Angst ein wenig zu erhöhen. Das Tauziehen war Teil ihrer Beziehung. Seine kluge Beth war keine blind gehorsame Sub – egal, wie sehr sie es liebte, ihm zu dienen –, und doch bevorzugte sie es, ihm die Zügel zu übergeben. Gelegentlich kam es jedoch vor, dass sie auch mal ziehen wollte.

Und beide genossen sie die Tatsache, dass er seinen Griff nicht lockerte.

Als er ihre Hand nahm und sie zwischen seine Beine zog, biss sie sich nervös auf ihre Unterlippe. Die Hitze stieg von ihrer warmen Haut auf, zusammen mit dem Duft ihres Erdbeershampoos und ihrer Seife.

Mmm. Seit er sie zum ersten Mal getroffen hatte, gab ihm der Duft von Erdbeeren einen Ständer.

Mit einem Finger wanderte er über dem Handtuch über ihr Dekolleté. Mehrere weiße Narben belegten die Folter ihres ersten Ehemannes. Es wäre ihm ein Vergnügen, den Bastard erneut zu töten – diesmal schön langsam. Als er merkte, dass sein Blick auf ihren Narben hängengeblieben war, schaute er auf.

Verzweiflung zeigte sich in ihren Augen. In ihren geschwollenen, geröteten Augen. *Was zum Teufel?* „Du hast geweint." Er legte seine Hände auf ihre Taille und verhinderte so, dass sie entkam. „Sag mir, warum."

Sie schüttelte den Kopf und bedeckte die Narben mit ihren Händen.

Verdammt, er hatte es vermasselt. Sie reagierte auf die Spuren des Missbrauchs sensibel, teils wegen der Erinnerungen, teils wegen der Beweise auf ihrer Haut. Und er hatte sie darauf aufmerksam gemacht, dass sie Narben hatte. Er war ein Narr.

Reden müsste warten. Gut, dass er der Dom war, der sie dazu bringen konnte, herunterzukommen. „In Ordnung. Wir können später über die Tränen sprechen."

Unter seinen Handflächen entspannten sich ihre Muskeln.

„Ist deine Periode vorbei, kleines Häschen?" Das gleiche Syndrom, das sie unfruchtbar machte, gab ihr auch extrem kurze Perioden, die Stunden statt Tagen dauerten.

Sie nickte, ihr Blick abgewandt.

„Hast du Schmerzen? Bist du wund?"

„Nein", flüsterte sie.

Sie war nicht mehr so unsicher gewesen, seit sie sich das erste Mal begegnet waren. Er musste herausfinden, was der Grund dafür war. Und das würde er verdammt nochmal auch schaffen. Behutsam.

„Freut mich, das zu hören." Er zog ihr Handtuch nach unten

und ignorierte ihren Versuch, erneut danach zu greifen, als ihre Brüste freigelegt wurden. Erbarmungslos legte er seine Beine enger an ihre, fixierte sie, damit er seine Hände benutzen konnte.

Er liebte ihren ganzen Körper, aber ja, er war ein Brustmann und ihre Brüste waren erstaunlich. So klein und fest. Ihre soliden Muskeln darunter sorgten dafür, dass die Schwerkraft ihnen bisher nichts anhaben konnte. Er genoss die cremeweiße Haut und fuhr mit den Fingerknöcheln unter ihren Brüsten entlang. Schon bald konnte er beobachten, wie sich ihre kleinen himbeerfarbenen Nippel aufrichteten. Er lehnte sich vor und leckte mit der Zunge über die süßen Knospen, schnellte darüber und spürte, wie sie zu beben begann.

Instinktiv versuchte sie, einen Schritt zurückzutreten.

Fehler, **dachte Beth**, als Sir seinen Kopf hob und sie mit seinem schwarzen Blick festnagelte.

„Glaubst du wirklich, ich lasse dich heute gehen?", fragte er leise. Sein schwarzes Haar hing lose, streifte seine breiten Schultern. Bisher hatte er sich noch nicht rasiert. Die gezackte Narbe über seinem Wangenknochen und der dunkle, kurze Bart gaben ihm einen bedrohlichen Anstrich.

Ihr Mund trocknete aus und ihre Knie bebten. Sie schüttelte den Kopf.

„Wir werden Liebe machen, kleines Häschen." Seine erbarmungslosen Lippen krümmten sich und erinnerten sie an den unerbittlichen Master, der er sein konnte, wenn er eine Entscheidung getroffen und seinen Plan durchsetzen wollte. „Erinnerst du dich an dein Safeword?"

Sie riss die Augen auf. Es war lange her, dass sie überhaupt über ein Safeword nachgedacht hatte, aber dass er sie daran erinnern musste, bedeutete, dass er sie an ihre Grenzen bringen würde – an einem Tag, an dem ihre Emotionen verrückt spielten. An einem Tag, an dem sie nicht mit ihm reden wollte oder gar –

„Beth?"

„Rot. Es ist *Rot*, Sir."

„Gut." Er hielt sie mit seinen Beinen fest und nahm seine Handlungen wieder auf, umkreiste ihren Nippel mit seiner Zunge und kostete von ihr. So nass und warm.

Lustschauer erschütterten ihren Körper. *Oh Gott!*

Seine Zähne schlossen sich um die Knospe, bis es an Schmerz grenzte. Erst dann legte er die Lippen fest um sie und saugte.

Ein sanfter Puls der Erregung erwachte in ihrer Mitte.

Auf dem Weg zur anderen Brust rieb er seinen kurzen Bart in einem erotisch ungewohnten Gefühl über ihre Haut. Er knabberte. Er saugte. Zähne. Zunge. Lippen. Bart.

Ihre Brüste schwollen an. Die Haut straffte sich. Und eine hübsche Hitze blühte unter ihrer Haut.

„Jetzt küss mich, kleine Sub." Er wartete nicht auf sie, sondern legte einfach eine Hand in ihren Nacken und zog ihren Kopf nach unten. Ihr nasses Haar ergoss sich nach vorne und fiel über die erhitzte Haut ihrer Brüste.

Als seine Lippen über ihre tanzten, fühlte er sich durch den Bart wie ein Fremder an, sodass sie instinktiv erstarrte. Seine Hand übte Druck an ihrem Nacken aus. Als er jedoch an ihrer Unterlippe knabberte, wurde ihr Mund nachgiebiger und sie erlaubte ihm, sie in Besitz zu nehmen. An der beharrlichen, selbstbewussten Art, wie er sie küsste, war nichts fremd, und ein Seufzer entkam.

Er nahm ihren Mund tief, besitzergreifend und fordernd, stoppte auch nicht, als er aufstand, sie nach hinten beugte und ihren Intimbereich mit einem stählernen Arm gegen seinen drückte. Seine Erektion lag dick an ihrem Bauch, sein Körper rieb hart an ihrem.

Und er küsste sie weiter, bis jeder Gedanke aus ihrem Kopf vertrieben war und ihr Körper an seinem dahinschmolz.

Bis er von ihrem Mund abließ, fühlten sich ihre Beine wie Gelee an, und nur sein Arm hielt sie aufrecht. Belustigung strahlte in seinen Augen, als er darauf wartete, dass sie ihr Gleichgewicht zurückerlangte.

Als sie wieder alleine stehen konnte, riss er ihr das Handtuch vom Körper und öffnete eine Schublade an dem Nachttisch. „Da wir die Bondage-Hardware vom Bett entfernt haben, verwenden wir stattdessen das hier." Er zog einen dunkelroten Harness heraus und legte ihn ihr um den Oberkörper an.

„Wo hast du den her?" Vertikale Riemen, die ihre Vorder- und Rückseite hinunterliefen, verankerten zwei horizontale Riemen. Einer verlief um ihre Taille. Der andere legte sich um ihren Hals. Beth erschauerte, als er alles festschnallte.

„Bevor ich nach Afrika aufbrach, besuchte ein Vertriebsmitarbeiter das Shadowlands, als nur die Master im Haus waren. Er zeigte uns sein Angebot, und ich mochte dieses Teil." Er nahm sich Zeit, straffte, lockerte, passte an, und fügte schließlich auch Knöchel- und Handgelenksfesseln hinzu. Dann wickelte er einen breiten Riemen um ihren rechten Oberschenkel, direkt über ihrem Knie und tat dasselbe auf der linken Seite.

Obwohl der Harness nicht so sinnlich besänftigend war wie das Seil, das Sir bevorzugte, erwärmte sich das Leder schnell an ihrer Haut und beschwor andere Gefühle.

„Es ist kein Seil, aber manchmal ist schneller gut." Der dunkle Funke in seinen Augen versprach Lust – und andere bedrohlichere Dinge – und ihr Körper reagierte, als wäre er voll und ganz an Bord. Er hakte ihre Handgelenksfesseln am Riemen um ihren Hals ein und spielte noch etwas mit ihren Brüsten, um ihr bewusst zu machen, dass sie ihn nicht stoppen konnte.

Ihr Widerstand und ihre Sorgen schmolzen langsam unter seiner selbstbewussten Kontrolle dahin.

Er richtete sich auf und tätschelte die Matratze. „Hier möchte ich dich haben. Auf deinem Rücken."

Ohne die Fähigkeit, ihre Hände zu benutzen, war sie gezwungen, wenig anmutig über das Bett zu rutschen. *Der Fiesling.*

Sein niederträchtiges Glucksen war ebenso fies, und sie fühlte, wie sie rot wurde.

Nachdem er sie an die Bettkante gezogen hatte, befestigte er die linke Fußknöchelfessel an der Rückseite des Oberschenkelriemens, drückte ihr Bein in Richtung Brust und hakte die Vorderseite des Schenkelriemens seitlich an dem Harness ein. Da er dasselbe auf der rechten Seite tat, spreizte er somit ihre Beine. Er hatte es schon immer gemocht, ihre Pussy vor ihm ausgebreitet zu sehen, um mit ihr tun zu können, was er sich wünschte.

Bei der Erkenntnis rollte eine Lustwelle durch ihren Körper.

Er zog weitere Gegenstände aus dem Nachttisch. Neues Zeug. *Guter Gott*, sie sollte öfter mal in die Schubladen auf seiner Seite des Bettes schauen.

Das erste Spielzeug war ein kleiner Analplug mit zwei Aufsätzen: einer kabelgebundenen Fernbedienung und einem Schlauch mit einer Knolle am Ende.

Ein Schlauch? „Was ist das?" Ihre Herzfrequenz erhöhte sich. Sie hatten gelegentlich Analsex, aber das letzte Mal war lange her und er benutzte nicht oft Spielzeuge.

Sein entschlossener Ausdruck traf auf ihren, hielt sie gefangen und ließ sie wissen, dass sie ihn enttäuscht hatte. „Ich gebe dir Bescheid, wenn du reden oder Geräusche machen kannst. Verstanden, Süße?"

Oh Gott, er wollte auf seine verdammten Protokolle bestehen. „Ja, Sir", flüsterte sie.

„Gut." Ohne weitere Worte bedeckte er den Analplug mit Gleitgel und drückte ihn entschlossen an ihren verzweifelten Muskelringen vorbei. Mit einem leisen Plopp fand der Plug seinen Platz. Es brannte leicht, war etwas unbehaglich, was jedoch durch das erotische Gefühl seiner schwieligen Hände auf ihrem Körper und der Entschlossenheit in seinem Blick in Vergessenheit geriet. Sie gehörte ihm, und er konnte mit ihr tun, was er wollte, und dieses Wissen berauschte sie.

Erregte sie.

Vervollständigte sie.

Er hob das andere Spielzeug auf – ein winziges Gummidreieck mit dünnen Riemen. „Erinnerst du dich an das? Wir haben es schon eine ganze Weile nicht mehr benutzt." Es war ein tragbarer Vibrator – ein Butterfly-Vibrator. Bei ihrem ersten Mal mit ihm hatte er sie auch dazu gebracht, ihn anzulegen.

Die Luft um sie war heiß genug, um ihre Haut zu versengen; vielleicht war die Klimaanlage ausgefallen.

Er legte den Butterfly-Vibrator auf ihre Pussy, platzierte das biegsame Gummiteil direkt auf ihrer Klitoris und begann mit der niedrigsten Stufe.

Als die verlockend schwachen Vibrationen starteten, zuckte sie zusammen und ihre ganze untere Hälfte erwachte wie auf Befehl. Da er es nicht mochte, wenn sie sich ohne ihn verwöhnte, hatte sie schon lange keinen Orgasmus mehr gehabt.

„Okay, und jetzt lass uns ein wenig plaudern." Er lächelte und schob einen Finger in sie.

„W-Was?"

Er stellte den Vibrator so ein, dass er gegen die rechte Seite ihrer Klitoris pulsierte und einen neuen Nervenbereich stimulierte. „Du bist unglücklich. Gestresst. Du isst nicht. Ich mache mir Sorgen, Süße." Mit der anderen Hand umfasste er ihre Brust. „Hast du wieder Albträume von Kyler?"

Sein Blick war auf ihr Gesicht gerichtet, ihre Schultern, ihre Arme, und er versuchte, sie auf seine gefährlich geschickte Weise zu deuten. Ausgehend von seinem angespannten Kiefer konnte sie diesmal seinen Fragen nicht ausweichen.

„Die Albträume sind größtenteils abgeklungen. Jetzt, wo du zuhause bist, bin ich mir sicher, dass sie komplett verschwinden werden." Ihre Lippen bebten, als Schuldgefühle ihre hässlichen Fratzen zeigten. „Es tut mir leid, dass ich so ... so anhänglich bin. Ich wusste nicht, dass ich ohne dich Probleme haben würde und –"

Er schnaubte. „Ich schlafe ohne dich auch nicht gut, Süße.

Wenn du mir sagen würdest, dass es dir ohne mich gut geht, wäre ich sauer."

„Wirklich?" Ihre geballten Hände lockerten sich. Er schlief besser, wenn sie bei ihm war. Das musste eines der schönsten Komplimente sein, das sie je erhalten hatte.

„Du magst es, zu hören, dass ich dich brauche, ja?" Bei seinem tiefen maskulinen Glucksen entspannte sie sich ... und dann schob er zwei Finger in sie hinein, füllte sie und brachte sie zurück in den Moment der Lust.

„Master", flüsterte sie. Ihre Hüfte zuckte unkontrolliert.

Er schlug sie sanft auf ihre Schenkelinnenseite. „Nicht bewegen, Sub."

Das Gefühl des Klapses sickerte in ihre Haut und schickte ein erotisches Kribbeln direkt zu ihrer Mitte, während sein gnadenloser Befehl unaufhaltsames Verlangen durch ihre Adern sandte.

Langsam drehte er seine Hand, und seine talentierten Finger rieben über ihren G-Punkt, sodass sich ihre Zehen kräuselten. „Fuck, ich liebe deine Pussy." Seine Stimme wurde tiefer. „Ich bin jetzt zuhause und dein Verhalten ist immer noch merkwürdig. Was ist das Problem, Süße?"

Sie versuchte, umgeben von dem Nebel der Erregung, einen klaren Gedanken zu fassen, um ihm zu antworten. Aber dies war ein besonderer Moment, das erste Mal, dass sie sich liebten, nachdem sie so lange getrennt gewesen waren, und sie wollte den Augenblick nicht ruinieren. Wenn sie ihm erzählte, dass sie auch die letzte Chance auf ein Kind verloren hatten, würde ihn das traurig machen. Es würde ihn verletzen. Nur würde er ein „Nichts ist los" nicht akzeptieren.

Sie könnte ihm jedoch etwas anderes geben und so trotzdem ehrlich sein. „Connor und Grant sind gestern mit ihrer Mutter nachhause gegangen."

„Oh, verdammt. Das tut mir leid, Babe. Ich werde sie auch vermissen. Es ist traurig, wie beschissen das Leben für sie zuhause ist." Er hatte die Mutter der Jungs ein paar Mal getroffen und später die verräterischen Anzeichen eines Meth-Abhängigen kommentiert – ihre abgemagerte Statur, die faulen Zähne und die Tatsache, dass sie ein Jahrzehnt älter aussah, als sie es war.

„Vielleicht wird es besser. Es ist möglich, dass Drusilla es schafft, den Drogen fernzubleiben, und Jermaine nahm an einem Anti-Aggressionstraining teil." Sie sprach hoffnungsvoll, bezweifelte jedoch, dass es so kommen würde.

Die harte Linie seines Mundes bewies, dass es ihm genauso ging. „Ich denke, wir sollten bald mal vorbeigehen und nach ihnen sehen, was meinst du?"

Gott, sie liebte ihn. „Ich hatte geplant, ein oder zwei Tage zu warten, und dann mal vorbeizuschau –" Sie brach den Satz ab, als sie den Ausdruck auf seinem Gesicht wahrnahm.

„Bevor du wusstest, dass ich zurück bin?"

„Ähm ..."

„Ähm?" Er knurrte. „Du kennst meine Meinung über unbegleitete Besuche bei gewalttätigen Arschlöchern."

Sie hatte keine Antwort, denn ja, sie kannte seine Meinung. *Ups.*

Sein Gesicht wurde sanfter. Er stützte sich auf seinen guten Arm und rieb seine Wange an ihrer Schläfe, über ihren Kiefer, bevor er sie küsste. Er hob seinen Kopf einen Zentimeter, sein Blick durchdringend. „Ist das das Einzige, was dich beschäftigt?"

Als sie bei der Frage zusammenzuckte, wusste sie, dass sie sich gerade verraten hatte.

„Das dachte ich mir. Erzähl mir den Rest, Süße, bevor wir zu anderen Dingen übergehen."

„Es ist nichts. Ich will nicht darüber sprechen." Nicht jetzt. Nicht, wenn das zur Folge haben würde, dass sie weinte. Er verdiente etwas Besseres, als es mit einer Heulsuse zu tun zu haben.

„Nicht die Antwort, auf die ich gehofft hatte." Seine dunklen Augenbrauen zogen sich zusammen, seine Lippen strafften sich und sein unlesbarer Blick versetzte sie direkt in den *Oje*-Modus.

Oh, sie steckte in Schwierigkeiten. Ohne ein weiteres Wort schaltete er den Analplug an.

Die sanften Vibrationen des Plugs und die an ihrer Klitoris trafen sich tief in ihrer Mitte. Die Impulse waren zwar schwach, reichten aber aus, um sie in den Wahnsinn zu treiben ... und seine Frage flog ihr direkt aus dem Kopf.

Als sie gerade betteln wollte, öffnete er seine Jeans und holte seinen Schwanz heraus. Er war so, so hinreißend. Die geöffnete Jeans offenbarte seinen flachen, muskulösen Unterbauch. Sein Schaft war ihm so ähnlich – solide und kraftvoll.

Er fand mit der Eichel ihren Eingang und presste sich in sie ... einen Zentimeter.

Oh, was für ein Gefühl! Bei der Hoffnung auf mehr rotierte sie mit ihrer Hüfte, wodurch sie sich einen weiteren Klaps und ein Knurren einhandelte. Als Reaktion wurde sie noch feuchter.

Er bewegte sich nicht. Sein Blick glitt über sie, dunkel und heiß und ... gnadenlos entschlossen.

„Sir. Master. Mein geliebter Lord", flüsterte sie, während sie versuchte, sich nicht zu bewegen, und die Vibrationen sie höher und immer höher trieben. Sie wollte ihn *in* sich haben. „Bitte."

„Du weißt genau, wie du das Problem lösen kannst, Süße. Sei einfach ehrlich zu mir."

Ehrlich. Ihre Atmung klang immer abgehackter, ihre Beine zitterten und spannten sich gegen die unnachgiebigen Fesseln. Er hasste Lügen – und Ausflüchte. Es ihm jedoch jetzt zu sagen, würde ihn verletzen. Es würde diesen Moment verderben. Und was sollte sie sagen, wenn Frustration und Lust ihre Gedanken immer wieder entgleisen ließen?

Wie Wolken, die einen Sturm ankündigten, folgte auf Sorgen dunkle Trauer, selbst als ihr Körper elektrisierende Lust durch sie schickte. Sie konnte nicht denken! „Wenn ich es dir sage ..." Eine Träne entkam. Sie brauchte ihn, seine Arme um sie, seinen Schwanz tief in sich. Sie brauchte ihr besonderes Miteinander. Reden würde all das ruinieren.

„Du *wirst* es mir sagen." Die Entschlossenheit war deutlich in seiner Stimme zu hören.

Er verstand nicht. „Ich will dich zuerst in mir spüren. Bitte ... ich brauche das ... dich ... zuerst du und ich." Sie schloss die Augen, unfähig zu denken. „Wenn ich verspreche, es später zu erklären, können wir dann ..."

„Sieh mich an."

Ihr Blick traf auf seine dunklen, unbeugsamen Augen.

„Ich verstehe es sehr wohl. Wir waren lange voneinander getrennt." Er berührte ihre Wange. „Danach, wenn du in meinen Armen liegst, wirst du mir alles erzählen."

„Ja." Ein Seufzer entrang ihr. Er schätzte es nicht, wenn sie ihn ausschloss. Natürlich tat er das nicht. Selbst wenn ihm die Nachrichten Schmerzen bereiten würden, würde er die Information wissen wollen. „Ja, Master."

Seine harten Lippen formten ein anerkennendes Lächeln. „Gutes Mädchen." Sein Schwanz drückte sich in sie, nicht brutal, aber beharrlich, und füllte sie auf wunderbare Weise. Reines Vergnügen strömte in einem langen, süßen Strom durch ihre Mitte.

Und dann legte er los. *Zu viel.* Es war zu lange her. Ihre Beine zuckten aus Protest. Begleitet von einem Wimmern zog sie an den Handgelenksfesseln – erfolglos.

Er reagierte und machte etwas langsamer. „Nimm mich in dich auf, Beth", sagte er sanft und doch rücksichtslos, denn er wusste genau, wie viel sie ertragen konnte. Er kannte ihre Stärken ... ihre Schwächen.

Und trotzdem liebte er sie.

Ihr Körper kapitulierte und gab das instinktive Bedürfnis auf, sich gegen die Invasion zu wehren. Ihr Master stieß in sie, bis sich seine warmen Oberschenkel an ihr Gesäß drückten.

Ihre Augen schlossen sich und sie atmete tief ein, kämpfte gegen die Hilflosigkeit an, die sie gleichzeitig erschreckte und über alle Maßen erfüllte. Sie kämpfte gegen den Kontrollverlust, den sie hasste und brauchte. Nur mit Nolan konnte sie vollständig loslassen – denn ihm vertraute sie ihren Körper, ihr Herz und ihre Seele an.

Ich liebe dich.

Er beobachtete sie genau und streichelte ihre Brüste. Jedes Mal, wenn er eine Brustwarze zwischen seinen Fingern rollte, zog sich ihre Pussy um seine Länge zusammen. Und schließlich begann er, sich zu bewegen, zuerst sanft, langsam rein, langsam raus.

Oh, oh, oh, so wundervoll. Plötzlich überkam sie ein kurzer, unerwarteter Orgasmus.

Sein Grinsen war wie ein weißer Blitz in seinem gebräunten Gesicht. „Sehr nett." Er stieß immer wieder in sie, während die Wände ihres Geschlechts seinen Schwanz massierten. Seine Erektion fühlte sich dick und schwer in ihr an, als er die Vibratoren ausschaltete. „Aber das kannst du besser."

„Besser?" Ihre Stimme kam heiser heraus.

„Ja, kleines Häschen, ich will mehr." Seine Wange zeigte ein Grübchen. „Ich habe dich schon lange nicht mehr schreien hören."

Mehr? Generell schrie sie nicht; es sei denn, sie war ... vollkommen weggetreten. Es sei denn, er drängte sie bis zur Gedankenlosigkeit. *Oh Gott.*

Unter seinem amüsierten, sengenden Blick spürte sie, wie sich ihre Nippel zu winzigen Knospen aufrichteten und sich ihre Pussy um ihn zusammenzog. „Aber ich bin schon gekommen." Sie wusste genau, was er jetzt sagen würde.

„Oh, ich glaube nicht, dass das ein Problem sein wird." Er stützte sich auf seinen guten Arm, beugte sich vor und küsste sie, langsam und verheerend gründlich. Vor ihm hatte sie niemanden gekannt, der küsste wie er, der so geduldig war und wartete, bis sie ihm alles gab, was er wollte. Genau wie er es jetzt mit ihr vorhatte.

Das Wissen war beängstigend – und erotisch.

Er ließ von ihren Lippen ab und stieß weiterhin in sie. Gemächlich. Rein und raus, rein und raus. Es dauerte eine Weile, bis er das Tempo anzog und härter in sie stieß. Das Spielzeug an ihrer Klitoris erwachte zum Leben, zurück zu einem leisen Brummen. Er runzelte die Stirn. „Lass uns das alles mal auf die nächste Ebene bringen."

Nächste Ebene? Sie schüttelte den Kopf.

Als er die Geschwindigkeit bei dem Vibrator erhöhte, schwoll ihre bereits empfindliche Klitoris an. Beth wurde feuchter und wandelte erneut auf einen Höhepunkt zu.

Zu ihrer Bestürzung zog er seinen Schwanz beinahe vollständig aus ihr heraus.

„Master", wimmerte sie und schloss verspätet ihre Lippen. Sie sollte nicht sprechen.

Sein Grinsen kam und ging so schnell, dass sie es fast verpasst hätte. „Das war schon mal sehr nett. Ich mag aufrichtiges Betteln." Entsetzt beobachtete sie, wie er den Schlauch packte, der aus dem Analplug kam, und die Gummiknolle am Ende pumpte.

Der Analplug in ihrer hinteren Passage begann sich wie ein Ballon zu vergrößern. „Nein!"

„Ich fürchte doch, Süße." Mit jedem Drücken der Pumpe wuchs das Ding in ihr. Zu viel. Zu voll. Er ignorierte ihren Protest und schaltete auch die Vibrationen des Plugs an.

Die Nervenenden in dieser Gegend sprangen mit schmerzhafter Intensität zum Leben, alles fühlte sich so fremd, so unglaublich gut an. „Oh Gott, bitte ..." Wollte sie, dass er aufhörte? Oder dass er ihr mehr gab? Sie musste kommen ... *jetzt.*

Sein Glucksen war rau und sexy, und sie erschauerte von dem Gefühl, ihn wieder zuhause zu haben, seine Hände auf sich zu spüren, von ihm dominiert zu werden.

„Besser. Ich will dich schreien hören."

Der aufgeblasene Analplug füllte sie bereits, sodass ihr die Luft wegblieb, als sich sein Schwanz in ihre Pussy vorwagte. Er war verdammt groß, und alle Vibrationen verstärkten sich, bis es sich anfühlte, als würde sie von innen heraus durchgeschüttelt werden. Ihre Beine zitterten und kämpften erfolglos gegen die Fesseln. Sie war machtlos. Sie starrte zu ihm auf, keuchend, erregt und ängstlich, als sie dem Höhepunkt unaufhaltsam näher rückte.

Er glitt aus ihr heraus, presste sich wieder in sie. „Fuck, du fühlst dich gut an. Du solltest dich besser gut festhalten, Sub."

Ernsthaft? Es gab *nichts*, was sie tun konnte, nicht einmal festhalten. Ihr Ausdruck schien seine Gedanken widerzuspiegeln, denn er lachte.

Dann nahm er sie, hart und schnell und unerbittlich. Er hielt nur lange genug inne, um die Vibrationsstufe des Butterflys zu erhöhen. Die Vibrationen des Analplugs vermischten sich mit denen des Butterflys, bis sogar sein Schwanz in ihr zu vibrieren schien.

Jeder Stoß trieb sie höher und höher.

Jeder Stoß schien der Gipfel des exquisiten Vergnügens zu sein.

Ihr Atem stoppte, die Welt stoppte, als sie an der Klippe hing, alle Muskeln angespannt, während sich der Druck immer weiter aufbaute.

Er glitt langsam aus ihr heraus und zog die Folter mit einer sadistischen Finesse in die Länge. Sein Blick hielt sie für einen ewigen Moment im Bann, bevor er sich mit einem harten Stoß bis zum Anschlag in ihre Hitze hüllte.

Ihre Nervenenden zündeten und schickten Ekstase an jede Zelle. Berauschendes Feuerwerk explodierte in ihrem Körper und tanzte vor ihrem Sichtfeld. Die Empfindungen stiegen immer höher, bis ihre ganze Welt nur noch aus der Farbe Weiß bestand und eine Kaskade von Schreien aus ihr brach.

Als alle ihre Muskeln erschlafften, packte ihr Master sie an den Hüften, hob ihr Becken für eine tiefere Penetration und nahm sie hart und schnell. Er vergrub sich vollständig in ihr, fand zur Erlösung und lehnte sich vor, fixierte sie mit seinem Gewicht und seinem Schwanz auf der Matratze.

Wärme erfüllte sie – die wunderbare Hitze seines Spermas. Und doch würde aus seiner Gabe nichts wachsen. Als sie in seine durchdringenden, mitternachtsfarbenen Augen blickte, spürte sie den Stich mitten in ihr Herz. Es gäbe kein Baby mit seiner schönen Haut, seinen dunklen Augen. Nicht von ihr.

„Oh, Nolan." Sie wollte ihn berühren, konnte es aber nicht. Ihre Stimme brach, fühlte sich so zerschmettert an wie ihr Herz. „Es ... es wird nicht passieren." Sie schluchzte und Tränen füllten ihre Augen.

„Was wird nicht passieren, Süße?" Seine warme Hand legte sich auf ihre Wange.

Die ersten Schluchzer fühlten sich an, als wären sie fähig, ihre Rippen zu brechen. Oh, es schmerzte! Weitere Schluchzer folgten, als sie in Trauer ertrank. Sie spürte, wie er aus ihr herausglitt. Sie spürte, wie er alles entfernte. Sie spürte, wie seine behutsamen Hände die Fesseln lösten. Sie weinte heftiger.

Dann lag er neben ihr auf dem Bett und hielt sie in seinen starken Armen.

„N-Nein!" Sie wehrte sich. „Deine Schulter, du wirst –"

Er entließ ein harsches Lachen. „Fuck, ich liebe dich, Beth." Er zog sie näher an sich, lag auf seiner Seite, halb auf ihr, und fesselte sie allein mit seiner Größe. Als er ihr die Haare von ihren nassen Wangen schob, bemerkte sie, dass noch immer Tränen aus ihren Augen flossen. „Jetzt sag es mir, Süße. Sag mir, was dich bedrückt."

Ihre Kehle schloss sich, hielt die Worte fest und sie erstickte regelrecht daran.

„Beth." Das Knurren drängte an ihrer Trauer vorbei.

„Während du weg warst, habe ich eine letzte Behandlung versucht." Ihre Worte waren kaum hörbar. „Es hat nicht funktioniert. Der Arzt sagte mir, ich solle eine Leihmutter finden oder adoptieren."

„Oh, Süße." Trotz seines Dom-Ausdrucks waren seine Emotionen offensichtlich. Wut, dass sie ohne ihn gehandelt hatte. Trauer ... für sie.

„Das tut mir leid. *So leid.*" Sie löste sich wieder in Tränen auf und wollte – *musste* – sich entschuldigen. *Mein Körper ist wertlos. Ich bin hoffnungslos, zu nichts gut, zu nichts zu gebr* –

Es war ein Klatschen zu hören und auf ihrem Hintern entfachte ein Feuer. Der schockierende Klaps zersplitterte ihre Gedanken in Fragmente. Wild blinzelnd begegnete sie seinem genervten, dunklen Blick.

Oh Gott, sie hatte das alles laut gesagt.

„Wenn ich noch mehr von dem Mist höre, den dir Kyler in den Kopf gesetzt hat, lege ich dich über mein Knie und versohle dir den Arsch, sodass du eine Woche lang nicht sitzen kannst", knurrte er tief und bedrohlich.

Sie schloss ihre geschwollenen Augen und war dankbar, dass er sie aus der Spirale herausgezogen hatte. Mit einem zittrigen Seufzer drückte sie ihre Stirn gegen seine Schulter und schob ihre Finger in seine losen Haare. „Es tut mir leid."

„Es sollte dir leidtun, dass du diesen Schwachsinn in deinen Kopf gelassen hast, Beth. Der Rest ..." Sein Seufzer kam ihrem gleich. „Mir tut es auch leid. Ich weiß, wie sehr du dir ein anderes Ergebnis erhofft hast. Aber, Süße, die Ärzte sagten, dass du es wahrscheinlich nicht schaffst, einen Fötus bis zur völligen Reife zu bringen, selbst wenn du schwanger wirst."

„Ich weiß." Sie schniefte. So viele Hoffnungen. Einfach weg. Sie musste die Worte sagen und damit beginnen, die Realität zu akzeptieren: „Master, ich kann dir kein eigenes Kind geben – ein Kind mit deinem Blut und deinen Genen. Es wird kein –"

Sein Schnauben unterbrach sie. „Hast du zu Weihnachten gezählt, wie viele Nichten und Neffen ich habe?"

Es hatte den Anschein gehabt, dass Hunderte von Kindern herumgerannt waren. „Eine Menge."

„Sie sind sozusagen alle mein Blut. Die Blutlinie der Kings

wird sicher nicht aussterben." Seine Hand lag warm auf ihrem Rücken. „Deine auch nicht. Deine Mutter hat Brüder und eine Schwester im Mittleren Westen, und sie haben Kinder."

„Ich schätze."

„Wir planten doch bereits, früher oder später zu adoptieren, nicht?"

Sie nickte, als sich ihre Muskeln langsam entspannten. So viele Kinder brauchten ein Zuhause, dass sie sich schuldig fühlte, Nolan ein leibliches Kind geben zu wollen. „Bist du sicher, dass du kein eigenes Baby willst?"

„Beth, jedes Kind, das in unsere Familie kommt, wird mein Eigenes sein."

Als er sie an sich zog, legte sie ihren Kopf an seine Brust und lauschte dem beständigen Schlag seines Herzens – ein Herz, das groß genug war, um eine riesige Anzahl von Kindern zu lieben.

Nolan saß neben Beth auf der abgeschirmten, überdachten Terrasse, trank ein Bier und sah sich die beste Show der Welt an: ein lauter, polternder Sturm am späten Nachmittag. Es regnete so heftig, dass er den See kaum sehen konnte. Am Ufer wurde das Gras flach geschlagen. Ein Zickzack aus leuchtendem Weiß verwandelte die Welt in eine spannungsgeladene Atmosphäre, und Sekunden später rüttelte ein Donnerschlag seine Knochen durch. Eine kühle Brise wehte vorbei und trug den Duft von grüner Vegetation und Seewasser mit sich.

Verdammt gute Unterhaltung. Noch besser war es, wenn ein Mann jemanden hatte, mit dem er dieses Schauspiel teilen konnte. Er drückte ihre Finger mit seinen und drehte den Kopf.

Auf dem Stuhl neben ihm hatte Beth ihre Beine an ihre Brust gezogen, ihr Kinn ruhte auf ihren nackten Knien. Ihr Gesichtsausdruck, als sie die Gewitterwolken betrachtete, war … friedlich.

Sie war wirklich etwas Besonderes. Seine Frau. Seine Sub. Seine wahre Liebe.

Als er ihre Mutter kennengelernt hatte, hatte er versucht, seine Wertschätzung für das starke Fundament auszudrücken, das Beth erhalten hatte – wie sie trotz des Schadens, den Kyler angerichtet hatte, nicht aufgegeben hatte. Lisabet hatte gelacht und gesagt, ihr Kind sei so auf die Welt gekommen. Dem Sturm trotzend. Tatsächlich hatte Beth, als Lisabets Mann gestorben war, ihre trauernde Mutter unterstützt.

Die beiden teilten verdammt viele Eigenschaften. Zum Beispiel, wie sie ihre Schultern durchdrückten und das Kinn entschlossen hoben, wenn sie sich einem Problem gegenüberstanden. Wie vorsichtig sie mit anderen waren und sie eine anmutige Aufrichtigkeit vorlebten, die man in der heutigen Zeit nur noch selten antraf.

Im Gegensatz zu Beth hatte Lisabet jedoch ihre Gefühle nicht begraben. Sie weinte schnell und oft. Nolan erinnerte sich, als er sie aus dem Krankenhaus angerufen hatte, um ihr zu sagen, dass sie Beth vor ihrem gewalttätigen Ex-Ehemann gerettet hatten. Lisabet war in Tränen ausgebrochen.

Zweifellos war Beth offener gewesen, bevor sie zwei Jahre lang durch die Hölle gegangen war. Therapie hatte ihr geholfen, ihre Probleme anzugehen, aber der Therapeut hatte sie beide gewarnt, dass Kylers destruktive Programmierung in Zeiten von Stress wieder auftauchen könnte.

Und so war es auch gekommen.

Es brach ihm das Herz, Beth sich als wertlos bezeichnen zu hören. Sie war so eine tolle Frau, und es ärgerte ihn, dass sie nicht akzeptieren konnte, wie großartig sie war. Er hatte noch nie jemanden getroffen, der so großzügig und temperamentvoll, so stark und fürsorglich war. *Zur Hölle*, selbst jetzt war ihr Herzschmerz nicht für sie selbst, sondern für ihn, weil sie *ihm* kein Baby geben konnte.

Er nahm einen Schluck von seinem Bier. Das nächste Mal,

wenn sie Texas besuchten, würde er auf all seine adoptierten Verwandten zeigen ... vorausgesetzt, er konnte sich daran erinnern, welche seiner Cousins adoptiert waren.

Verdammt, sie hatte die letzte Behandlung ohne seine Anwesenheit durchgezogen. Die verdammten Hormone, die die Ärzte verabreichten, schickten sie immer auf eine emotionale Achterbahnfahrt. Wenigstens war er jetzt zurück und konnte die kleine Miss Unabhängig im Auge behalten.

Er lehnte sich vor und zog den niedrigen Hocker näher, obwohl es ihn nervte, dass sich seine Schulter sofort zu Wort meldete. Scheiß Verletzung. Er hatte den Schmerz ignoriert, als er Beth im Bett in den Armen gehalten hatte, und leider war seither keine Minute vergangen, in der es nicht wehgetan hatte. Er lehnte sich zurück, hob die Füße hoch und stellte das Bier zur Seite. „Komm her, Süße."

Sie erhob sich und stand nun barfuß neben ihm, gekleidet in ihrem hellblauen Cover-up und leicht nach Chlor riechend, da sie vor dem Sturm im Pool gewesen war. Er nahm ihre Hand und zog sie auf seinen Schoß. Genau die richtige Größe für ihn. Größer als Zs Jessica, kleiner als Cullens Andrea. Durchschnittlich würden die meisten sagen. Verdammt perfekt, sagte er. Groß genug, sodass er grober mit ihr umgehen und sie sich dennoch behaupten konnte. Klein genug, sodass sie perfekt in seine Arme und auf seinen Schoß passte.

Noch besser war, dass sie beide auf der gleichen Wellenlänge waren. Er konnte das Band zwischen ihnen spüren, stark und offen, keine Verwicklungen oder Knoten mehr.

Er verstand ihren Wunsch, ihm ein Baby schenken zu wollen, das wie er aussah, da er gerne ein kleines Mädchen mit Beths Augen sehen würde ... und mit ihrer dickköpfigen, liebreizenden Persönlichkeit. Die Verwendung einer Leihmutter, die ein Kind mit beiden Genen austragen könnte, war eine Option, sicher, aber verdammt, er konnte eine Frau nicht dieser Gefahr aussetzen. Freunde von ihm hatten eine Leihmutter angeheuert – eine gemeinsame Freundin – und wurden so mit einem Sohn beschenkt. Deren Glück wurde zerstört, als die Leihmutter versucht hatte, das Baby zu behalten. Sie war gescheitert, verfiel in Depressionen und beging am Ende Selbstmord. Und dann war da noch Fawn, seine Cousine, die unbedingt Leihmutter hatte sein wollen. Bei ihrem dritten Mal war sie bei der Geburt gestorben. Vierundzwanzig Jahre jung. Selbst noch ein Baby, *verdammt*.

Beth verstand, warum er dagegen war. Seine kleine Sub hatte den Mut, sich in die Gefühle anderer hineinzuversetzen. In vielerlei Hinsicht war sie mutiger als er.

Er rieb sein frisch rasiertes Kinn über ihren Kopf. „Morgen rufen wir den Vermittler an, mit dem wir für die Eignungsprüfung zusammengearbeitet haben. Wir werden auch den privaten Adoptionsanwalt anrufen."

Ihre Schultern spannten sich an und lockerten sich. „Ja, Master." Ihr resignierter Seufzer sagte, dass sie dabei war. Sie wusste, dass es höchste Zeit war, den nächsten Schritt zu machen. „Wolltest du die Route mit den Pflegeeltern probieren?"

Nach den Prioritäten des Bundesstaates standen die Verwandten eines Kindes ganz oben auf der Liste ... aber Pflegeeltern kamen gleich an zweiter. Bis zur Aufhebung der elterlichen Sorge konnten Kinder jedoch zu ihren Eltern zurückgeschickt werden – und das wurden sie oft auch. Obwohl er und Beth die Pflegeprüfung abgeschlossen hatten, wollte er nicht, dass sie noch mehr Enttäuschungen ausgesetzt wurde. „Sparen wir uns diese Option bis zum Schluss auf."

„Okay." Als der nasse Wind ihr Haar zurückpeitschte, rieb sie ihren Kopf wie eine kleine Katze an seiner Brust.

„Was wir im letzten Frühjahr nicht besprochen haben" – weil sie nicht bereit gewesen war, aufzugeben – „waren unsere Spezifizierungen."

„Spezifizierungen? Wir bestellen doch kein Bauholz für ein Gebäude, Sir." Ihr heiseres Kichern wurde an seinem T-Shirt gedämpft. Da war wieder seine Beth. Vielleicht weinte sie, wenn die Welt um sie zusammenfiel, aber dann würde sie ihre Schultern zurückwerfen und in den Überlebensmodus gehen – und sicherstellen, dass alle um sie herum es auch taten.

„Obwohl jedes Kind ein Geschenk wäre, wird die Adoptionsagentur fragen, ob wir irgendwelche Vorlieben haben." Er fuhr mit den Fingerknöcheln über ihr Kinn. „Für mich: Obwohl Jungs nett wären, möchte ich zuerst ein Mädchen. Wenn sie rote Haare wie ihre werdende Mutter hätte, würde ich sicher nicht Nein sagen."

Sie neigte den Kopf, als hätte sie nie darüber nachgedacht, Vorlieben zu äußern. Wahrscheinlich, weil sie so darauf eingeschossen gewesen war, selbst ein Kind zur Welt zu bringen. „Ein kleines Mädchen ..." Sie lächelte. „Ja. Das klingt perfekt."

„Was ist mit dir, Beth? Hast du irgendeinen Wunsch?"

„Ähm ..."

„Spuck es aus, Süße. Ich werde dir nur den Arsch versohlen, wenn mir die Antwort nicht gefällt."

Belustigung erschien in ihren Augen. Ja, sie fühlte sich besser. Den nächsten Schritt einzuleiten, war die richtige Entscheidung. „Ich hätte gerne ein Baby, wenn möglich. Um das Gefühl zu haben, dass wir bei Null anfangen." Ihre Arme bewegten sich und bildeten eine Wiege.

„Leuchtet ein. Ein kleines Mädchen. Wir haben einen Plan." Ein Baby. Ein Mädchen. Er konnte sich ihr winziges Gesicht gut vorstellen. Er zog Beth enger an sich und küsste sie auf den Kopf. „Bist du dafür bereit?"

Ihr Nicken war entschlossen. „Wir werden nicht jünger und" – ein echtes Lächeln erschien – „wenn du alle diese Räume im Obergeschoss füllen willst, sollten wir uns besser bewegen."

Beim Bau des Hauses hatte er für eine große Familie geplant. Obwohl eine Adoption sogar komplizierter sein könnte, als Beth zu schwängern, spielte das keine Rolle. Was zählte, war, dass sie ihr Zuhause mit Lärm und Lachen füllen wollten. Mit Gezänk und zerbrochenem Geschirr und Streichen. Mit Hausaufgaben am Küchentisch und Kunstwerken am Kühlschrank. Mit Mädchenkram und bezauberndem Kichern. Dazu ein paar Jungs und es gäbe Frösche in der Badewanne und Fußball auf dem Rasen.

Scheiße, ja! „Habe ich in letzter Zeit erwähnt, wie sehr ich dich liebe?"

Ihre Lippen formten sich zu einem Lächeln. „Ich denke, es ist Stunden um Stunden her." Es wärmte ihm das Herz, zu hören, wie ungezwungen sie hinzufügte: „Ich liebe dich auch, Sir."

KAPITEL FÜNF

Grant **und Connor** saßen zusammen auf der Couch und schauten einen Film. Das kleine Löwenjunge steckte auf einem Felsen fest, und sein Vater versuchte, ihn zu retten. Connor hatte zu Beginn des Films immer wieder gekichert, aber jetzt schwieg er. Angst vor dem, was kommen würde, obwohl sie den Film beide schon mehr als einmal gesehen hatten.

Grant war vor allem deshalb angespannt, weil er hoffte, dass Mama und Jermaine, wenn sie zurückkamen, nicht länger stritten.

Seit sie das Frauenhaus am vergangenen Wochenende verlassen hatten, ging es Mama immer schlechter. Heute Morgen war sie gemein zu Connor gewesen. Dann hatte sie Jermaine angeschrien und ihm gesagt, jetzt das Zeug mit ihr holen zu kommen, oder sie würde allein gehen. Auf dem Weg zur Tür und auch im Freien hatten sie sich weiter angeschrien.

Warum konnten er und Connor nicht auch Löwen sein? Dann wären sie schnell und könnten sich im Gras verstecken und … hätten einen Vater wie Mufasa.

Aber Simbas Vater war auch gestorben.

Im Fernseher fiel Mufasa und fiel und fiel, und die großen Tiere liefen über ihn hinweg, als ob er nicht da wäre. Es dauerte nicht lange, bis Connor anfing zu schniefen, und auch Grants Augen füllten sich mit Tränen. Er schüttelte den Kopf. Jungen weinten nicht! Jedoch konnte er sehr gut nachempfinden, was Simba gerade durchmachte: *Papa, komm zurück*.

Vor dem Haus schlug eine Autotür zu. Noch eine. Grant rieb sich den Arm über seine nassen Augen und drehte sich zur Tür, als Mama ins Haus stampfte. Sie sah nicht ... richtig aus: Ihr gelbliches Haar war nicht gekämmt. Sie trug kein Make-up, das ihre Augen größer oder ihren Mund rot machte.

Jermaine folgte. Er war fast so groß wie *Nolanman*, aber dünn – mehr Haut und Knochen als Muskeln. Sein fettiges, schwarzes Haar fiel ihm in die Augen, und er hatte sich seit ein paar Tagen nicht mehr rasiert, sodass ein hässlicher, fleckiger Bart seinen Kiefer bedeckte. Er knallte die Tür hinter sich zu und zeigte auf Mama. „Was habe ich dir gesagt, Schlampe? Keine Dealer vor unserer Haustür! Ich kann es mir nicht leisten, dass mir ein Bulle am Arsch herumschnüffelt."

Mama machte ein abwertendes Geräusch. „Sei kein Arschloch. Niemand weiß, dass Python ein Dealer ist. Er ist ein Sackgesicht, aber er wird rein und raus sein, bevor es jemand bemerkt, und ich werde nicht warten, bis du denkst, dass es sicher ist. Die kleine Menge, die er mir gegeben hat, wird nicht lange reichen."

Sie wirbelte herum, entdeckte Grant und Connor und tänzelte zur Couch. Aus der Nähe waren ihre braunen Augen nun fast schwarz und zuckten immer wieder. Sie verwuschelte Grants Haare so stark, dass es weh tat. Er versuchte, ihr auszuweichen, und sie bemerkte es nicht mal. „Sind meine Jungs nicht die hübschesten Jungs, die du je gesehen hast? So wie ihr Vater." Sie hob sich auf die Zehenspitzen, wie Connor das tat, wenn er zu lange gewartet hatte, um auf die Toilette zu gehen.

„Die Gören sind mir scheißegal. Und nenn mich verdammt nochmal nicht Arschloch!" Jermaine trat den Hocker quer durch den Raum. „Denk dran, Schlampe, wenn ich dich hinten in den

Graben werfe, würden sich die Alligatoren um deinen Körper kümmern."

„Oh, jetzt habe ich aber Angst!" Als Mama sich zu ihm drehte, um sich ihm zu stellen, zeigte ihr Ausdruck den Wahnsinn, der in ihrem Inneren brodelte. „Und ich nenne dich, wie ich will! Wichser!"

„Geh", flüsterte Grant seinem Bruder zu. Sie rutschten von der Couch und liefen auf Zehenspitzen zum Flur.

Jermaine stellte sich Grant in den Weg. „Ich mag es nicht, dass ihr euch herumschleicht, ihr kleinen Bastarde. Ihr seht verflucht schuldig aus. Habt ihr euch wieder an meinem Essen bedient?"

Grant schluckte schwer. „Nein. Wir haben ferngesehen."

Mama drehte sich um und ihr Ausdruck wurde gemein. „Warum rennt ihr dann weg? Immer seid ihr in eurem Zimmer." Mit einem Arm wischte sie die Magazine vom Couchtisch. „Mögt ihr eure Mama nicht mehr?"

„Verdammt, nein, das tun sie nicht. Kleinen Scheißer fressen mir die Haare vom Kopf. Ich bin es leid. Ich bin diese Schmarotzer leid!" Als Jermaine seinen Arm schwang, versuchte Grant auszuweichen.

Bäm!

Die Ohrfeige führte dazu, dass Grant mit dem Rücken gegen den Couchtisch krachte. Sein Sichtfeld verschwamm für einen Moment. Er konnte nicht aufstehen, konnte nicht mal auf die Seite rollen. Ein warmes Rinnsal lief aus seiner Nase und seine Wange schmerzte. *Tut weh.* Er schluchzte einmal, bevor er sich stoppen konnte.

Seine Mutter hörte ihn und ihr Gesicht veränderte sich. Ein sanfter Ausdruck. Als sie flüsterte, war ihre Stimme genauso sanft: „Oh, Grant."

Jermaine lachte und ahmte ihre hohe Stimme nach: *„Oh, Grant."*

Mama presste die Lippen fest aufeinander. Ihre Augen wurden

wieder verrückt, und dann ... schlug sie Jermaine direkt ins Gesicht. „Lass mein Kind in Ruhe, *Arschloch!*"

„Du dumme Fotze." Er schubste sie so hart, dass sie stolperte und sie mit der Schulter gegen die Wand krachte.

Sie schaffte es, aufzustehen und stürzte sich mit einem wütenden Kreischen auf ihn.

Indessen rollte sich Grant schwerfällig auf seine Hände und Knie. Connor packte ihn und versuchte, ihm auf die Füße zu helfen. „Beeil dich, Grant."

Mit zusammengebissenen Zähnen kroch Grant zum Schlafzimmer. Seine Ohren summten komisch und der Geschmack in seinem Mund war eklig – als hätte er aus Versehen einen Schluck von Mamas Schnaps genommen.

Mama schrie und brüllte, ihr Gesicht hatte die Farbe von Supermans Umhang. Sie packte Dinge um sich herum und warf sie an die Wand, auf den Boden, auf Jermaine, überallhin. Nur ... werfen, nicht zielen. Ein Fotorahmen landete auf dem Boden zwischen Grant und Connor, zerbrach und hinterließ überall kleine Glasscherben.

Jermaine beantwortete alles mit Geschrei.

Grant schaffte es mit großer Mühe auf die Füße. Der Raum drehte sich für eine Sekunde, sodass er taumelte, bevor sich alles wieder beruhigte. „Komm", flüsterte er Connor zu. Aber wohin könnten sie gehen? Sich unter dem Bett zu verstecken, würde nicht funktionieren. Jermaine würde sie im Schlafzimmer suchen. Er war schrecklich wütend. Ja, ganz sicher würde er nach ihnen suchen.

In dem Moment traf ein Teller Connors Rücken. Sein Bruder schrie vor Schmerz und fiel auf seine Hände und Knie.

Blut. Blut zeigte sich auf dem weißen T-Shirt seines kleinen Bruders.

„Nein!" Die Angst drängte Grant vorwärts und blieb ihm auf den Fersen, als er Connor nach oben, durch die Küche und die Hintertür hinauszog. Sobald er die Tür hinter ihnen zuzog, prallte etwas Schweres dagegen. Rennend zog er Connor durch den Garten, schob ihn durch das Loch in dem kaputten Zaun und folgte ihm.

Hinter dem Zaun blieben sie stehen. Grant wischte seine Augen trocken und suchte nach Alligatoren. Der tiefe, schlammige Graben war nach dem letzten Regen voller Wasser. Zwei graue Gestalten, die sich am weit entfernten Ufer sonnten, hoben den Kopf und beurteilten die Jungen. Einer war größer als Grant, und der Junge hielt den Atem an. Jermaine sagte, Alligatoren liebten es, kleine Kinder zu fressen, ihnen die Beine abzureißen und sie zum Schreien zu bringen.

Grant packte Connors Hand. Nichts würde seinen Bruder kriegen. „Los!"

Als sie sich vom Haus entfernten, konnte er Mama und Jermaine immer noch brüllen hören. Dinge krachten gegen etwas und zerbrachen. Er war schon ein großer Junge und doch konnte er die Tränen nicht zurückhalten.

Eine heulende Sirene weckte Grant auf. Seine Augen waren geschwollen und wund, als er sich auf dem leeren Grundstück umsah. Die Sonne war an dem großen Baum auf der anderen Seite vorbeigezogen, was bedeutete, dass er und Connor nicht mehr lange im Schatten sitzen würden. Es bedeutete auch, dass sie eine Weile geschlafen hatten.

Das Grundstück war mit mannshohen, scharfblättrigen Pflanzen gefüllt, die als *Palme-irgendwas* bezeichnet wurden. Die Teile sahen fies aus, sodass ihnen niemand zu nahe kommen würde. Nur er und Connor waren hier. Sie hatten einen gewundenen Pfad zu dem riesigen Baum in der Mitte des Grundstücks entdeckt, den sie Vaterbaum getauft hatten. Selbst bei einem Regenguss hielten die Blätter den größten Teil des Regens fern.

Immer noch zu einem Ball zusammengerollt, gähnte Connor.

Es hatte ewig gedauert, ihn dazuzubringen, mit dem Weinen aufzuhören. Und die Blutung zu stillen. Sein SpongeBob-T-Shirt, das er im Frauenhaus bekommen hatte, war am Rücken mit Blut durchtränkt. Grants T-Shirt hatte Iron Man auf der Vorderseite, sodass die Blutstropfen auf seinem kaum auffielen.

Keiner von ihnen hatte nachhause gehen wollen – nicht sofort –, also hatten sie Stöcke benutzt, um Käfer fernzuhalten, und dann beobachtet, wie Ameisen Sachen zu ihren Hügeln trugen, bevor sie vor Erschöpfung schließlich eingeschlafen waren.

Connor setzte sich auf und bewegte sich vorsichtig.

„Alles okay?", fragte Grant.

„Ich habe Hunger. Und Durst." Connors Kinn bebte. „Meinst du, Mama ist immer noch wütend?"

„Ich weiß es nicht." Sie waren schon lange hier, aber war es lang genug? Grant war auch hungrig und sein Mund war so trocken, dass er nicht schlucken konnte. Er jedoch konnte es noch ein bisschen aushalten. Connor konnte das nicht; er war noch ein Baby.

Bevor Daddy als Held gestorben war, hatte er gesagt, dass es in seiner Abwesenheit Grants Aufgabe war, seinen kleinen Bruder zu beschützen.

Manchmal war das schrecklich schwer. „Lass uns zurückgehen."

Grant blieb wachsam, um keine Bösewichte oder Alligatoren zu verpassen, und führte seinen Bruder auf dem Pfad an dem wassergefüllten Graben entlang, vorbei am Maschendrahtzaun des Nachbarn, zu ihrem Holzzaun. Nachdem er durch die Lücke in den Brettern geschaut hatte, sprang er durch und in den Garten.

Connor folgte ihm.

Grant ging ein paar Schritte und lauschte. Kein Geschrei. Kein Gebrüll. Nichts. Vielleicht hatten Jermaine und Mama das Haus verlassen? „Bleib hier und warte auf mich."

„Nein." Entschlossen packte Connor seine Hand.

„Du musst ..." Er runzelte die Stirn und warf einen Blick auf das Loch im Zaun. Könnte einer der Alligatoren durch das Loch kommen? Was war gefährlicher für Connor? Mama und Jermaine oder ein Alligator?

„Okay." Grant ging die beiden durchhängenden Stufen hinauf, öffnete die Hintertür einen Spalt und lauschte.

Stille.

Jermaine war nie still. Selbst wenn er schlief, schnarchte er. Vielleicht war er nicht hier. Das wäre gut.

So still. Vielleicht war Mama auch nicht hier, denn wenn sie verrückt wurde, murmelte sie immer etwas vor sich hin und knallte Türen zu oder lachte über nichts.

Heute Morgen war sie gruselig verrückt gewesen.

Grant drückte Connors Finger und ließ los. „Bleib hier, während ich drinnen nachschaue." Nach einem Nicken von Connor schlich Grant durch die Hintertür ins Haus. In der Küche blieb er schockiert stehen.

Natürlich war ihm Connor gefolgt. Er erschien neben ihm und auch seine Augen weiteten sich.

Grant konnte sich nicht bewegen. Er hatte eine Fernsehsendung über Erdbeben gesehen, die Städte zerstörten. Dort hatten die Häuser genauso ausgesehen. Lebensmittel aus den Schränken waren über die Arbeitsfläche und den Boden verstreut. Das Geschirr war kaputt. Die Kühlschranktür stand offen, und verschüttete Milch sammelte sich auf dem Boden neben zerbrochenen Alkoholflaschen. Die Mixtur stank schlimmer als das Grabenwasser.

Connor nahm wieder seine Hand und schluckte schwer. „Mama war wirklich wütend, oder?"

„Ja." Als sie Hand in Hand durch das Chaos liefen, festigte Grant den Griff an seinem Bruder. Am liebsten würde er sich übergeben.

Im Wohnzimmer lag der Couchtisch auf dem zerbrochenen Fernseher. Tränen brannten in Grants Augen. Kein Fernseher mehr. Nie mehr Simba oder die Shows mit dem kleinen Mädchen, das auf dem Land lebte und Zöpfe hatte und lustige Sachen machte.

„Ich muss mal", jammerte Connor. Er atmete zittrig aus, als er von dem Anblick Abstand nahm.

„Ich auch. Komm." Grant führte den Weg zum Badezimmer, wo sie beide die Toilette benutzten und dann so viel Wasser tranken, dass sie fast platzten.

„Was ist das?" Connor senkte sein Glas und zeigte mit dem Finger.

Streifen aus roten und blauen Lichtern tanzten an der Wand.

Seltsam. Grant drehte sich um. Die Lichter kamen durch eine Lücke in den Vorhängen. Nachdem er auf den Toilettensitz geklettert war, spähte er nach draußen. Ein Krankenwagen und zwei Polizeiautos mit blinkenden Lichtern standen am Bordstein. Mehrere Leute beugten sich über jemanden, der auf dem Boden lag. „Mama?"

„Ist Mama da draußen?" Connor drängelte sich um die Position neben ihm.

War sie verletzt? Schwer verletzt? Sie bewegte sich nicht, auch nicht, als man sie auf ein langes Ding hob und sie in den Krankenwagen schob, der mit ihr davonfuhr. Angst nahm von ihm Besitz und er griff mit beiden Händen die Vorhänge. *Mama.*

„Wo ist sie hin?" Panisch drehte sich Connor um, um von der Toilette zu springen.

Grant packte ihn. „Sie ist in dem Krankenwagen. Und fährt zu den Ärzten."

„Ist sie krank?"

Grant wusste es nicht. „Ich schätze. Aber sie wird zurückkommen, sobald sie ihr eine Tablette gegeben haben."

Ein anderer Mann lag irgendwie verdreht auf dem Rücken, und der Bürgersteig unter ihm war ganz rot. Obwohl seine Augen offen waren, sprach er nicht und stand nicht auf. Das sah nicht richtig aus.

Ein Polizist in Uniform ging zu einigen der Nachbarn, die das

Schauspiel beobachteten. Die Nachbarin aus der anderen Haus-hälfte – Jermaine nannte sie eine *neugierige Schlampe* – sprach mit ihm und zeigte auf das Haus. Der Polizist machte sich sofort auf den Weg zur Tür.

Das war *schlecht*. Jermaine sagte, die Bullen würden Connor und Grant wegbringen, sie trennen und in Familien stecken, wo große, gemeine Jungs ihnen wehtun, sie mit Messern angreifen und ihnen die Augen herausschneiden würden, wenn sie weinten.

„Wir müssen uns verstecken." Mit Connor hinter sich hastete Grant zu Mamas Schlafzimmer und hoffte zum ersten Mal, dass Jermaine vielleicht doch zuhause war – dass er schlief oder so.

Aber der Raum war leer.

Der Knauf an der Eingangstür rüttelte.

Daddy würde nicht wollen, dass die Polizei Connor in die Hände bekam. „*Bett*. Schnell." Auf dem Weg zum Kinderzimmer entdeckte er Mamas Handy. Er schnappte es sich und schob Connor mit der freien Hand vor sich her. Wenige Sekunden später rutschten sie unter das Bett, und er stellte den Koffer wieder an seinen Platz und schloss sie ein.

Connor hatte die Hände auf dem Mund und gab alles, um nicht zu weinen.

Grant weinte nicht, aber er zitterte so sehr, dass seine Knochen schmerzten, obwohl ihm gar nicht kalt war.

Am Donnerstag, in dem hübschen Büro im Obergeschoss, das Nolan für sie umgebaut hatte, druckte Beth ein alternatives Design für Alastairs Grundstück aus. Der erste Entwurf war ihr Favorit, vielleicht weil sie einen beruhigenden Koi-Teich hinzuge-fügt hatte, um bei seinem Job mit Stressabbau zu helfen. Sie fragte sich, ob sein Cousin, der Polizist, auch Spaß daran hätte.

Sie freute sich darauf, Max kennenzulernen. Als sie bei einer Reihe von Fotos auf dem Kaminsims angehalten hatte, war Alas-

tair bei einem mit ihm und Max hängengeblieben – zwei Teenager, die Degen kreuzten. Beide in identischer Fechtausrüstung
und doch sehr unterschiedlich. Hell und dunkel, anspruchsvoll
und rau, stromlinienförmig und kraftvoll. Was die zwei Männer
teilten, war ein vernichtendes Lächeln.

Ein anderes Foto zeigte Alastair als Kind neben seiner hoch-
gewachsenen, aristokratischen, schwarzen Mutter vor einem
stattlichen, englischen Herrenhaus. Ein Bild stellte Alastair dar,
wie er einen mageren weißen Mann in Cowboyhemd, Jeans und
Stiefeln umarmte. Sein Vater. Alastair hatte ihr erzählt, dass er
seine Sommer auf der Drago-Familienranch im ländlichen Colo-
rado verbracht hatte, die Winter in London mit seiner Mutter,
einer Neurochirurgin. *Das nenne ich mal Kulturschock.*

Familie war ein Segen. Sie konnte sich nicht vorstellen, nicht
alle ein oder zwei Wochen mit ihrer Mutter zu sprechen. Jedes
Mitglied von Nolans riesiger Familie rief regelmäßig an und oft
kamen sie in Texas zusammen. Sie hatte das letzte Weihnachten
dort genossen, obwohl die subtilen Kommentare, wann sie plante,
Kinder zu haben, überaus schmerzhaft gewesen waren. Als dies
abrupt aufgehört hatte, wusste sie, dass Nolan es erklärt und ein
Machtwort gesprochen hatte.

Ihr Retter in der Not. Am Montag – nachdem er darauf
bestanden hatte, dass sie einen Snack aß – hatte er ihre Hand
gehalten, als sie gemeinsam den Vermittler und den Anwalt anriefen, um ihre Bewerbung offiziell zu machen.

Volle Kraft voraus.

Wahrscheinlich sollte sie einen Plan machen, was nötig war,
um das Gästezimmer im Erdgeschoss in ein Babyzimmer umzu-
wandeln. Sie trabte die Treppe hinunter und an der Küche vorbei
in das besagte Zimmer. *Hmm.* Die beiden Queensize-Betten
müssen weg, aber die Regale waren in Ordnung. Sie sollten ein
Bettchen und einen Wickeltisch kaufen. Ein Schaukelstuhl zum
Füttern und Kuscheln. Sie konnte das Baby schon jetzt in ihren
Armen spüren. *Oh Gott. Nicht weinen.*

Vibrationen trafen ihren Oberschenkel und sie zog ihr Handy aus der Tasche ihrer khakifarbenen Latzshorts. *Unbekannte Nummer.* Es war wahrscheinlich einer ihrer Mitarbeiter, der sich krankmelden wollte. Wussten denn nicht alle, dass sie gerade mit Tagträumen beschäftigt war?

Sie meldete sich mit: „Beth."

Es folgte Stille.

„Beth?" Das Flüstern klang ... kindlich. Verängstigt.

Beth runzelte die Stirn.

„Ist das Beff?", flüsterte eine andere Stimme.

Beff. „Grant? Bist du das? Und Connor?"

Sie hörte jemanden schlucken, und das Geräusch kam von einem kleinen Jungen, der mit den Tränen kämpfte. Ihre Finger schlossen sich fester um das Handy. *Oh Gott,* was war passiert? „Schatz, bist du verletzt? Seid ihr sicher?"

Connor antwortete: „Mama. Sie ist draußen und die Ärzte haben sie mitgenommen. Und hier sind *Polizisten.*" Er betonte „Polizisten" auf die gleiche Weise, wie jemand anderes „Serienmörder" sagen würde.

„Ist die Polizei bei euch?" Sie zwang ihre Stimme zu Gelassenheit, obwohl der Alarm in ihrem Kopf laut plärrte. War da niemand, der sich um die Kinder kümmerte? Ein Nachbar?

„Nein. Wir sind unter dem Bett."

Unter dem Bett? „Weil Jermaine da ist?"

„Beff, hier sind *Polizisten.*"

„Du kannst der Polizei vertrauen, Schatz. Sie sind –"

„Nein." Grants Stimme.

Lieber Himmel. „Ihr seid zuhause in eurem Schlafzimmer, ja?"

„Ja", sagte Grant.

„Ich komme zu euch, Schatz. Bleibt, wo ihr seid. Ich sollte in ..." Gott sei Dank hatte sie sich die Adresse bereits im Frauenhaus herausgesucht. Drew Park war nicht weit entfernt. „Fünfzehn Minuten oder so. Könnt ihr beiden so lange warten?"

„Ja", flüsterte Grant, und bei der Erleichterung in seiner Stimme brannten ihre Augen.

„Ja, Beff", stimmte Connor zu. „Ich habe Hunger."

Sie hatte immer Snacks für die Kinder im Frauenhaus bei sich, da sie wusste, dass Kinder auf Essen reagierten. Die Jungs waren verängstigt und hatten *sie* angerufen. Das Vertrauen der beiden wärmte ihr das Herz. „Ich bringe euch Sandwiches mit."

Detective Maximillian Drago von der Mordkommission machte sich Notizen auf einem Block, als er durch die leere Haushälfte ging: *Aus dem Vorgarten entfernt, männliches Opfer, Straßenname Python, eingepackt und auf dem Weg zum Gerichtsmediziner.* In Anbetracht des zertrümmerten Schädels und der blutigen Pelikanstatue, die im Hof gelegen hatte, war die Todesursache ziemlich eindeutig.

Drusilla McCormick hatte mit viel Schwung zugeschlagen.

Der Mieter in der anderen Haushälfte hatte Schreie und einen Streit gehört. Es schien, dass der Dealer sowohl einen Blowjob als auch Geld verlangt hatte. Als Mrs. McCormick sich geweigert hatte – lautstark und mit Beleidigungen –, hatte der Mann wenig höflich reagiert. Der Kampf war körperlich geworden, als er versuchte, sich zu nehmen, was er wollte. Ein anderer Nachbar sah, wie Mrs. McCormick nach draußen gerannt war. Python holte sie ein und unternahm den Versuch, sie wieder ins Haus zu ziehen, woraufhin McCormick ihm mit einer der Gartenstatuen des Nachbarn den Kopf eingeschlagen hatte.

Ein Pelikan.

Fuck. So kann man diese Welt auch verlassen.

Mrs. McCormick war unmittelbar danach zusammengebrochen. Bevor sie ins Krankenhaus gebracht wurde, teilten die Notärzte dem verantwortlichen Beamten mit, dass ihr Blutdruck durch die Decke gegangen war und sie einen Schlaganfall vermuteten.

Crystal Meth hatte einige wirklich unangenehme Nebenwirkungen.

Max schüttelte den Kopf und nahm seinen Durchgang wieder auf. Abgesehen von dem uniformierten Polizisten, der die Haushälfte nach den Kindern abgesucht hatte, war niemand hier drin gewesen. Schöner intakter Tatort.

„Max, hast du etwas Interessantes gefunden?" Dan Sawyer durchquerte das Wohnzimmer. Die dunkelbraunen Augen waren kalt, sein Kiefer hart. Max' neuer Partner hegte eine besondere Abneigung gegen drogenbedingte Todesfälle.

„Abgesehen davon, dass das Haus wie ein Kriegsgebiet aussieht und stinkt wie eine Müllhalde?" *Gott*, er hatte so ein Durcheinander nicht gesehen, seit er die Folgen einer Meth-Laborexplosion mitbekommen hatte. Drogenutensilien waren unter all dem kaputten Kram verstreut, der den Raum verunreinigte. Blutspritzer fanden sich an der Wand neben einem faustgroßen Loch. „Die Nachbarn sagen, McCormick und ihr Freund hätten sich heute Morgen gestritten. Der Freund verschwand etwa eine Stunde vor Pythons Erscheinen."

„Der Dealer hat den falschen Zeitpunkt für einen Besuch gewählt." Dan warf einen Blick auf seine Notizen. „Freund ist ein gewisser Jermaine Hinton. McCormicks zwei Kinder sind vier und sieben Jahre alt."

„Hinton hatte sie nicht. Niemand hat sie gesehen." Ein Streitgespräch vor dem Haus zog Max zur offenen Tür.

Eine Frau in Latzshorts und einem figurbetonten blauen T-Shirt duckte sich unter dem Polizeiband durch. Vielleicht um die einen Meter siebzig und fünfzig Kilogramm, dickes, kastanienbraunes Haar und passende Sommersprossen. Das hübsche kleine Ding versuchte, an dem Officer vorbeizukommen, der den Vorgarten nach weiteren Hinweisen absuchte.

„Das ist mal eine entschlossene Frau." Sie erinnerte ihn an den

Terrier seiner Mutter, eine Kämpfernatur, die niemals kapitulierte. Sie schien keine Reporterin zu sein, und wenn sie so verzweifelt auf das Grundstück wollte, hatte sie ihnen vielleicht etwas Interessantes zu erzählen. „Officer, lassen Sie sie durch."

Als die Uniform zur Seite trat, eilte der Rotschopf durch die Tür. Anfang Dreißig würde er vermuten, mit wunderschönen blaugrünen Augen und roten Wangen auf ihrem sommersprossigen Gesicht.

„Kann ich Ihnen helfen, Ma'am?", fragte Max höflich.

„Ja, das können Sie." Sie warf einen Blick auf das verwüstete Wohnzimmer. Statt Abscheu füllte sich ihr Ausdruck mit Sorge. „Hier müssen zwei –"

„Beth. Was machst du denn hier?" Dan trat an Max vorbei. „Im Moment kein guter Ort für dich, Sub."

Sub. Max musterte sie genauer. Sein Partner war ein Verfechter für Geheimhaltung, sowohl bei der Polizeiarbeit als auch im BDSM. Indem er die Bezeichnung „Sub" verwendete, ließ er Max wissen, dass Beth ein Clubmitglied war – und unterwürfig, trotz der Entschlossenheit in ihrer Haltung. *Interessant.*

„Dan, ich bin so froh, dass du hier bist." Das Lächeln der kleinen Rothaarigen verwandelte sich in ein Stirnrunzeln. „Nur würde es helfen, wenn ihr viel kleiner wärt. Und weiblich."

War das eine Beleidigung? „Und warum ist das so, Ma'am?"

Sie neigte den Kopf. „Ich wette, Sie sind Alastairs Cousin, oder?"

„Schuldig im Sinne der Anklage."

„Ah, richtig", sagte Dan. „Beth, das ist mein Partner Detective Max Drago. Max, Beth King. Ihr Mann ist ein Freund."

„Freut mich, Sie kennenzulernen", murmelte sie, bevor sie sich an Dan wandte. „Grant und Connor sind hier, Dan. Die Kinder aus dem Frauenhaus."

„Welches Frauenhaus?", fragte Max.

„*Der Morgen Gehört Mir.*" Dans Gesicht verdunkelte sich. „Haben sie das Frauenhaus nicht erst verlassen?"

„Mrs. King", sagte Max sanft. „Es ist niemand hier. Mrs. McCormick wurde ins Krankenhaus gebracht. Jermaines Aufenthaltsort ist unbekannt. Niemand weiß, wo die Kinder sind."

„Ich schon." Ohne zu zögern, passierte sie Dan, bewertete die Hausaufteilung und schritt in den schmalen Flur, der zu den Schlafzimmern führte. Sie ging am Hauptschlafzimmer vorbei in das kleinere. Das leere Kinderzimmer.

Dickköpfige Frau. „Ma'am, sie sind nicht hier."

„Doch, das sind sie." Neben dem schäbig aussehenden Doppelbett ging sie auf die Knie. Nachdem sie einen Koffer unter dem Bett herausgezogen hatte, beugte sie sich vor und sagte in einem besänftigenden Ton: „Hey, Jungs. Ich bin's. Beth."

Ein paar welpenartige Quietschgeräusche ertönten, und zwei dünne Jungen rutschten heraus. Ohrenlanges braunes Haar, braune Augen, hellbraune Haut. Er vermutete eine hispanische/kaukasische Mischung. Sie warfen sich in Beths Arme und hätten sie dabei fast umgeworfen.

„Nun, verdammt", murmelte Dan.

„Das kannst du laut sagen." Der Polizist hatte die Räume durchsucht. Er und Dan hatten die Räume durchsucht. Das Bett war so verdammt niedrig und der Bereich darunter so vollgepackt, dass jeder vermutet hatte, dass sich dort niemand verstecken könnte. Ein Erwachsener könnte das auch nicht.

Er hätte sorgfältiger suchen sollen.

„Ich rufe das Jugendamt an, sodass sie in der Station zu uns stoßen können." Dan zog sein Handy heraus.

„Mrs. King, woher wussten Sie, dass die beiden unter dem Bett waren?", fragte Max.

Anscheinend hatte sie genug vom Siezen, denn sie sagte: „Bitte nenn mich Beth." Sie hatte einen Arm um jedes Kind geschlungen, und die Jungen klammerten sich so fest an sie, dass es ein Wunder war, dass sie noch Luft bekam. „Sie haben mich angerufen."

Dan steckte sein Handy weg. „Der uniformierte Officer rief

nach ihnen, da die Nachbarin vermutete, sie könnten noch im Haus sein." Sorgenfalten formten sich zwischen seinen Augenbrauen. „Konnten sie nicht antworten? Sind sie verletzt?"

Verletzt? Bei dem Gedanken erstarrte Beth. Sie hatte nicht einmal nachgesehen. Nur klammerte sich Connor so verzweifelt an sie, dass sie nicht wusste, wie sie das tun sollte. Sie küsste ihn auf seinen Kopf und fragte Grant: „Geht es euch gut, Schatz?"

Grant nickte und stand auf, blieb aber in ihrer Nähe. Die Unabhängigkeit in diesem siebenjährigen Jungen erstaunte sie immer wieder. Und machte sie traurig. Er musterte die beiden Männer mit zusammengekniffenen Augen. Verständlich. Die Detectives waren beide über einen Meter achtzig groß, und Max war ein Powerlifter, muskulös wie Master Raoul. Zudem stellten sie ohne ihre Jacken alle ihre Polizeiinsignien – Waffen und Abzeichen – zur Schau.

Nun ja, Dan war auch ohne die Ausrüstung mit seinem unterkühlten Cop-Ausdruck ein bisschen beängstigend. Und sein neuer Partner war ebenso einschüchternd.

„Jungs, das ist Connor" – sie rieb ihre Wange an seinem braunen Haar, das so weich war wie das Fell eines Kätzchens – „und sein großer Bruder Grant."

Als Grant die Polizisten musterte, legte er seine Hand um ihr Handgelenk, als wollte er sicherstellen, dass sie bei ihm blieb – und ihr Herz blutete für ihn. Kinder, die aus der Kleinkindphase raus waren, sollten mutige kleine Entdecker sein, gefüllt mit dem Mut, der aus dem Wissen kam, dass sie geliebt wurden, dass sie bezaubernd und erstaunlich waren. Dieser kleine Junge sollte keine Angst vor ein paar Detectives haben.

Sie drückte Grants Schulter. „Grant, Connor, das sind Detective Sawyer und Detective Drago."

„Detectives?" Connors Kopf hob sich von ihrer Schulter und

er starrte mit offener Angst auf ihre Abzeichen. „Beff, sie sind *Polizisten.*"

„Ja, das sind sie. Sie sind allerdings auch Freunde von mir. Es ist in Ordnung, mit ihnen zu sprechen." Sie zog ihn an ihre Seite und tat dasselbe mit Grant, um allen klarzumachen, dass sie unter ihrem Schutz standen. „Keine Sorge, Schatz. Wenn sie euch erschrecken, werde ich sie anschreien."

Dans rechter Mundwinkel zuckte. Obwohl das Gesicht des anderen Detectives mit dem von Dan um Härte konkurrierte, leuchteten seine Augen vor Belustigung.

Connor jedoch keuchte entsetzt auf und legte seine kleine Hand über ihren Mund. „Pst. Sie werden dir wehtun."

Die Detectives verloren jede Spur von Belustigung.

Dan setzte sich auf das Bett und wirkte sofort weniger bedrohlich.

Max ging zwei Schritte zurück, ließ sich auf ein Knie herunter und legte seine Unterarme auf seinen Oberschenkel. Interessant, wie sehr sein Gesicht dem seines Cousins ähnelte. Beide hatten ein eckiges Kinn, scharf gemeißelte Wangenknochen und gerade Nasen. Alastairs Mutter hatte ihm jedoch die schokoladenfarbene Haut, die volleren Lippen und eine leichte orientalische Neigung zu seinen grünbraunen Augen hinterlassen. Max hatte scharfsinnige blaue Augen und helle Haut, obwohl er die Bräune von jemandem aufzeigte, der die Natur liebte. Alastair bewegte sich wie eine große Katze. Max war kraftvoll muskulös – und seine intensive Körperhaltung ähnelte der von Nolan.

Als Max sie anlächelte, musste sie zugeben, dass beide Cousins ein unglaublich attraktives Lächeln hatten. „Beth, kannst du uns einen Überblick darüber geben, was du – und die Jungs – wisst?"

„Sicher, aber viel ist es nicht." Sie kuschelte die beiden Jungen an sich und hoffte, dass sich der Detective als so nett erwies wie sein Cousin. „Sie erzählten mir, wie die Sanitäter ihre Mutter weggebracht haben und dass ich sie unter dem Bett finden kann."

Die Männer schwiegen und versuchten wahrscheinlich, die richtigen Worte zu finden, um nicht bedrohlich zu wirken, wenn sie die Kinder fragten, warum sie nicht herausgekommen waren. „Wie kommt es, dass du dich vor den Cops versteckt hast, Grant?"

Er sah ihn an, als wäre er ein Idiot. „Sie bringen Kinder fort. Und sie erlauben nicht, dass sie zusammenbleiben."

„Sie würden uns zu Familien schicken, wo böse Jungs mit Messern sind, und die Jungs würden uns wehtun", vertraute Connor ihnen an, seine braunen Augen ernst.

„Wenn wir nicht zusammen sind, kann ich nicht auf Connor aufpassen", flüsterte Grant.

Beth umarmte ihn. *Bester großer Bruder aller Zeiten.* „Ich kann verstehen, warum dir das Sorgen bereiten würde. Aber das hier sind gute Polizisten. Und ich werde nicht zulassen, dass sie euch trennen." Wenn Dan und Max die Jungs nicht beschützen konnten, dann müsste sie das eben tun.

„Könnt ihr uns sagen, was heute passiert ist?" Dan zog einen Notizblock heraus.

Als Grant nicht sprach, sagte Connor: „Wir haben ferngesehen, und Mama und Jermaine kamen nachhause, und sie waren sauer aufeinander, und dann waren sie sauer auf uns."

„Er nannte uns *kleine Scheißer* und sagte, wir hätten Essen gestohlen. Er hat mich geschlagen." Rot vor Wut berührte Grant seine verletzte Wange und Nase. Getrocknetes Blut zeigte sich immer noch auf seiner Lippe und seinem Kinn und überall auf seinem Iron Man-T-Shirt.

Die Erinnerung daran, wie sehr die große Faust eines Mannes wehtun konnte, würde nie ganz verschwinden. Beth wusste das nur zu gut. Sie zog ihn ein wenig enger an sich.

„Mama nannte Jermaine etwas, was man nicht sagen darf. Dann stritten sie sich, und sie warf Dinge." Connors wild wedelnde Hände imitierten, wie jemand etwas packte und ziellos irgendwo hinwarf.

Kein Wunder, dass das Wohnzimmer einem Katastrophengebiet ähnelte.

„Ein Teller hat Connor erwischt", sagte Grant.

Connor krümmte seinen Nacken, um über seine Schulter zu schauen, wo die Rückseite seines T-Shirts steif und blutig war.

Beth berührte den Saum. „Darf ich mal sehen?" Als er nickte, zog sie den Stoff hoch und drehte ihn um, damit die Männer es auch in Augenschein nehmen konnten. Die fiese Wunde blutete nicht mehr, aber um sie herum bildeten sich violette Blutergüsse.

Zorn zeigte sich auf Max' Gesicht, sein Ton war jedoch gelassen. „Ich wette, das hat wehgetan. Deine Mutter hat dir kein Pflaster gegeben oder so?"

„Wir sind hinten rausgerannt." Grants Hand klammerte sich an Beths. „Hat Jermaine sie geschlagen, weil wir weggelaufen sind? Musste sie deshalb ins Krankenhaus?" Seine Stimme bebte. „Bin ich schuld daran?"

„Oh, nein, Grant." Beth schüttelte den Kopf.

„Nein." Dans Stimme vertiefte sich. Ein Shadowlands-Master im Dom-Modus klang ähnlich einem Gott. „Sie war nicht verletzt, Grant, sie war krank. Deshalb verlor sie die Beherrschung. Deshalb ist sie jetzt im Krankenhaus."

Krank oder Überdosis? Zu viel von Crystal Meth und es könnte tödlich enden. Beth fing Max' Blick ein und zog fragend die Augenbrauen hoch. Er verstand und das traurige Schütteln seines Kopfes beantwortete ihre Frage.

Als Beth auf die kleinen Jungen hinunterblickte, nagte die Sorge an ihr. Was würde mit ihnen passieren, wenn Drusilla länger im Krankenhaus bleiben musste und vielleicht sogar ein Drogenentzug nötig war?

KAPITEL SECHS

Eine Stunde später saß Beth zwischen den beiden Jungen in einem kleinen Verhörraum in der Polizeistation von Tampa.

Connor zappelte unruhig auf seinem Stuhl, den er so nah an Beths geschoben hatte, wie es nur ging. Bevor sie das Haus verließen, hatte sie Max' Erste-Hilfe-Kasten benutzt, um den Rücken des Jungen zu verarzten.

Grant saß zu ihrer Linken und auch sein Stuhl konnte nicht näher stehen. Obwohl der Sachbearbeiter des Departments für Kinder und Familien aufgetaucht war, wollten die Kinder Beths Seite nicht verlassen.

Sie konnte es ihnen nicht verübeln – sie würde auch nicht in der Nähe von Price sitzen wollen. Der Sachbearbeiter saß auf der anderen Seite des Metalltisches. Sein aufgeknöpftes Sakko enthüllte einen Bierbauch, und sein hellbraunes Haar war so drapiert worden, um eine kahle Stelle zu verstecken. Der Idiot hatte seine Langeweile nicht unterdrücken können, als die beiden Detectives die Jungen zu den Ereignissen des Tages befragt hatten.

Mit verschränkten Armen lehnte Max an einer Wand. Dan saß neben Price, vor sich ein Laptop.

Connor zog an ihrem Ärmel und sie beugte sich zu ihm, sodass er in ihr Ohr flüstern konnte: „Ich wünschte, Nolanman wäre hier."

Nolanman. Der Name brachte sie zum Lächeln. Als sie die Kinder kennengelernt hatte, hatte sie Nolan als ihren *Iron Man* vorgestellt, ihren Helden, der sie vor einem Bösewicht gerettet hatte. Die Jungs hatten den Namen übernommen. Sir fühlte sich nicht wohl dabei, in den Heldenstatus erhoben zu werden, aber genau dorthin gehörte er ihrer Meinung nach.

„Nolan kommt so schnell er kann." Sie hatte ihn angerufen, bevor sie Drusillas Haus verlassen hatten.

„Er muss sich beeilen", sagte Grant in einem ersten Ton.

„Ich denke, wir sind hier so gut wie fertig." Dan schob den Laptop von sich und hob den Blick zu ihr und Price. „Haben wir einen nächsten Verwandten von Drusilla?"

Verdammt, Drusilla. Warum konntest du nicht drogenfrei bleiben? Um der Jungen willen, wenn schon nicht für dich selbst. Als Price nichts sagte, antwortete Beth: „Laut den Aufzeichnungen des Frauenhauses gibt es keine Verwandten. Der Vater der Jungs starb im Irak. Jermaine Hinton zog letzten Frühling mit ins Haus und er ist ein Ars –" Sie räusperte sich. „Er war nicht nett zu ihr."

„Warum zum Teufel ist sie zu ihm zurückgegangen?", fragte Dan.

Prices ohnehin rötliches Gesicht verdunkelte sich noch weiter, als er Beth mit Abneigung anfunkelte. „Mr. Hinton hatte den gerichtlich angeordneten Anti-Aggressionskurs abgeschlossen. Mrs. McCormick hatte das Gefühl, dass sie und die Kinder mit ihm sicher sein würden."

„Nur waren sie das nicht", murmelte Max.

„Können Sie die Jungs an sich nehmen?", fragte Dan den Sachbearbeiter. „Ich gehe davon aus, dass sie in Pflegefamilien untergebracht werden?"

Die kleinen Körper zu beiden Seiten von Beth erstarrten.

„Pflegefamilien", flüsterte Grant mit dem gleichen Entsetzen, das er auch bei dem Wort *Polizist* geäußert hatte.

„Sie werden dafür sorgen, dass sie zusammenbleiben, ja?", fragte Beth schnell. „Sie brauchen –"

„Natürlich werde ich es versuchen." Prices gleichgültiger Ton sagte, er würde es nicht versuchen. Der faule Penner würde den einfachsten Weg wählen.

Beth schärfte ihre Stimme: „Ich möchte, dass Sie mir versprechen, mehr zu tun, als es nur zu *versuchen*."

„Nicht nötig." Die tiefe, raue Stimme kam von der Tür hinter ihr. „Beth und ich sind bemächtigt, Pflegekinder zu uns zu nehmen." Nolan betrat den Raum, sein schwarzes T-Shirt, seine Jeans und seine Arbeitsstiefel mit Schmutz bedeckt.

Die Jungen drehten sich um, sahen ihn und quietschten vor Freude. Sie sprangen beide von ihren Stühlen und krachten so hart in ihn rein, dass er tatsächlich einen Schritt zurückschaukelte.

„Hey, Männer", sagte er in seinem kehligen Knurren, das für sie der Inbegriff von Sicherheit bedeutete. Die Kinder fühlten offensichtlich genauso. Als er sich vor ihnen auf ein Knie herunterließ, schmiegten sie sich wie Welpen an ihn.

Er zuckte zusammen, als Connors Kopf gegen seine Schulter stieß, aber da es Nolan war, ignorierte er seinen eigenen Schmerz, um Trost zu spenden.

Beth sah die drei mit einem Lächeln auf den Lippen an und versuchte, ihre Gedanken in Reih und Glied zu bringen. Pflegeunterbringung. Warum hatte sie vergessen, dass sie und Nolan eine Pflegeerlaubnis hatten? Würde ihnen das die Möglichkeit geben, sich um Jungen zu kümmern, die nicht zur Adoption standen?

Und wenn ja … sollten sie die Kinder zu sich nehmen? Beth biss sich auf die Unterlippe. Ihr Herz wollte sie mit nachhause nehmen, sie beschützen, sie füttern und ihnen alles geben, nach was sie sich sehnten. Drusilla würde jedoch nicht für immer im

Krankenhaus sein und irgendwann würde sie ihre Jungen zurückhaben wollen. Sie würden an einen Ort zurückkehren, an dem sie nicht sicher waren, und Beth wäre nicht in der Lage, ihnen zu helfen.

Max warf ihr einen verständnisvollen Blick zu und stieß sich von der Wand ab. „Hey, Jungs. Kommt und helft mir. Wir kaufen ein paar Getränke. Ich denke, Beth hat Durst."

Zwei besorgte Augenpaare musterten sie. Mit einem panischen Ausdruck. Sie hatten Angst, Beth würde sie verlassen.

„Nolan und ich werden hier auf euch warten." Sie zwang sich zu einem Lächeln.

Beruhigt nahmen die Jungs Max' Hände. Connor sagte in einem feierlichen Ton zu ihm: „Beff bringt uns immer Saft. Diesmal können wir ihr etwas bringen."

So süß.

Nachdem sie den Raum verlassen hatten, begann Dan ein leises Gespräch mit Price.

Beth wandte sich an Nolan. „Sir ..."

„Es gibt keinen Grund, diesen beiden nicht zu helfen, während wir auf unser Baby warten, oder?" Sein dunkler Blick schweifte über ihr Gesicht, und Verständnis erfüllte seine Augen. „Ah, das ist es nicht, worüber du dir Sorgen machst. Es ist, weil es dir das Herz brechen wird, sie zurückzugeben. Und weil du sie dann nicht mehr beschützen kannst."

Sie nickte.

„Kannst du mit dem Schmerz umgehen?" Sein Gesichtsausdruck änderte sich nicht, als er seine Hüfte gegen den Tisch lehnte und auf ihre Entscheidung wartete. Kein Druck, keine Befehle. Ihr Sir, Master der Geduld.

Sie erinnerte sich, wie Connors winzige Hand Nolans T-Shirt gepackt hatte. Nach Halt suchend, nach Stabilität. Sie hatten Angst davor, was auf sie zukommen würde, wohin die Erwachsenen sie schicken würden. Schließlich war es gut möglich, dass das Sackgesicht Price sie trennen würde.

Sie holte kontrolliert Luft. Die beiden zu verlieren, nachdem Beth sie noch mehr ins Herz geschlossen hatte, würde sie sicherlich ruinieren und doch ... war es ihr egal. Ihr Schmerz spielte keine Rolle, wenn das Wohlergehen zweier kleiner Jungen auf dem Spiel stand. „Ja, wir nehmen sie zu uns."

Nolan nickte, als hätte er bereits gewusst, wie sie antworten würde.

„Es tut mir leid, aber die Kinder müssen schnell platziert werden." Price kniff die Lippen zusammen, als hätte er an einer Zitrone gesaugt. „Ich habe keine Zeit, Ihr Zuhause zu überprüfen und abzusegnen."

„Inspektionen wurden bereits durchgeführt", sagte Nolan.

„Nichtsdestotrotz", zischte Price. „Es gibt bestimmte Verfahren, Vorschriften, andere –"

„Die Jungs kennen uns", sagte Nolan. „Eine Unterbringung bei uns wäre in ihrem besten Interesse."

Aufgrund vergangener Auseinandersetzungen mochte Price sie nicht. Einmal hatte sich Nolan mit ihm angelegt, weil er bei einer misshandelten Mutter nicht schnell genug reagiert hatte. Demnach mochte er Nolan auch nicht. Sie war nicht überrascht, dass er es ihnen nun schwer machte.

„Es tut mir leid, aber –" Als Price vor sich hin quatschte, zog Nolan sein Handy heraus und wählte eine Nummer. „Z? Ich könnte deine Hilfe gebrauchen."

Beth blinzelte. *Okay.* Master Z – Zachary Grayson, der Besitzer des Shadowlands – war ein äußerst wohlhabender Kinderpsychologe und genoss in Tampa viel Einfluss. Nolan haderte nicht lange und fuhr gleich die schweren Geschütze auf. Der *arme* Price hatte keine Ahnung, was jetzt auf ihn zukam.

Beth und die Kinder gingen während der unschönen Diskussion in Dans Büro.

Dan stattete sie mit Spielzeug und Decken aus – woher auch immer all das kam. Max tauchte etwas später mit Fast Food und Getränken auf, und mit den Worten, dass seiner Meinung nach alles besser wurde, nachdem man einen Burger und Pommes verspeist hatte.

Jetzt saß sie auf dem Boden auf einer Decke und zwei satte Jungen hatten es sich auf ihrem Schoß bequem gemacht. Ihre Füße waren eingeschlafen, ein Spielzeug grub sich in ihre Hüfte, aber all das war ihr egal.

Wenn sie nur wüsste, was gerade in dem anderen Raum vor sich ging ...

Dann hörte sie eine vertraute, geschmeidige Baritonstimme. Eine, die fast so viel Sicherheit vermittelte wie die ihres Masters.

„Ich weiß Ihre Hilfe zu schätzen, Mrs. Molina." Master Z betrat den Raum, begleitet von einer kleinen Frau mittleren Alters in einem magentafarbenen Kostüm. Nolan und Dan folgten ihnen. Price war nicht zu sehen. *Gott sei Dank.*

Zs silbergrauer Blick fegte über sie und die Kinder. „Ich sehe, dass sie sich auf ihre bevorzugte Bezugsperson gesetzt haben, um sicherzustellen, dass sie nicht entkommt."

Die Frau neben ihm zog eine Augenbraue hoch. „So scheint es mir auch."

„Kannst du aufstehen, Süße? Ich möchte, dass du Mrs. Molina kennenlernst." Lächelnd hob Nolan die Kinder von ihr herunter und zog Beth auf die Füße. Als sie den Raum durchquerte, hörte sie Connors süße Stimme: „Nolanman, guck, Spielzeug."

Z sagte: „Mrs. Molina, das ist Beth King, Nolans Frau. Beth, Mrs. Molina arbeitet bei dem *Department of Children and Families.* Sie kam vorbei, um für die Kinder alles in die Wege zu leiten."

„Ich freue mich, Sie kennenzulernen." Beth streckte ihre Hand aus.

„Mich freut es auch. Wie es aussieht, kennen Sie und Mr. King die Kinder von deren Aufenthalt im Frauenhaus?" Der Händedruck der Frau war fest, ihre braunen Augen direkt. Sie sah zu Nolan, der in die Hocke gegangen war, da Connor ihm sein Happy Meal-Spielzeug zeigen wollte, bevor sie Beth fragte: „Hat Mr. King Familie dort? Kennen Sie einen der Bewohner?"

Mit anderen Worten: Wieso war es einem *Mann* gestattet, das Frauenhaus zu betreten? „Nein. Mein Mann ist Bauunternehmer und hilft bei Reparaturen."

Mrs. Molina schien immer noch verwirrt zu sein. „Ein *Mann*? Aber –"

„Das Frauenhaus fiel in sich zusammen und stand kurz vor der Schließung, als Beth das Geld spendete und es so offenhielt", grätschte Master Z ihr ins Wort.

Seine Erklärung klang so altruistisch, während sie es einfach als logisch empfunden hatte, zu helfen. Ihr sehr reicher, sehr gewalttätiger Ex-Ehemann war ohne Testament gestorben, und so hatte sie etwas Geld geerbt, obwohl seine Verwandten versucht hatten, ihr das Erbe streitig zu machen. Da das Geld eine hässliche Erinnerung an ihn darstellte, hatte sie entschieden, es an Unterkünfte für häusliche Gewalt zu spenden.

Kylers Familie war entsetzt gewesen.

Z neigte den Kopf. „Beide Kings helfen im Frauenhaus. Menschen, die Beth kennt, werden oft als Freiwillige angeworben – dazu gehört auch meine Frau."

Dan schnaubte. „Und meine."

„Ich verstehe." Belustigung tanzte in den braunen Augen von Mrs. Molina. „Ich bin beeindruckt, wie viel Reichweite Sie genießen."

Beth runzelte die Stirn. „Bitte was?"

„Obwohl ich der Meinung bin, dass es gut wäre, die Kinder bei Ihnen unterzubringen, wäre es ohne den" – die Frau schnaubte doch tatsächlich – „Druck von oben unmöglich gewesen, alle erforderlichen Unterschriften einzuholen." Ihr flüchtiger Blick zu Z sprach sowohl von Unmut als auch von Bewunderung.

Beth starrte Master Z an. „Was hast du gemacht?"

Er schenkte ihr ein kleines Lächeln. „Als mein Einfluss nicht genug war, tat ich, was jeder kluge Mann tun würde – ich habe meine Mutter angerufen."

Beths Kinnlade klappte herunter. Sie hatte die erschreckend reiche und pfiffige Madeline Grayson getroffen. „Das hast du nicht."

„Ich glaube, sie hat mit dem Bürgermeister gesprochen."

„Das hat sie", sagte Mrs. Molina trocken.

Okay. Wow.

„Richte Madeline meinen Dank aus." Nolan schloss sich ihnen an, Connor auf seiner Hüfte, Grant neben ihm.

„Hey, Jungs, ihr kommt mit zu uns nachhause", sagte Beth zu den beiden.

Als Reaktion hüpfte Connor in Nolans Armen auf und ab und Grant schlang seine Arme um Beths Taille.

Und Mrs. Molina lächelte.

Zuhause half Nolan Grant und Connor aus dem Auto des Jugendamt-Mitarbeiters und machte sich eine mentale Notiz, Kindersitze für seine und Beths Fahrzeuge zu kaufen. Als die Kinder seine Hände nahmen und mit ihm über den Steinpfad liefen, spürte er eine Enge in seiner Brust. Ja, er wollte Kinder.

Bald würde es ihr kleines Mädchen sein, das seine Hand hielt. Hoffentlich würden ihr weitere folgen.

In der Zwischenzeit konnten sie diesen beiden Kleinen ein sicheres Zuhause geben, bis ihre Mutter gesund war und sich wieder um sie kümmern konnte.

„Da sind wir, Männer." Unter dem Portikus schob er die Haustür auf und hörte Geräusche aus der Küche. Da er seine Geschwindigkeit niedrig gehalten hatte, sodass Mrs. Molina problemlos folgen konnte, war Beth vor ihm nachhause gekommen.

Als Mrs. Molina die Tür erreichte, zog er die Kinder zur Seite.

„Ladys gehen zuerst durch Türen." Sein Vater hatte ihm früh beigebracht, wie Männer Frauen behandeln sollten. Nolan wollte dies an die nächste Generation weitergeben.

„Kommt rein", rief Beth aus der Küche. „Möchte jemand etwas Wasser oder Limonade oder Milch?"

Als sie durch das Wohnzimmer gingen, sahen sich die Jungs mit weit aufgerissenen Augen um.

Nolan betrachtete das spanisch beeinflusste Dekor aus der Sicht eines Kindes. Langweilige cremefarbene Stuckwände, hellbraune Ledermöbel und Parkettböden. Minus fünf Punkte. Er fügte zwei Punkte für die bunten handbemalten Fliesen über den Bogenfenstern, Türen und dem Steinkamin hinzu. Zog zwei Punkte ab, da der Raum makellos war. Keine Spielzeuge. Keine Haustiere.

Er runzelte die Stirn bei den dunkelroten Vasen in den Nischen. Zwei aktive Jungs. Vielleicht war es an der Zeit, etwas umzugestalten. Außerdem hatte er plötzlich das Verlangen, in dem großen Raum Fangen zu spielen.

Seine Lippen zuckten. Beth würde ihn umbringen. „Ich habe Durst. Wie sieht's bei euch aus?"

Grant schaffte ein Nicken, aber Connors Hand war kalt und zitterte. Der Kleine hatte Scheißangst. Kein Wunder. „Komm her, kleiner Mann." Nolan hob ihn in seine Arme und gemeinsam betraten sie die Küche. Der Junge sollte mehr wiegen, *verdammt*. „Hast du leckere Snacks für uns, Beth?"

„Aber natürlich." Sie sah den Jungen auf seiner Hüfte und schenkte Connor ein zärtliches Lächeln. Der süße Ausdruck in ihren Augen war jedoch allein für Nolan gedacht. *Fuck*, er liebte sie.

„Dann wollen wir mal schauen." Sie zog die Cookie-Dose zu sich. Der große Keramiktopf war ein Hochzeitsgeschenk seiner Mutter gewesen – zusammen mit all seinen liebsten Cookie-Rezepten. Er hatte den Behälter noch nie leer gesehen. „Da Nolan süße Snacks mag, haben wir hier Cookies. Ich mag salzige

Snacks, also gibt es auch Kartoffelchips. Connor, was möchtest du?"

Connor presste seinen Kopf an Nolans Schulter. Grant schwieg.

Mrs. Molina sprach in die Stille: „Ich hätte gerne einen Cookie, bitte."

„Gerne doch." Als Nolan und die Jungs an der Kücheninsel Platz nahmen, gab Beth Mrs. Molina einen Cookie und reichte auch den Jungen einen. „Esst die und wenn ihr danach noch Hunger habt, gibt es immer mehr." Sie legte Cookies auf einen Teller und schüttete zudem Chips in eine Schüssel, sodass sich alles in Reichweite befand.

Die Jungen bekamen Milch. Mrs. Molina entschied sich für Eistee.

Als Nolan eine Augenbraue hochzog, nahm sein untergewichtiges, kleines Häschen pflichtbewusst einen Cookie und goss Milch für sich ein.

Während die Kinder ihre Snacks genossen, arbeiteten sich die Erwachsenen durch einen Stapel Papierkram und eine weitere schnelle Beurteilung. Das Kinderzimmer wurde genehmigt. Das verschlossene Tor mit dem Zaun, der den riesigen Pool umfasste, bekam ein erfreutes Nicken. Nolan hatte die Pflegebestimmungen für zu streng gehalten, erinnerte er sich jedoch an seine jugendlichen Abenteuer, erkannte er, dass er sich nicht mehr hätte irren können. So wie das Honig bei Bienen schaffte, wurden Kinder von Pools und Seen angelockt.

Gut, dass der See eingezäunt war. Nachdem sich ein Eindringling mit einem Boot Zugang zum Haus eines Freundes am See verschafft hatte, hatte Nolan einen Zaun und ein Sicherheitssystem für sein gesamtes Grundstück installiert. Er war nicht oft weg, aber er wollte, dass sich seine Frau stets sicher fühlte. Genau wie die Jungs – und schon bald ihr kleines Mädchen.

„Ich bin hier fertig." Mrs. Molina sortierte ihre Dokumente. „Je nachdem, wie schnell Mrs. McCormick sich erholt, müssen

Sie vielleicht Pläne machen, damit die Kinder in die Schule gehen können. Ende August beginnt das neue Schuljahr. Und du gehst in den Kindergarten, Connor?"

Der Junge nickte kaum merklich. Das zu sehen, machte Nolan zornig. Heute waren die Worte direkt aus dem normalerweise so gesprächigen Kind heraus erschreckt worden. Nach dem, was Dan gesagt hatte, hatte Drusilla vor den Kindern einen Wutanfall bekommen.

Fuck, was für eine Welt.

Bevor sich die Jungs einen neuen Cookie nahmen, warteten sie zuerst darauf, dass Beth ihre Zustimmung gab. Ihre Milchgläser hatte sie immer wieder unauffällig aufgefüllt.

Zu guter Letzt packte Mrs. Molina alles in ihre massige Aktentasche und erhob sich. „Beth, Nolan, es hat mich gefreut."

„Was ... passiert jetzt als nächstes?", fragte Beth.

„Mr. Price wird anrufen und Folgebesuche arrangieren."

Price? Als Nolan Beths Grimasse sah, gluckste er. Gut, dass sich die Vorgesetzte bereits abgewandt und die Reaktion seiner Frau nicht gesehen hatte.

Nachdem Mrs. Molina gegangen war, reichte Beth den Jungs die Hände. „Connor, Grant, ich habe eure Rucksäcke in euer Schlafzimmer gebracht. Wollen wir eure Sachen auspacken?"

Beth und die Cops hatten Müllsäcke und Rucksäcke mit den Besitztümern der Kinder gefüllt. In der Mitte des Schlafzimmers standen zwei Müllsäcke und zwei Rucksäcke. Nolan erinnerte sich an all den Kram, den er als Kind hatte. Reichlich Kleidung sowie Baseballschläger und Bälle, Schlittschuhe, ein Fahrrad, Fußbälle, Spielzeugsoldaten, Raketen, Flugzeuge und Lastwagen, Lego und Holzklötze, Malbücher, seltsame Rätsel und Bilderbücher. Seine Sachen hätten weitaus mehr als ein paar Müllsäcke gefüllt.

Hier sollten sie sich aber wohlfühlen. Da sich seine Geschwister den Spruch „Seid fruchtbar und mehret euch" zu Herzen genommen hatten, war der große Raum schon für Kinder eingerichtet. Schließlich bekamen sie oft Besuch. In den beiden

Queensize-Betten hatten bereits sechs kleine erschöpfte Zwerge geschlafen.

Die Sessel waren passend zu den Tagesdecken mit dem rot-weißen Blumenmuster in einem robusten, dunkelroten Polster ausgewählt worden. Unter dem Südfenster standen ein langer Tisch und Stühle. Unter dem anderen Fenster befanden sich weiße Regale mit Bilderbüchern, Rätseln und einer Reihe von Spielsachen, die seine Nichten und Neffen hinterlassen hatten.

Connor und Grant sollten sich hier recht wohlfühlen. Und sie wären zusammen. Dan hatte ihre Angst erwähnt, dass die Polizisten sie trennen und in Häuser zwingen würden, in denen messerschwingende, *gemeine* Jungs auf sie warteten.

Ein Knurren kroch Nolans Kehle hoch. Wahrscheinlich hatte Jermaine oder sogar Drusilla die Drohung genutzt, um die Kinder zu isolieren und zu verhindern, dass die Polizei von Drogen im Haus erfuhr.

„Das ist *unser* Zimmer?" Grant berührte die Decke auf dem Bett, als befürchtete er, jemand würde sie ihm wegnehmen.

Nolan musste sich räuspern, bevor er sprechen konnte: „Ja. Ihr könnt ein Bett teilen oder nicht. Das liegt ganz bei euch." Er zeigte auf die deckellosen Holzkisten mit Spielzeug. „Spielzeug zum Spielen, Bücher zum Lesen. Legt eure eigenen Spielsachen gerne in die Regale."

Nach einem weiteren zaghaften Blick auf Nolan nahm Connor ein Stofftier und einen Lastwagen aus seinem Rucksack und stellte beides in das Regal.

Grant hatte ein Flugzeug. Und einen Ball.

Das war die Gesamtheit ihrer Spielsachen.

Als Nolan die Tränen in Beths Augen sah, winkte er sie aus dem Raum. „Ich werde duschen, während Beth das Abendessen zubereitet. Könnt ihr hier drin ein bisschen spielen?"

Zwei Köpfe nickten.

Er ließ die Tür einen Spaltbreit auf.

Als er in die Küche kam, fand er Beth weinend vor. „Das ist

nicht fair. Sie sind die süßesten Kinder. Sie sollten alles haben. Stattdessen haben sie n-n-nichts." Ihre Stimme brach, als er sie in seine Arme zog.

Wenn seine weichherzige Sub schon bei dem Mangel an Spielzeug in Tränen ausbrach, was würde passieren, wenn die Jungen zu ihrer Mutter zurückkehrten?

Sie hatten keine andere Wahl gehabt, als die beiden mit nachhause zu nehmen, aber es würde verdammt schwierig werden, seine Beth mit einem gebrochenen Herzen zu sehen, wenn die Zeit käme, die Kleinen gehen zu lassen.

„Warte, Connor." **Grant** glitt unter das Bett und fand viel Platz, obwohl es besser wäre, wenn es Kisten und Koffer gäbe, um sich dahinter zu verstecken. Als er wieder rauskam, wartete Connor auf ihn. Grant schaute sich als nächstes den Schrank an. „Nicht schlecht." Wenn nötig war der Bereich groß genug, dass sie sich beide darin verstecken konnten – obwohl er dunkle Räume nicht besonders mochte. Er kam wieder heraus und sah, dass Connor sich nicht bewegt hatte. „Was ist los?"

„Ich will nachhause."

„Ich auch." Bei dem unguten Gefühl in seinem Bauch brannten Grants Augen und seine Stimme kam ganz komisch heraus. „Geht aber nicht. Mama ist krank." Er rieb sich die Nässe von den Wangen. „Jermaine ist dort. Ich will nicht zu ihm. Nicht ohne Mama. Du?"

Connor schüttelte den Kopf. „Er ist gemein."

„Er ist ein *Arschloch*."

Als Connor das böse Wort hörte, das sie im Frauenhaus gelernt hatten, kicherte er.

Erleichtert öffnete Grant die letzte Tür. „Komm."

Es war ein Badezimmer ... ein wirklich cooles Badezimmer. Es hatte *zwei* Waschbecken, so weiß und glänzend. Auf dem

Duschvorhang schwammen bunte Fische. Sie sahen ... glücklich aus.

„Hey, Grant." Connor deutete auf die Wände. „Wir sind am Strand."

Grant starrte. Eine riesige Welle spaltete die Wand in Himmel und Ozean. Der Boden zeigte gelbe und blaue Fische im Meer, und oben befanden sich Wolken vor einem blauen Himmel. Die Handtücher und flauschigen Badvorleger spiegelten das Blau in den Fischen wider. „Ich mag's."

Zurück im Schlafzimmer hielt Grant inne und lauschte den leisen Stimmen von Nolanman und Beth. Sie klangen nicht verärgert oder so. Für einen Moment ließ er die Geräusche des Hauses auf sich wirken. Ruhig. Hier war es sogar noch ruhiger als bei Mama und Jermaine am frühen Morgen, bevor jemand aufstand.

Er konnte Connor direkt hinter sich wahrnehmen. „Wollen wir schauen, was sie für Spielzeug haben?"

Connor stand noch eine Sekunde herum und lauschte, bevor er antwortete: „Okay."

Grant betrachtete das oberste Regal. „Viele Bücher." Und Puzzle. Noch interessanter waren die Holzkisten im unteren Regal.

Connor quietschte plötzlich, fiel auf die Knie und zog einen Dinosaurier heraus. Und dann noch einen.

Mit großen Augen schaute Grant in die nächste Box. Ein *Eisenbahnset*. Er hielt den Atem an und zog die Kiste aus dem Regal. Niemand schrie ihn an. Er warf einen Blick zur Tür.

„Nolanman meinte, wir dürfen", flüsterte Connor.

Ein *Zug*. Grants Finger zitterten, als er Stücke der Schienen auswählte und sie zusammenschnappte. Neben ihm machte Connor knurrende Geräusche und ließ die Dinosaurier miteinander kämpfen.

Mehr Schienenteile. Eine ganze Kurve.

Große Füße erschienen neben den Schienen.

Grant erstarrte. Sein Herz klopfte wie wild in seiner Brust und er wartete vollkommen bewegungslos darauf, angeschrien und geschlagen zu werden.

„Du hast schon einige Teile zusammengesetzt. Gute Arbeit." Nolan hockte sich zwischen ihn und Connor. Sein schwarzes Haar war lose und schwang nach vorne, als er ein seltsam geformtes Teil in die Hand nahm. „Dieses Teil bildet eine Brücke. Wollen wir die ganze Strecke zusammensetzen?"

Grant starrte ihn mit offenem Mund an, unfähig zu sprechen.

Nolan bewegte sich nicht. Er wartete einfach.

„Sag *Ja*, Grant. Ich will eine Brücke." Connor wackelte mit dem Dinosaurier.

„Ja", flüsterte Grant.

„Dachte ich mir. Ich mochte Brücken auch schon immer." Nolan wählte ein weiteres gewölbtes Stück und übergab beide an Grant. „Setze sie zusammen, während ich nach den Stützen suche. Brücken brauchen Stützen, damit sie nicht zusammenfallen."

Nach einiger Überlegung setzte Grant die zwei Teile zusammen und zeigte den Fortschritt, als Nolan zu ihm sah.

„Gute Arbeit. Hier ist noch ein Teil, das dazu passt."

Connor kroch näher und stellte einen glänzenden schwarzen Zug auf die Strecke. „Puff-puff, töff-töff."

Grants Brust fühlte sich warm an, als er das nächste Stück nahm, und seine Lippen formten sich zu einem Lächeln.

KAPITEL SIEBEN

Am nächsten Morgen wurde Beth von verlockendem Kaffeeduft geweckt. Gähnend drehte sie sich um, um sich an Nolan zu kuscheln. Nur war er nicht im Bett, was sie hätte wissen müssen, wenn Kaffeeduft in ihre Nase wehte. Sie musste lange geschlafen haben. Keine Überraschung, da ihr Schlaf letzte Nacht ziemlich spärlich ausgefallen war.

Zur Schlafenszeit, zusammengekuschelt im selben Bett, schienen die Kinder so jung, so verloren. Erschöpft vom Spielen im Pool waren sie eingeschlafen, bevor Beth die zweite Geschichte hatte vorlesen können. Beim Verlassen des Raumes hatte sie das Gefühl, ihr Herz bei ihnen zurückgelassen zu haben.

Die ganze Nacht hatte sie befürchtet, dass die Kleinen aufwachen und Angst haben könnten, sodass sie immer wieder nach ihnen gesehen hatte. Irgendwann gegen vier Uhr morgens, als sie wieder aus dem Bett gerutscht war, hatte Nolan sie mit einem belustigten Knurren gestoppt und war selbst gegangen. Als er zurückkam, warnte er sie, wenn sie erneut aufstand, hätte sie ein Spanking zu erwarten. Dann hatte er gemurmelt, dass, solange sie wach war, er das auch nutzen könnte. Und das war auch passiert. Er hatte ihr den Verstand aus dem Kopf gefickt.

Danach hatte sie wie ein Stein geschlafen.

Sie setzte sich auf, streckte sich und lächelte, als sie das Kichern aus der Küche hörte.

Alle ihre Sorgen lösten sich wie Nebel auf dem Wasser auf – jedenfalls für den Moment. Das leise Grollen von Nolans Lachen gesellte sich dazu. Gab es einen schöneren Klang? Offensichtlich hatte er alles unter Kontrolle. Natürlich erwartete sie von ihrem Master nichts anderes.

Als sie ihre Beine über die Bettkante schwang, wurde ihr klar, dass der Kaffeeduft so stark war, weil eine dampfende Tasse auf ihrem Nachttisch stand ... zusammen mit zwei Donuts.

Sie nahm den Kaffee, trank den ersten Schluck des Tages und entließ einen glücklichen Seufzer. „Ich liebe dich auch, Master."

Nachdem Beth gefrühstückt hatte, verbrachte Nolan ein paar Stunden bei der Arbeit. Anstatt Baustellen zu besuchen, stand heute nur Papierkram an, da er seiner besorgten kleinen Sub versprochen hatte, dass er es für einen weiteren Tag ruhig angehen lassen würde.

Er musterte die Papierstapel auf seinem Schreibtisch. Rechnungen, Bestellungen und Bewerbungen. *Gott*, hatten seine Angestellten diesen Scheiß über den ganzen Sommer für ihn angesammelt?

Schließlich erreichte er am frühen Nachmittag einen Punkt, an dem er fest davon überzeugt war, dass Beth zuhause Verstärkung brauchte. Als er seiner Sekretärin mitteilte, dass er nun gehen würde, hatte sie gelacht und es über den Lautsprecher angekündigt. Von den fröhlichen Schreien den Flur runter hatte die Empfangsdame die Wette gewonnen, wie lange der Chef durchhalten würde.

Mein Gott. Er zeigte mit dem Finger auf seine silberhaarige

Sekretärin, die seit seiner Gründung bei ihm war. „Sie sind gefeuert."

Sie grinste nur. „Verstanden, Sir. Das notiere ich mir gleich, bevor ich es noch vergesse."

Kopfschüttelnd erwiderte er ihr Grinsen und begab sich dann auf den Heimweg.

Zuhause war alles ruhig. Während er einen Erdnussbutter-Cookie verspeiste, hörte er eine Nachricht auf dem blinkenden Anrufbeantworter ab und machte sich auf die Suche nach seiner Heimcrew.

Hohes Kreischen führte ihn zum Pool, und er hielt inne, um den Anblick zu genießen. Ja, genau das hatte er sich vorgestellt, als er den Pool und die Terrasse gebaut hatte. Die aufgeregten Schreie, das magische Lachen, das Wasser, das durch Hände weit nach oben gespritzt wurde.

In sehr kurzen Shorts und einem blauen Neckholder-Oberteil brachte Beth den Jungen das Hundepaddeln bei. Hervorragend.

„Nolanman!" Als sie ihn sahen, begrüßten die Jungs ihn laut-stark, während seine Sub ihn breit anlächelte.

Er setzte sich an den Rand und lachte, als Connor zu ihm kam und sein Bein umarmte. „Beth, bist du mit ihnen die Sicherheits-vorkehrungen durchgegangen?" Sie waren letzte Nacht zu müde gewesen, um aufmerksam zuzuhören.

„Ja, Sir." Sie zeigte auf die Kinder. „Könnt ihr ihm sagen, was wir besprochen haben?"

Grant legte los: „Niemals sollen wir allein in den Pool gehen."

„Oder den See", fügte Connor hinzu. „Es muss ein Erwach-sener dabei sein."

„Gut." Nolan deutete auf den Bereich um den Pool herum. „Toller Ort, um Fangen zu spielen, oder?"

„Nein!", sagte Connor mit großen Augen. „Es ist glatt und sehr hart. Ein großes, fettes Nein."

Beth hatte einen guten Start hingelegt. „Gut gemacht, Männer. Sehr, sehr gut."

„Komm und spiel mit uns", lud Connor ein.

Verdammt verlockend, das würde ihn jedoch dazu verleiten, den Zwerg in die Luft zu werfen. So hatte er gestern seine Schulter überstrapaziert. Das unkontrollierte Kichern war es den Schmerz jedoch wert gewesen. „Heute nicht, aber ich sag dir was: Wenn ihr mit dem Spielen fertig seid, werden wir ins Auto springen und frittiertes Hähnchen holen. Dann muss Beth heute nicht kochen."

Sie gab ihm den Blick, den alle Mütter auf dieser Welt zweifellos perfektioniert hatten. Ein Blick, der sagte, dass sie wusste, dass er sie als Ausrede benutzte, um Junkfood zu kaufen.

Er grinste sie an. „Extra Cookies sollten auch drin sein."

„Na wenn das so ist." Ihre wunderschönen blaugrünen Augen leuchteten mit Humor.

Sie war wirklich etwas Besonderes. Seine Frau. Trotz allem, was sie durchgemacht hatte, sie kämpfte sich nach jedem Tiefschlag wieder auf die Füße. Die Art und Weise, wie sie jeden Tag bei den Hörnern packte, zeigte, dass sie gelernt hatte, was im Leben wichtig war. Vielleicht hatte ihr ihre Karriere – immer darauf bedacht, die Natur zu nutzen, um Schönheit zu kreieren –, diese Widerstandsfähigkeit verliehen. „Oh, das hätte ich fast vergessen. Du hast eine Nachricht auf der Maschine. Andrea hofft, dass du am Montag wieder zum Selbstverteidigungskurs kommst."

Sie wandte den Blick ab und tat so, als würde sie die Kinder beobachten.

Okay. Sie hatte ihm erzählt, dass sie sich durch die Lektionen fähiger und stärker fühlte. Warum hatte sie aufgehört? Als die Jungs anfingen, sich um den Wasserball zu streiten, streckte er seine Hand aus. „Komm her, Sub."

Sie legte ihre Hand in seine, mied jedoch weiterhin seine Augen.

„Du hast den Unterricht genossen und meintest immer wieder, dass es hilft", hakte er nach.

Ihr Seufzer klang resigniert. „Ich habe aufgehört, als ich mich wegen der Medikamente komisch gefühlt habe, die ich für die Behandlung nehmen musste."

Er knirschte mit den Zähnen. Sie war ohne ihn durch die Hölle gegangen. Seit wann ließ sich Beth von einem körperlichen Nachteil bremsen? „Okay. Und weiter?"

Die nächste Antwort kam langsamer. „Ich hatte Albträume und die Kurse haben sie verschlimmert."

„Weil ich nicht zuhause war."

Ihr stetiger Blick traf auf seinen. „Du kannst mich nicht ständig babysitten."

Er konnte es verdammt nochmal versuchen. „Mit meiner Frau Zeit zu verbringen, sehe ich nicht als babysitten." Er musterte sie für eine Weile. „Da ich jetzt zuhause bin, wirst du wieder hingehen?"

Sie sah zu den Kindern. „Ich denke, ich bin zu beschäftigt."

„Ich kann am Montag eine lange Mittagspause machen."

„Ich ..." Schließlich nickte sie entschlossen. „Okay. Ja, dann würde ich gerne wieder gehen."

„Wohin gehen?" Grant hörte auf zu spielen und Nolan sah die Sorgenfalte zwischen seinen Augenbrauen.

„Zu einem Kurs, bei dem Beth lernt, zu kämpfen", sagte Nolan.

Grants Augen strahlten. „Ich kann kämpfen." Der Junge holte wenig gekonnt aus und hätte fast seinen Bruder erwischt. „Ich vermöble Ärsche."

„Das sehe ich", sagte Nolan in einem ernsten Ton. Ausgehend von Beths besorgtem Ausdruck hatte er das Gefühl, dass die Kinder wohl ihre Ausdrücke etwas verfeinern sollten. *Zur Hölle.* Das sollte er auch. „Sollen wir unseren eigenen Kurs abhalten, während Beth bei ihrem ist?"

„Was?" Seine süße kleine Sub starrte ihn alarmiert an. „Du kannst ihnen nicht beibringen zu kämpfen. Connor ist noch nicht mal in der Schule."

„Beste Zeit, es zu lernen. Mein Vater hat uns die ersten Tricks auch in dem Alter beigebracht."

„Beff, wir werden Möbel verarschen!" Connor strahlte sie an, bevor er Grant fragte: „Was bedeutet das?"

„Oh, mein Gott, ich bin in der Unterzahl", murmelte sie und funkelte Nolan an. „Es gibt viel zu viel Testosteron in diesem Haus."

Ich beschwere mich nicht.

Als sich die Kinder auf eine Schwimmnudel stürzten, hörte er die Melodie von *The Yellow Rose of Texas* aus dem Haus wehen. Die Türklingel. Letzten Monat hatte sein Bruder bei seinem Besuch die Melodie als Witz einprogrammiert, und Nolan war bisher noch nicht dazu gekommen, sie zu ändern. Zumal ihm das Lied gefiel.

„Ihr Texaner." Beth schnaubte. „Ich denke, ich sollte dankbar sein, dass du nicht mit toten Tieren, Geweihen und Cowboy-Lampen dekorierst."

„Ja, schätze dich glücklich, Frau." Und er würde dafür sorgen, dass sie nie das Haus seines Onkels Bubba betrat. Er erhob sich. „Ich gehe nachsehen, wer vor der Tür steht. Erwarten wir jemanden?"

„Alastair wollte vorbeikommen."

Alastair Drago. Warum war der neue Shadowlands-Master hier?

Er öffnete die Haustür und fand sich zwei Männern gegenüber. Der eine war ein großer dunkelhäutiger Mann, der in einem weißen Hemd und einer hellbraunen Hose gekleidet war. Die Welpen auf seiner Krawatte deuteten entweder daraufhin, dass er psychiatrische Hilfe brauchte ... oder, dass er Kinderarzt war. Nolan nickte. „Schön, dich zu sehen, Drago."

„Gleichfalls." Alastair wechselte seine Arzttasche zur anderen Hand und zeigte auf den Mann in Jeans und T-Shirt neben sich. „Ich glaube, meinen Cousin Max Drago hast du bereits in der Polizeistation kennengelernt. Er arbeitet mit Dan Sawyer."

„Ja, wir sind uns begegnet." Nolan musterte den Mann, als sie Hände schüttelten. Zwei Zentimeter größer als Nolan, muskulös, kobaltblaue Augen. Seine militärische Haltung wurde begleitet von einem durchdringenden Blick, was darauf hinwies, dass er sich die Notwendigkeit eines ständigen Situationsbewusstseins antrainiert hatte. Wahrscheinlich ein Kriegsveteran. „Vielen Dank für die Hilfe im Verhörraum."

„Ich bin froh, dass du sie vor diesem dämlichen Sachbearbeiter bewahren konntest." Max hatte einen festen Griff. „Da Alastair ohnehin vorbeikommen wollte, dachte ich, ich schließe mich an. Ich wollte sehen, wie es den Jungs geht."

„Ja, die kleinen Männer schleichen sich schnell in dein Herz. Kommt rein. Sie sind im Pool." Nolan führte sie durch das Haus und grinste, als er überall Spielzeug herumliegen sah. So sollte ein Wohnzimmer aussehen.

In Strandtücher gewickelt, saßen Beth und die beiden Jungs auf der Terrasse auf Liegestühlen.

„Alastair, es ist schön, dich zu sehen." Beth lächelte ihn an, bevor sie sich an Nolan wandte. „Ich hatte keine Gelegenheit, es dir zu sagen. Z bat ihn, sich die Wunde auf Connors Rücken anzusehen."

„Hier?" *Warum nicht in der Arztpraxis?*

„Z meinte, die Kinder würden sich in einer weniger klinischen Umgebung wohler fühlen." Alastair bemerkte die misstrauischen Blicke der Jungen, setzte sich auf einen Stuhl gegenüber von Beth und stellte seine Tasche neben sich.

„Warum ist der Cop hier?", flüsterte Grant zu Beth, ohne den Blick von Max zu nehmen. „Will er uns mitnehmen?"

„Nein. Ich bin nicht wegen euch gekommen. Ich habe nicht einmal eine Waffe bei mir." Max wies mit dem Kinn auf Alastair. „Der Arzt ist mein Cousin. Nachdem er euch untersucht hat, wollen wir zum Strand fahren und dort zu Abend essen."

Als er sich auf einen Stuhl setzte, entspannten sich die beiden Jungen. „Schönes Haus, King. Ich mag den See."

Nolan lehnte sich mit der Schulter an eine Säule. „Ich auch. Es ist ruhig – etwas, das ich nach einem langen Tag auf einer Baustelle sehr genieße."

„Das glaube ich."

„Nolanman baut Häuser", verkündete Connor. „Große Häuser!"

„Tatsächlich?" Max zog die Augenbrauen hoch. „Nolanman? Wie Iron Man?"

Connor nickte mehrere Male. „Er rettet Menschen."

„Und er ist besser als Iron Man, weil er keine Rüstung braucht." Grant hüpfte in seinem Stuhl auf und ab, offensichtlich nur darauf wartend, dass Nolan unglaubliche Heldentaten vollbrachte.

Mein Gott.

Als die Jungs Beth und Alastair von ihren liebsten Iron Man-Szenen erzählten, sagte Nolan zu Max: „Sie werden bald herausfinden, dass ich kein Superheld bin."

Max' rechter Mundwinkel zuckte. „Vielleicht. Ich bin mir jedoch auch jetzt noch sicher, dass mein Vater mit Superman verwandt sein muss." Die Belustigung in seinen Augen starb dahin. „Dieses Jahr gab es bei ihm die Vermutung auf Krebs. Hat uns alle aus der Bahn geworfen. Die Idee, dass er wirklich sterblich sein könnte, war erschreckend. Wenn die Zeit jedoch irgendwann für ihn kommt, denke ich, wird er mir zeigen, wie man mit Anmut und Stil aus dem Leben tritt."

„So ist meiner auch." Aus dem Grund war es sein Ziel, ein Vorbild für seine Kinder zu sein. „Obwohl ich von der Anmut, wie er mir als Strafe den Arsch versohlt hat, nie besonders beeindruckt war."

„Ich fühle mit dir." Max' herzhaftes Lachen erregte die Aufmerksamkeit der Jungen und er sagte: „Wie ich sehe, wart ihr schwimmen. Behandelt Red euch gut?"

Connors Ausdruck sprach von Entrüstung. „Sie heißt nicht Red. Ihr Name ist Beff."

„Ah." Der Polizist unterdrückte ein Lachen. „Tut mir leid. Mein Name ist Max." Er wies mit dem Kinn auf seinen Cousin. „Und das ist Dr. Drago."

Alastair lächelte die Jungs an. „Ich bin Kinderarzt. Ich habe gehört, dass Connor am Rücken verletzt wurde."

Grant rutschte verunsichert auf dem Po herum. „Was willst du machen?"

„Das weiß ich erst, wenn ich es mir angesehen habe." Alastair zeigte auf Beth. „Könnt du und Connor zu mir kommen?"

Clever. Es war besser, wenn der große Arzt sitzen blieb. Da Connor dafür stehen würde, würde er sich nicht in die Enge getrieben fühlen. Und Beth wäre gleich neben ihm.

Als Beth Connors Hand nahm und ihn aus seinem Stuhl zog, folgte er gehorsam. Der Lümmel würde Beth wahrscheinlich in die Hölle folgen. Nolan würde das jedenfalls.

„Ich denke, so ist es am besten." Sie zog den Jungen an sich und schob sein Handtuch nach unten, um dem Arzt seinen Rücken zu zeigen.

„Autsch", sagte Alastair sanft. „Du hast eine beeindruckende Wunde mit Blutergüssen, Connor, aber ich kann sehen, dass alles gut verheilt." Er sah zu Beth. „Es gibt keine Anzeichen einer Infektion. Schwimmen geht in Ordnung, jedoch nur für kurze Zeitspannen. Bleibst du zu lange im Wasser, Connor, wird der Schorf nass und löst sich zu schnell ab." Er fing Connors Blick ein, der ihn über die Schulter ansah, als er ein Stethoskop aus seiner Tasche zog. „Das habe ich mitgebracht, um zu beweisen, dass ich Arzt bin. Kann ich mir deinen Herzschlag anhören, wenn ich dir danach erlaube, Grants zu belauschen?"

Connor musterte das Gerät, entschied, dass es keine Nadel war, und hob die Mundwinkel zu einem Lächeln. „Okay."

„Ausgezeichnet. Tief einatmen."

Der Arzt war wirklich gut mit Kindern, und die Untersuchung verlief für beide Jungen reibungslos. Grant beantwortete sogar

Fragen, während Alastair die Prellungen in seinem Gesicht untersuchte.

Als der Arzt seine medizinische Ausrüstung verstaute, wurde Nolan klar, dass Beth absichtlich mit den Jungen in den Pool gegangen war. So trugen sie nur Shorts und ihre angeschlagenen Oberkörper waren leicht zu beurteilen. Die unzähligen gelben und violetten Prellungen schufen ein anschauliches Zeugnis dafür, was sie durchlebt hatten.

Max' Ausdruck war so tödlich geworden, dass Grant ihm besorgte Blicke zuwarf.

Nolan räusperte sich, erregte so die Aufmerksamkeit des Polizisten und wies unauffällig auf den Jungen.

Max verstand und senkte den Blick auf seine Füße. Als er wieder aufblickte, war alle Wut verschwunden.

Etwas entspannter konzentrierte sich Grant auf Alastair und Connor, die ein Zählspiel mit den Fingern spielten.

„Irgendwelche Informationen, die du über Drusilla teilen kannst?", fragte Nolan den Polizisten.

„Nicht viel. Wir haben den Freund gefunden. Ihm und dem Nachbarn zufolge nahm sie Crystal Meth, seit sie das Frauenhaus verlassen hatte."

„Wir haben gehört, dass sie immer noch im Koma liegt", sagte Nolan.

„Das stimmt. Die Ärzte geben keine Prognosen. Möglich, dass sie sich wieder erholt. Gut möglich, dass es nicht so kommt. Sie ist gerade mal siebenundzwanzig und könnte an einem Schlaganfall sterben." Max' Mund verzog sich. „Ich hasse diese verdammte Droge."

„Das kannst du laut sagen." Siebenundzwanzig. Nachdem er mit Grant gesprochen hatte, wusste er, dass sie eine anständige Mutter gewesen war, bevor Schicksalsschläge – und Meth – alles durcheinandergebracht hatten. Jetzt würden ihre Söhne für den Rest ihres Lebens mit den hässlichen Erinnerungen an ihre Sucht leben. *Verdammt.*

„Meine professionelle Meinung ist, dass ihr beide gesunde Jungs seid." Alastair stand auf und nahm seine Tasche.

„Schön zu hören", sagte Nolan.

Alastair nickte. „Sie müssen bald einen Zahnarzt aufsuchen. Und ihr Immunsystem ist wahrscheinlich nicht das Beste, sodass sie in nächster Zeit vielleicht öfter mal krank werden."

Lächelnd stand Beth auf. „Wir schätzen den Hausbesuch, Doc."

Er sah auf sie hinunter, die Sorge in seinem Blick offensichtlich. „Du scheinst immer noch ein bisschen traurig zu sein, *Love*. Zwing mich nicht, dich noch einmal zu belehren. Du solltest nicht nur deine Männer, sondern auch dich verwöhnen."

Ihre Lippen krümmten sich nach oben. „Mich selbst verwöhnen? Und was für eine Art von Dom-Ratschlag ist das?"

„Ein gut gemeinter."

Was zur Hölle? Nolan fühlte sich mehr als nur ein bisschen unbehaglich, als er dem Gespräch lauschte. Mit gerunzelter Stirn legte er einen Arm um Beths Schulter und machte deutlich, dass sie ihm gehörte. Seine Stimme kam unterkühlt heraus: „Wo genau wurde dieser *Ratschlag* gegeben?"

Verwirrt blickte Max zwischen den drei Parteien hin und her, bevor er entschied, zu den Kindern zu gehen. Eine Sekunde später war Connors und Grants Lachen zu hören.

Alastairs verwirrter Blick traf auf Beths. „Wir haben geredet, als sie bei mir zuhause war."

Sein *Haus*? Nolan erstarrte am ganzen Körper. „Wann war das, Beth?"

„Am Tag, nachdem du aus Afrika nachhause gekommen bist. Ich habe dir erzählt, dass ich einen Termin bei ihm habe." Beths Augen verengten sich. „Ich erinnere mich, dass du schon im Halbschlaf warst, während ich vor mich hingeplappert habe. Vielleicht hast du meine Worte nicht ganz verarbeitet?"

„*Was* soll ich nicht ganz verarbeitet haben?"

„Ich plane die Landschaftsgestaltung für sein Grundstück."

Nun, okay ... verdammt. „Ein Kunde." Der neue Kunde, für den sie früh aufgestanden war.

Sie kicherte. „Genau."

„Beth." Alastairs Gesichtsausdruck war missbilligend. „Er hat auch nach dem Ratschlag gefragt."

Nolans Magen verkrampfte sich, als Beth errötete. Dann seufzte sie. „An dem Tag, an dem ich ihn kennenlernte, war ich ... traurig. Ich hatte geplant, zu warten, bis es dir besser geht, bevor ich dir von ... meinem Sommer erzähle, aber ich musste ihm versprechen, es so bald wie möglich zu tun." Beths Gesicht wurde noch röter. „Am Ende war es egal, weil du mir die Informationen sehr geschickt entlockt hast."

Nolans Lippen zuckten. Er hatte schon früh in der Beziehung gelernt, dass Sex bei ihr besser funktionierte als jedes Wahrheitsserum. Und er hatte sich wie ein Idiot benommen. „Ich verstehe. Gut. In Ordnung." Er begegnete dem Blick des anderen Doms. „Ich schätze deine Fürsorge für meine Sub."

Alastairs Lächeln war ein strahlendes Weiß in seinem dunklen Gesicht. „Da du nicht wusstest, dass sie unsere Landschaftsgestalterin ist, kann ich deine Sorge nachvollziehen. Ich respektiere, wie du es sofort angesprochen hast."

Kopfschüttelnd brachte Nolan die Cousins zur Tür. Sorge hin oder her ... er hatte überreagiert. Weil seine erste Frau eine Lügnerin und Betrügerin gewesen war. Anscheinend war Beth nicht die Einzige in der Beziehung, die durch einen Ex-Partner anhaltende Komplexe aufwies.

KAPITEL ACHT

Montag zur Mittagszeit trat Beth aus der heißen Sonne und in die Kühle des Kampfkunststudios. In der Mitte des langen Raums befanden sich einige Teilnehmer im College-Alter, die ihre Liegestütze auf Japanisch zählten. Der Sensei sah sie und nickte ihr zu.

Als Master Marcus dem Besitzer des Studios erzählt hatte, dass sich die Shadowkittens Selbstverteidigung beibringen wollten, hatte er ihnen in seinem Dojo den nötigen Platz angeboten, und wenn er nicht mit seinen regulären Klassen beschäftigt war, gab er ihnen sogar Ratschläge. Er hatte ihnen einige ziemlich hinterhältige Moves beigebracht.

„Hey, Beth ist hier!" Andreas Stimme kam von der hinteren Ecke des Dojos. Die anderen drei Frauen drehten sich um und winkten.

Beth grinste. Es war schön, zurück zu sein. Mit ihren Schuhen in der Hand lief sie an der Wand des verspiegelten Raums entlang, wobei sie den Schweißgeruch, die Reinigungsmittel, die für die Matten verwendet wurden, und einen Hauch von Sandelholz einatmete. Nachdem sie ihre Schuhe in ein dafür vorgesehenes Fach geworfen hatte, schloss sie sich ihren Freunden an.

„Mädchen, es ist zu lange her." Die schlanke, schwarzhaarige Kim umarmte sie.

„Das ist es wirklich. Ich hab euch vermisst." Beth konnte nicht aufhören zu lächeln.

Als Andrea sie auf die Wange küsste, fragte Beth: „Wie laufen die Hochzeitsvorbereitungen?"

„*Mierda*. Die Anzahl der Gäste wird immer größer, da *mi abuelita* darauf besteht, jeden einzuladen, den sie kennt, und sie kennt ganz Tampa."

„Das glaube ich sofort." Andreas winzige Großmutter war eine Naturgewalt. „Du bist dem Untergang geweiht, Süße."

„Oh, ich weiß. Wir mussten bereits ein größeres Gebäude für den Empfang reservieren. Cullen sagt, wir sollten nach Vegas fliegen und es einfach dort tun." Andreas leichter spanischer Akzent verstärkte sich mit ihrer offensichtlichen Verzweiflung.

„Er klingt wie Anne. Sie drängt auf eine Quickie-Zeremonie mit Ben." Beth schaute sich um. „Apropros, wo ist sie?"

„Sie war in eine Suche nach einem vermissten Teenager verwickelt und kam nicht weg", sagte Kim. „Aber sie will uns danach auf eine Pizza treffen."

„Oh, gut." Beth hob sich aufgeregt auf ihre Fußballen. „Ich möchte den Babybauch der fiesen Mistress sehen."

„Sie ist so niedlich." Mit zotteligen, erdbeerblonden Haaren und großen, braunen Augen war Gabi ungefähr so groß wie Beth, aber viel kurviger. Sie gab die besten Umarmungen. Was vielleicht daran lag, dass sie eine Opferspezialistin war. „Ich bin so froh, dass du hier bist. Und ich habe gehört, dass sich in deinem Leben einiges verändert hat."

„Oh, Klatsch!" Sally benutzte ihre Hüfte, um Gabi wegzuschieben, sodass sie Beth umarmen konnte. „Erzähl uns alles!"

Bevor Beth etwas sagen konnte, sprach Gabi: „Wir haben Dan und Kari gestern Abend gesehen und gehört, dass Connor und Grant aus dem Frauenhaus jetzt bei Beth und Nolan wohnen."

„Ihr habt die beiden Süßen bei euch aufgenommen?" Sally

bündelte ihr lockiges braunes Haar und sprach mit einem Haargummi in ihrem Mund. „Ich dachte, sie sind mit ihrer Mutter nachhause gegangen."

„Das sind sie. Drusilla liegt im Krankenhaus. Price sagte, sie haben vergeblich nach Verwandten gesucht."

Andrea schüttelte den Kopf. „Diese armen Babys. Sie müssen solche Angst haben."

„Das haben sie. Aber sie leben sich ein." Beth lächelte. „Nolan kam von der Arbeit nachhause, um sich um sie zu kümmern, sodass ich zu dem Kurs kommen konnte. Und da ich einen *Kampfkurs* belege" – sie benutzte Anführungszeichen, um das Wort zu betonen – „versprach er ihnen, dass sie ihren eigenen Kurs zuhause abhalten würden. Sie konnten es nicht erwarten, vor allem Grant."

„Er ist bereits ein kleiner Mann, oder?" Andrea vollführte einen Spagat.

„Oh ja, das ist er. Manchmal könnte man denken, er ist Nolans Alter." Beth bemerkte eine hübsche dunkelhäutige Frau, die sich noch nicht getraut hatte, die Türschwelle zu übertreten. „Oh, Uzuri ist hier. Jemand muss sie sich schnappen, bevor sie ihre Meinung ändert." Von Anfang an hatten sie versucht, Uzuri davon zu überzeugen, sich ihnen anzuschließen. Bis heute ohne Erfolg.

„Lass mich." Sally rannte an der Wand zur Tür, um den Kurs mit dem Sensei nicht zu stören. Sie klammerte sich an Uzuris Arm und zog die kleine Unheilstifterin zur Gruppe.

„Uzuri! Endlich!" Gabi umarmte sie. „Ich hätte nicht gedacht, dass du jemals zu uns stoßen würdest. Wie kommt es, dass du dich dazu entschieden hast, heute zu kommen?"

„Wegen Holt." Uzuri schmollte. „Er ist ein großer Fan der Rowdies, also habe ich gewettet, dass die San Antonio Scorpions das Spiel gewinnen würden. Und was ist passiert? Die Rowdies haben letzte Woche mein Team abgeschlachtet! Manchmal hasse ich Fußball."

„Mir gefällt, dass er dich so gezwungen hat, herzukommen.

Der neue Master macht seinen Einfluss spürbar." Andrea wackelte mit den Augenbrauen. „Übt er diesen Einfluss auch auf andere Weise aus?"

Uzuris Wangen verdunkelten sich vor Scham, aber sie lachte. „Nein, Miss Schmutzige Gedanken. Wir sind Freunde – mit gelegentlichen Vorzügen und Sessions. Mehr nicht. Der Funke fehlte. Ihr wisst schon. Manche Männer tun es einfach für dich und dein Puls spielt verrückt."

Ein Chor der Zustimmung kam von den anderen Frauen, die ihre eigenen Doms hatten.

Sally grinste. „Oh ja. Ich habe zwei Funken."

„Ich komme nicht mal mit *einem* Mann klar. Nicht in einer Zillion Jahren würde ich zwei in Erwägung ziehen." Als Uzuri die Fächer an der Wand sah, verstaute sie ihre Handtasche und das lockere T-Shirt, das sie über ihrem pinken Tanktop trug. Beth sah ihre beigefarbene Leggings mit einem bewundernden Blick an. Uzuri fand immer die besten Workout-Klamotten.

„Lasst uns anfangen, damit wir danach Pizza essen können." Sally zeigte auf die Matte. „Uzuri, dehne dich, so wie das Beth macht."

Uzuri sank anmutig auf eine Matte und folgte der Anweisung.

Neben ihr legte Beth ihre Stirn gegen ihre Knie und spürte, wie sich ihre Beinsehnen dehnten. *Verdammt.* Sie hatte ihre Wette mit Nolan verloren. Im Frühjahr war sie sich noch sicher gewesen, dass sich Uzuri und Holt schon bald verlieben würden. Sie waren so süß zusammen. Er ein knallharter Biker, dunkelblond und von der Sonne gebräunt; sie so stilvoll, dunkelhäutig und schwarzhaarig. Sie wären ein wunderschönes Paar. Im Club spielte Uzuri ständig Sessions mit ihm. Beth hatte mit Nolan gewettet, dass sie zusammenkommen würden.

Sir war anderer Meinung gewesen. Er war sich sicher, dass Uzuri mit Holt spielte, weil er sie nicht unter Druck setzte und nett zu ihr war, nicht weil sie ihn als permanenten Dom wollte. Ihr Master hatte sich auf die Wette mit ihr eingelassen.

Leider hatte Sir gelacht, als sie eine Woche Oralsex als Einsatz angeboten hatte, da er ihr jederzeit den Befehl: *„Blowjob, Süße. Jetzt",* geben konnte. Wann immer er wollte. Als Verliererin müsste sie nun einen Monat lang jede Woche zwei Kuchen backen. So ungesund! Schlimm genug, dass sie ihm die ganze Zeit Cookies backte. Diese enthielten zumindest Haferflocken und Nüsse. Kuchen bestanden nur aus Zucker und Fett. *Verfluchter Süßigkeiten liebender Dom.*

„Ich hatte echt gehofft, dass du und Holt zusammenkommen würdet", sagte Gabi zu Uzuri. „Aber ich bin froh, dass ihr euch zumindest einig seid." Als Gabi ihre Handflächen flach auf den Boden legte, kam ihre Stimme gedämpfter heraus: „Es ist nicht so toll, wenn eine Person mehr will und die andere nicht. Ich erinnere mich, als ich mich Hals über Kopf in einen Kerl verknallt hatte, er jedoch nur die fünf Kilo mehr auf meinen Rippen sah, die ich niemals verlieren werde."

Auch von den anderen kamen Beschwerden über die nervigen fünf Kilo, die einfach nicht verschwinden wollten.

Nun, zumindest hatte sie dieses Problem nicht, dachte Beth, als sie ihre Knöchel packte. Ein Grund, weshalb Nolan ihr immer wieder Essen aufdrängte. Sie dehnte sich härter und starrte auf ihre muskulösen, wenn auch *knochigen* Oberschenkel. Seit er wieder zuhause war, nervte ihr Master sie stets mit Essen. Bedeutete das, dass er nicht mochte, wie sie aussah? Schließlich hatte es mal eine Zeit gegeben, in der er seine Frauen weich und kurvig bevorzugt hatte.

Weich und kurvig wie Alyssa. Beths Mund verzog sich. Gestern war Alyssa für die versprochene Physio erneut zu ihnen gekommen, wieder einmal, als Beth nicht im Haus gewesen war.

Hatte sie diese großen Brüste gegen ihn gedrückt? Hatte er es genossen?

Nein. Sie verfiel schon wieder in törichten Kyler-induzierten Selbsthass. *Hör auf damit.* Sie hatte diese Selbstzweifel schon einmal überwunden. Sie würde es wieder tun.

Und Alyssa? Nolan hatte sie nicht gebeten, ihm zu helfen. Das hatte sich Beth selbst zuzuschreiben. Seine Schulter *wurde* besser, also war es eine gute Entscheidung gewesen.

Es reicht jetzt mit den Szenarien. Es war an der Zeit – in Connors Worten –, Möbel zu verarschen. Grinsend stand Beth auf. „Ich bin bereit, ein paar Schläge auszuteilen."

„Hier drüben, Zuri." Andrea zog sie etwas abseits, um mit ihr die Grundlagen durchzugehen, während Beth sich den anderen anschloss und mit ihnen Blocks und Kicks übte.

Nach einer Weile summte das Blut durch Beths Adern. Grinsend blockte sie Kims Schlag mit Leichtigkeit und zielte auf ihr Knie ab, stoppte aber, bevor sie Kontakt aufnahm. Sie hatte das alles vermisst. Mit ihren Freunden zu trainieren und die Tatsache, dass ihr der Selbstverteidigungskurs auch mental half. Sie fühlte sich mutiger. Selbstbewusster.

Irgendwann sollten sie sich aber alle mal mit Männern messen. Gegen Freundinnen anzutreten, war ganz anders als einem großen Kerl gegenüberzustehen. Als dieser gewalttätige Ehemann mit seinen Leuten Beths Freundinnen angegriffen hatte, war Uzuri, wie sie selbst sagte, in Schockstarre verfallen.

Beth fürchtete, dass ihr Körper genauso reagiert hätte.

KAPITEL NEUN

Durch ihre offene Tür konnte Beth im Erdgeschoss das Kichern hören. Die Jungs spielten Candyland, während sie telefonierte. Mit einem Lächeln hörte sie dem Adoptionsanwalt zu, der ihr erneut sagte, wie der Prozess funktionierte: Eine schwangere Frau würde Nolan und Beth aus dem Haufen potenzieller Eltern auswählen. Sie würden die Kosten für Arzt- und Krankenhausrechnungen übernehmen. Dokumente mussten unterzeichnet werden. Ja, Anwälte liebten Dokumente.

„Danke", sagte Beth. „Wir freuen uns darauf, von Ihnen zu hören, wenn es Neuigkeiten gibt."

Als sie den Anruf beendete, warf sie einen Blick auf ihre Liste. Gestern Abend hatten sie und Nolan ein Baby in den Online-Akten gesehen, also hatte Beth heute die Adoptionsagentur angerufen, nur um festzustellen, dass das Neugeborene bereits eine lange Warteliste mit Interessenten hatte. Und ... *verdammt*, dies war bei jedem einzelnen Baby in Florida der Fall.

Für Nolan machte sie sich zu dem Gespräch Notizen und legte dann den Stift ab. Zeit für ein bisschen Spaß.

Beth steckte ihr Handy in ihre Gesäßtasche, erhob sich vom Schreibtisch und runzelte die Stirn, als sie nur Stille vernahm.

Facebook hatte ihr mal ein Meme über Welpen gezeigt. Waren sie zu leise, bedeutete das Ärger. In der vergangenen Woche hatte sie gelernt, dass dies auch auf kleine Jungen zutraf.

Sie ging die Treppe hinunter und schaute, wie spät es war. 16:00 Uhr. Nolan sollte bald zuhause sein. Sie sollte mit dem Abendessen beginnen. Heute Abend wollte sie noch an ihrer Terminplanung für ihre Kunden arbeiten, darunter Alastair und Max, und Überlegungen für die Landschaftsgestaltung eines Wellnesstempels anstellen. Indessen würde Nolan mit den Jungs wahrscheinlich Verstecken spielen.

Arbeit und Kinder unter einen Hut zu bringen, würde wohl erstmal eine Herausforderung darstellen. Gott sei Dank war ihr Job flexibel und ihre Mitarbeiter freuten sich stets über mehr Stunden. Auch Nolan verkürzte seine Arbeitstage.

Für die Freude, Kinder im Haus zu haben, würde sie einfach alles tun.

„Hey, Jungs." Sie spähte ins Kinderzimmer. Niemand zu sehen. „Grant? Connor? Wo seid ihr?"

Keine Antwort.

Eine schnelle Suche ergab, dass sie nicht im Haus waren.

Mit gerunzelter Stirn trat sie auf die überdachte Terrasse. Leer. Keine Spur von ihnen im Garten. Sie waren nicht am Pool oder auf dem Dock – zu dem sie sowieso nicht kommen sollten. Als nächstes marschierte sie zum Gartenschuppen links vom Haus. Niemand hier. Also ging sie auf die rechte Seite.

Stimmen. In Nolans Werkstatt.

Sie machte die Tür auf. An der Werkbank stand Connor auf einer kleinen Trittleiter, um besser sehen zu können. Grant drückte einen Stecker in die Wand.

Ein Stecker, der zur *Bandsäge* führte.

„Stopp!"

Grant wirbelte herum. Connor fiel von der Leiter auf seinen Hintern.

Sie atmete zittrig ein und sagte sich, sich zu entspannen. Hoffnungslos. Alles, was sie sehen konnte, waren die Finger ihres Cousins, bei denen die Hälfte des rechten Kleinen fehlte, weil er mit seiner Bandsäge nachlässig umgegangen war. Ihre Vorstellungskraft sorgte dafür, dass sie Connors Schmerzensschreie in ihrem Kopf hörte. *Gott!* Sie versuchte, sich zu beruhigen, doch ihre Stimme kam immer noch zu hoch und zu hart über die Lippen. „Ohne einen Erwachsenen ist es euch nicht erlaubt, die Werkstatt zu betreten." Das hatte sie ihnen gesagt, als sie die beiden herumgeführt hatte. „Raus."

Mit einem verängstigten Quietschen sprang Connor an ihr vorbei. Grant rannte ihm nach.

Sie folgte ihnen zum Haus. *Ganz ruhig, Beth. Bleib ruhig.*

Musste sie die Kleinen jetzt bestrafen, weil sie ihr nicht gehorcht hatten? *Oh Gott.* Ihr Vater hätte ihr den Hintern versohlt, aber sie war mit den Regeln aufgewachsen. Welche Art von Disziplin war angemessen, wenn ein Kind neu in einem Haushalt war? Sogar eine Auszeit klang zu grausam.

Grant und Connor waren in ihr Schlafzimmer geflohen und hatten die Tür geschlossen.

Sie klopfte, wartete auf eine Antwort und öffnete die Tür, als sie keine bekam.

In der Ecke nutzten sie den kleinen Tisch als Barrikade. Zumindest versteckten sie sich nicht unter dem Bett.

Anstatt ihnen das Gefühl zu geben, sie in die Enge treiben zu wollen, ließ sie die Tür offen und lehnte sich daneben an die Wand. „Ich weiß, dass die Werkstatt mit interessanten Dingen gefüllt ist. Nur ist es kein sicherer Ort für Kinder. Deshalb habe ich euch gebeten, den Schuppen nicht zu betreten."

Connors Kinn bebte. Er presste sich mit dem Rücken an die Wand.

Langsam ging sie auf die beiden zu. „Oh, Schatz, du bist in Sicherheit. Ich bin nicht –"

Grant trat vor seinen Bruder. „Lass ihn in Ruhe! Ich werde nicht zulassen, dass du ihm wehtust, du ... du Schlampe!"

Beth schloss für eine Sekunde die Augen, selbst den Tränen nahe. Wie war diese Sache nur so aus dem Ruder gelaufen? „Grant, das würde ich nie tun."

„Was ist hier los?" Das ominöse Knurren kam vom Flur. Nolan war zuhause. Er legte eine Hand auf ihre Schulter, womit er ausdrückte, dass er hinter ihr stand.

„Sei nicht böse auf sie." Sie stellte sich ihm in den Weg. „Grant hat nur Angst und will Connor beschützen."

„Was ist passiert?" Sein Blick war gelassen.

Sie antwortete nicht früh genug, und so richtete er seine Aufmerksamkeit auf die Jungen. „Grant? Was ist passiert?"

Grants kleine Hände schlossen sich zu Fäusten. „Wir sind in den Schuppen gegangen. Um zu spielen."

„Mit den vielen Geräten?" Nolans Stimme klang nun finster.

Grant nickte. Trotz allem rührte er sich keinen Millimeter und blieb vor seinem jüngeren Bruder stehen. So ein kleiner Beschützer.

„Ich verstehe." Nolan ließ sich die Angelegenheit durch den Kopf gehen. „Grant, komm mit mir. Beth, kannst du mit Connor sprechen?"

„Ja, Sir." Ihre automatische Antwort brachte ihr ein schiefes Lächeln von ihm ein, bevor er zu Grant sah, ihn zu sich wies und dann einfach aus dem Raum marschierte. So selbstbewusst. Er zweifelte nie daran, dass ihm jemand gehorchen würde.

Grant ging auf die Tür zu, obwohl sie seinen Widerwillen sehen konnte. Er hatte Angst, Connor bei ihr zu lassen. Das machte sie traurig.

Sie legte ihre Hand um seinen Arm und flüsterte ihm zu: „Ich werde Connor nicht wehtun. Ich habe noch nie in meinem Leben jemandem den Hintern versohlt, und ich werde jetzt nicht damit anfangen."

Als sie spürte, wie sich seine Muskeln entspannten, küsste sie ihn auf den Kopf und wies ihn sanft an, weiterzugehen.

Grant verließ das Zimmer und sie entschied, sich auf eines der

Betten zu setzen und ihre nackten Füße zu mustern. So gab sie ihnen beiden die Chance, etwas runterzukommen.

Nach einer Minute warf sie einen Blick auf Connor. Die Farbe war in sein Gesicht zurückgekehrt. Auch presste er sich nicht länger an die Wand. Sie klopfte auf das Bett. „Komm und setz dich neben mich."

Wie ein verängstigtes Kätzchen schritt er mit winzigen, herz-zerreißend zaghaften Schritten auf sie zu. Dann saß er auf dem Bett – und rannte auch nicht weg, als sie vorsichtig einen Arm um ihn legte.

Als er sich an sie lehnte, normalisierte sich auch ihr Herz-schlag. *Oh, Connor.* „Ich wollte dich nicht erschrecken. Es tut mir leid, mein Kleiner." Sie schluckte schwer. „Ich war verärgert, weil die Bandsäge dich hätte verletzen können. Ich hatte wirklich Angst um dich."

Augen in der Farbe von dunkler Schokolade weiteten sich. Gab es ein Kind auf dieser Welt, das bezaubernder war? Sie konnte nicht anders und zog ihn enger an sich.

„Angst ... um mich?"

„Ja, um dich." Sie bebte immer noch. „Diese Sägen können sehr gefährlich sein. Lass mich dir von meinem Cousin erzählen." Eine Geschichte – ohne die grausamen Details – war der beste Weg, eine Warnung an den Mann zu bringen und die Gefahr Wirklichkeit werden zu lassen.

„Okay." Als er seinen kleinen Kopf vertrauensvoll an ihre Brust legte, wurde sie von der Erleichterung und der Liebe für ihn überwältigt, sodass sie kein Wort mehr rausbrachte.

Vom Wohnzimmer sah Grant, wie Nolanman draußen über die Terrasse lief. Er beeilte sich, um ihn einzuholen.

Sein Bauch fühlte sich komisch an. Grant wollte zurück zu seinem Bruder. Beth hatte jedoch gesagt, sie würde Connor nicht wehtun. Das hatte sie gesagt. Und ihre Stimme war nicht laut,

126

ihre Augen waren nicht verrückt gewesen. Nein, sie hatte Tränen in den Augen gehabt. Das hatte er genau gesehen.

Connor würde allein klarkommen.

Im Freien war die Luft heiß und die Sonne zu hell. Grants Atmung klang komisch, zu schnell – als wäre er gerannt. Nolan war sauer auf ihn. Und Nolan war schrecklich groß.

Er folgte dem Mann den Pfad hinunter zum See. Am Zaun tippte Nolan den Code für das Schloss ein, öffnete das Tor und wartete.

Mit Bedacht passierte Grant ihn, und das Tor schloss sich hinter ihnen. Nolan trat auf die Anlegestelle und ließ sich auf einem der alten Holzstühle nieder. Er zeigte auf den anderen.

Grant spürte, wie sein Kinn zu zittern begann, als er Nolan ansah.

Nolanman hatte ein hartes Gesicht mit einer gemein aussehenden Narbe auf der einen Seite. Seine Augen waren schwarz. Nicht gemein wie Jermaines Augen, jedoch auch nicht freundlich wie Beths. Es sei denn, er lächelte – oder manchmal, wenn er aussah, als wollte er lachen, es jedoch nicht tat.

Im Moment lächelte er nicht. Aber er schrie auch nicht. Er … wartete einfach.

Grant rutschte auf den Stuhl und starrte auf das raue Holz des Docks.

Bei einem Geräusch sprang Grant etwa einen halben Meter in die Höhe, aber Nolan streckte nur seine langen Beine aus und machte es sich mit einem gedehnten Seufzer bequem. Er war furchtbar groß und hatte überall Muskeln. Jermaine würde neben Nolanman wie eine Maus aussehen.

Grant wollte auch überall Muskeln haben.

„Ich schätze, du hast herausgefunden, dass es keine gute Idee ist, sich in die Werkstatt zu schleichen." Nolans Stimme klang nicht wütend. Er klang eher, als ob er über Baseball sprach oder wie man eine Faust machte oder wie man sich im Wasser treiben ließ.

Grant öffnete den Mund, schloss ihn und schluckte schwer. Sprach er, würde Nolan dann so wütend werden wie Jermaine? Nur, dass Jermaine auch wütend wurde, wenn Grant nichts sagte. *„Antworte mir, du kleiner Scheißer!"* Grant griff die Armlehnen, falls er schnell aufspringen musste.

Nolan musterte ihn. „Die beste Antwort – wenn du zustimmst – ist: *Ja, Sir.* Wenn du etwas nicht verstehst, sagst du: *Ich verstehe nicht, Sir."* Die lange Furche in seiner Wange vertiefte sich, so wie sie das tat, wenn er einem Lächeln nah war. „Ich war beim Militär, also mag ich es, viele Sirs zu hören."

Grant saugte Luft in seine Lungen, als hätte er schon lange keinen Atemzug mehr genommen. Die richtigen Worte ... die waren wichtig. Zu wissen, was zu sagen war, um einen Erwachsenen vom Schreien abzuhalten, war gut. „Ja, Sir."

„Sehr schön."

Grant lockerte seinen Griff um die Armlehnen. Seine Finger schmerzten, und er öffnete und schloss seine Hände.

„Später besprechen wir, warum ich dich nicht in der Werkstatt haben möchte. Zuerst werden wir darüber reden, wie Männer Frauen in diesem Haus behandeln."

Was? Grant runzelte die Stirn, bis er sich daran erinnerte, dass er die richtigen Worte kannte. „Ich verstehe nicht, Sir."

„Manchmal verliert ein Mann die Beherrschung und schreit jemanden an. Das ... passiert, obwohl es nicht gut ist, wenn man viel größer ist als die Person, die man anschreit." Ein Mundwinkel von Nolanman neigte sich nach oben. „In dem Punkt hast du noch etwas Zeit, bevor du dir Sorgen machen musst. Unabhängig von deiner Größe möchte ich jedoch nicht, dass du eine Frau eine Schlampe nennst – oder irgendeinen anderen bösen Ausdruck."

„A-Aber Jermaine hat es die ganze Zeit zu Mama gesagt."

Nolan presste die Lippen zusammen. „Das glaube ich. Aber, Grant, hat dein Vater deine Mutter mit hässlichen Ausdrücken betitelt?"

Grant blinzelte, überlegte und schüttelte den Kopf. Daddy hatte ihr süße Namen gegeben. *Schatz, Süße, Liebling.*

„Das dachte ich mir. Selbst wenn sie sauer sind, werfen gute Männer – starke Männer – Frauen keine bösen Ausdrücke an den Kopf." Er hielt inne. „Du würdest wahrscheinlich lieber zu einem Mann wie deinem Vater heranwachsen als zu einem Arschloch wie Jermaine, oder?"

Grant starrte auf die Holzbretter. Er hatte Beth eine Schlampe genannt – wie Jermaine. Wie der miese, fiese Jermaine. Sein Vater hätte Beth nie so genannt. Auf keinen Fall. „Ich möchte wie du und Daddy sein", flüsterte er.

„Guter Mann."

Panik breitete sich in Grant aus. Beth hielt Jermaine wahrscheinlich auch für einen miesen Kerl. Sie hatte nie etwas gesagt, aber Grant konnte es ihr ansehen. Und genau wie Jermaine es mit Mama getan hatte, hatte Grant Beth beleidigt. Würde sie ihn jetzt nicht mehr mögen? Sein Inneres wurde von Dunkelheit erfüllt. „Wird" – er schluckte einen Schluchzer herunter – „Beth sauer auf mich sein?"

Nolans dunkle Augen trafen auf seine. „Tiger, jeder vermasselt früher oder später und verletzt jemanden, den er liebt. Zeit für eine weitere Lektion." Er stand auf und legte eine Hand auf Grants Schulter. „Wir werden jetzt Limonade trinken und uns dabei über die Kunst unterhalten, wie man sich bei einer Frau entschuldigt."

KAPITEL ZEHN

Am **Sonntag hatten** sich gegen Abend Gewitterwolken vor den Himmel gedrängt und schließlich einen angenehmen Regen produziert. Während die Tropfen auf das Dach und gegen die Fenster prasselten, verließ Beth das Kinderzimmer, schloss die Tür und streckte die Arme über den Kopf, um die Knoten in ihren Schultern zu lösen. Da sie den größten Teil ihrer Arbeitszeit im Freien auf die Wochenenden verlagert hatte, an denen Nolan bei den Kindern sein konnte, hatte sie den heutigen Tag damit verbracht, zu jäten und zu pflanzen.

Sonntags zu arbeiten bedeutete, dass sie – wieder einmal – nicht zu Alyssas Physio zuhause gewesen war. Die Jungen hatten ihr erzählt, wie sie mit ihren Lastwagen auf der Terrasse gespielt hatten, während die Physiotherapeutin an Nolans Schulter gearbeitet hatte. Beth schnaubte und stellte sich vor, wie die üppige Sub versuchte, mit LKW-Geräuschen nur wenige Meter daneben verführerisch zu sein.

Danke, Jungs.

Die beiden sollten heute Nacht gut schlafen – nach einem großen Abendessen mit Nolans Spaghetti, einer aktiven Runde

Verstecken, einem Bad und Gutenachtgeschichten. Auf halbem Weg durch das dritte Bilderbuch waren sie bereits weggenickt.

Müde Jungs. Sie lächelte. Zu ihrer Überraschung zeigten sie sich seit dem Fiasko mit dem Schuppen viel entspannter. Vielleicht, weil sie sich schlecht benommen hatten und ihnen nichts Schreckliches passiert war. Sie hatte befürchtet, dass Connor ihr nie wieder vertrauen würde; stattdessen hatte er in ihren Armen geweint.

Später, mit Nolan neben ihm, die Hand auf seiner Schulter, hatte sich Grant bei ihr entschuldigt und mit bebendem Kinn geflüstert: „Bitte hasse mich nicht." Als sie ihre Arme ausgestreckt hatte, war er auf sie zugestolpert, und hatte sich mit seinem zitternden, kleinen Körper an sie gekrallt. Hassen? Wohl kaum. *Gott*, sie liebte sie beide.

Sie waren so gute Jungs und würden zu guten Männern heranwachsen, wenn sie jemanden wie Nolan auf Dauer in ihren Leben hätten, der ihnen zeigte, was es bedeutete, ein guter Mensch zu sein. Vielleicht würde ihnen Drusilla erlauben, weiterhin Teil von Connor and Grants Lebens zu sein?

Mit schwerem Herzen ging sie in die leere Küche. Der Geschirrspüler lief und die Arbeitsflächen waren sauber. Nolan war sicher draußen; ihr Master liebte es, den Regen zu beobachten.

Leise ging sie durch die Doppeltüren und trat auf die überdachte Terrasse. Und da saß er auf einem Stuhl, seine nackten Füße hochgestellt. Der kühle Wind peitschte ihr Haar in ihr Gesicht und trug den schwachen Duft von Salzwasser mit sich.

Er deutete auf ein gut gefülltes Weinglas auf dem Tisch. „Ich denke, den hast du dir verdient. Wie viele Geschichten hast du ihnen vorgelesen?"

„Nur zwei. Na ja, zweieinhalb." Sie nahm das Glas, runzelte aber die Stirn, als sie das Sandwich daneben entdeckte. „Ich hoffe, das ist für dich. Ich bin immer noch satt vom Abendessen."

„Du musst essen, Süße. Du bist immer noch untergewichtig."

„Mein Gewicht steigt wieder." Sie hatte geplant, mit ihm über sein regelrecht obsessives Verhalten zu reden, ihr ständig Essen andrehen zu wollen. „Und ich habe keinen Hunger."

„Nimm trotzdem ein paar Bissen." Er schüttelte den Kopf. „Ich sollte dafür ausgepeitscht werden, dass ich dich den ganzen Sommer allein gelassen habe. Verdammt dumm von mir. Ich habe nicht –"

„Du hast genau das getan, was du tun solltest." Dass Sir das Gefühl hatte, er würde sie im Stich lassen, war unerträglich. Sie gab alles, um ihre Stimme ruhig und vernünftig zu halten: „Raoul hat dich gebeten, den Bau zu beaufsichtigen, und das war auch gut so. Sie brauchten dich dort."

„Du hast mich hier gebraucht. Auf dich zu achten, ist mein –"

„Nein, Master." Seine Reue brach ihr wirklich das Herz. Sie würde nicht zulassen, dass er sich schuldig fühlte, weil er sie für eine Weile allein gelassen hatte. Niemals. „Ich bin kein Kind. Wenn ich ein paar Albträume habe und ein paar Pfunde verliere, ist das eben so." Bedauern mischte sich in ihre Stimme und sie flüsterte: „Es wird nicht das letzte Mal sein." Wie bei einer Schotterstraße müssten die Spuren, die Kylers Missbrauch in ihrem Kopf hinterlassen hatte, bei jeder schlechten Episode wieder befüllt werden.

Nolan stützte sich mit den Unterarmen auf seine Oberschenkel und fixierte sie mit einem entschlossenen Blick. „Ich sehe dich nicht als Kind, aber als dein Dom habe ich Verpflichtungen dir gegenüber."

„Ja, das tust du. Natürlich habe ich als deine Sub auch Verpflichtungen dir gegenüber. Bist du wütend auf mich, weil ich dir am Freitag kein Mittagessen zur Arbeit gebracht habe? Oder weil ich heute spät zuhause war, sodass du Abendessen kochen und die Küche aufräumen musstest? Oh, und du hast gestern Abend keinen Sex bekommen. Sollte ich mich deswegen schuldig fühlen?"

Sein Mundwinkel zuckte, bevor er nach seinem Bier griff. „Du bist so süß, dass ich manchmal vergesse, dass du ein Temperament hast, auf das ein Rodeo-Stier neidisch wäre."

Sie kreuzte ihre Arme vor der Brust. „Du, Sir, weichst dem Problem aus. Ich habe Gewicht verloren. Du fühlst dich schuldig. Also versuchst du nun, mich ständig zum Essen zu bringen. Schatz, ich bin stärker, als du denkst – und ich würde es vorziehen, wenn du die Schuldgefühle ablegst."

Sein sexy raues Lachen prallte von der Wand hinter ihnen ab und rollte in die Nacht hinaus. „Jawohl, Ma'am. Das werde ich, Ma'am." Durch sein einschüchterndes Selbstvertrauen klang seine tiefe Stimme kein bisschen unterwürfig. Er streckte die Hand nach ihr aus.

„Das ist schon besser ... Sub." Ihr stolzes Kinn hob sich, als sie seine Hand nahm.

Er zog sie direkt auf seinen Schoß.

Als sie sich an ihn schmiegte, fühlte sie nur Härte und Hitze und atmete seinen männlichen Duft tief in ihre Nase. Dann packte er ihr Haar, neige ihren Kopf nach hinten und küsste sie auf den Mund, sodass sie nicht mehr daran zweifelte, wer von ihnen das Sagen hatte, egal wie oft er sie auch mit Ma'am ansprach.

Nichtsdestotrotz hatte ihr Master ihr zugehört, und wenn er etwas von seiner Schuld ablegte, würde sie das Gespräch schon bald unter Erfolg verbuchen.

Die Hand des Arms, mit dem er ihre Schultern stützte, legte sich auf ihren Hinterkopf, damit er den Kuss vertiefen konnte. Seine Lippen fühlten sich fest an, seine Zunge beharrlich, ein entschlossener Ansturm auf ihre Sinne. Als er knurrte und sie weiter nach hinten lehnte, sodass sie ihr Vertrauen in ihn beweisen konnte – denn sie wusste, dass er sie niemals fallen lassen würde –, breitete sich das Summen der Erregung in ihr aus.

Er hob den Kopf und lächelte auf sie herunter, wohl wissend, dass ihr Gehirn direkt aus ihrem Schädel auf den Beton gesickert war.

Worüber hatten sie gleich noch gesprochen?

Ihre Hüfte ruhte an einer wunderbar dicken Erektion. Eine schwielige Hand hatte sich unter ihren BH geschlichen und umfasste eine Brust. Ein Schauer durchlief sie bei dem dunklen Versprechen in seinen Augen. „Master", hauchte sie.

„Lass uns nochmal auf den sexlosen Abend zurückkommen, ja?"

KAPITEL ELF

Am **Montagabend klingelte** es an der Tür. Vielleicht besser so, dachte Nolan. Grant schlachtete ihn beim Spielen an der Xbox unter dem Jubel von Connor *und* Beth ab. Später würde seine kleine Sub für ihre Illoyalität bezahlen. Heute Abend.

Nolan öffnete die Haustür. Bei dem Anblick des Besuchers wurde seine fröhliche Stimmung von einer Abrissbirne zerschmettert. „Price. Was machen Sie denn hier?"

„Ich habe schlechte Nachrichten für die Jungs." Price richtete seine braune Sakkojacke. „Ich muss mit ihnen sprechen."

„Was für schlechte Nachrichten?" *Zur Hölle nochmal.* Er wusste es. Jeden Morgen rief er im Krankenhaus an, um nach Drusilla zu fragen. Heute hatte die Krankenschwester gesagt, dass sich Drusilla nicht gut machte. Er und Beth hatten darüber gesprochen, die Kinder zu ihr zu bringen, sodass sie sich verabschieden konnten. Nur war deren Mutter komatös, mit grauer Haut und an Schläuchen angeschlossen. Das zu sehen, wäre nicht gut für die Kinder. Stattdessen hatten sie versucht, zu erklären, wie krank sie war. „Drusilla?"

„Ja. Sie ist vor ein paar Stunden verstorben." Price sah auf seine Uhr. „Ich habe bis zu meinem nächsten Termin nicht viel Zeit."

Sein nächster Termin war wahrscheinlich mit seinem Abendbrottisch. Nolan bewegte sich nicht. „Kann ich darauf vertrauen, dass Sie ihnen diese traurige Nachricht behutsam beibringen? Oder sollten Beth und ich das besser übernehmen?"

Das Arschloch presste die Lippen zusammen. „Das ist mein Job."

„Dann machen Sie Ihre Arbeit *behutsam*."

Ausgehend von der roten Farbe auf den Wangen des Sachbearbeiters hatte er die unausgesprochene Drohung vernommen.

Nolan setzte Price in den Salon gleich neben dem Eingang, trieb alle zusammen und nahm mit Beth und den Jungen zwischen ihnen auf der langen Couch Platz.

Arme kleine Männer. Er konnte sich eine Kindheit ohne seine Mutter nicht vorstellen. Sie hatte ihre Kinder bei jeder Sportart angefeuert, auch wenn sie stets bei den Footballspielen zusammengezuckt war. Sie hatte deren Kunstprojekte bewundert und den Kühlschrank mit Zeichnungen bedeckt. Sie hatte bei den Hausaufgaben geholfen, obwohl sie in Mathe eine Niete war. Sie hatte den Fisch und das Wild zubereitet, das ihre Kinder gefangen hatten, solange sie die Beute zuerst ausnahmen. Sie hatte ein Talent dafür gehabt, ihnen Baseballbälle zuzuwerfen, und sie hatte eine wahre Menagerie aus Haustieren ertragen, einschließlich der Schlangen, die sie fürchtete.

Diese Jungs würden das nie haben. Traurigkeit erfüllte ihn, als er einen Arm um Grants Schultern legte und ihn näher an sich zog.

„Erinnert ihr euch noch an Mr. Price?", fragte Nolan. „Er hat im Krankenhaus nach eurer Mutter gesehen."

Die Jungen nickten.

Als Beth Nolans grimmiges Gesicht sah, schloss sie für eine Sekunde die Augen und zog Connor auf ihren Schoß.

„Es tut mir leid, euch sagen zu müssen, dass eure Mutter heute verschieden ist", sagte Price ohne Umschweife. Oder Emotionen.

Nichts tut dem leid. Nolans Temperament meldete sich und er musste einiges geben, um an seiner Kontrolle festzuhalten. *Nein. Ich darf das Arschloch nicht vermöbeln.*

Connor hob den Kopf zu Beth, so wie er es immer tat, wenn er verwirrt war. „Was bedeutet das? Verschieden?"

„Oh, mein Kleiner. Erinnerst du dich, wie wir darüber gesprochen haben, dass sie krank ist?" Beths Gesicht war von Mitgefühl durchzogen, als sie auf sein Nicken wartete. „Manchmal, wenn jemand sehr, sehr, sehr krank ist, hört der Körper auf zu arbeiten."

Grants Wangen verloren jegliche Farbe. „Ist M-Mama tot?"

Zum Teufel damit, ihn wie einen kleinen Mann zu behandeln; Nolan hob den Jungen auf seinen Schoß. „Das ist sie. Es tut mir so leid, Grant."

Connor wusste wahrscheinlich nicht, was Sterben bedeutete, aber er reagierte sensibel auf die Emotionen im Raum und seine Augen füllten sich mit Tränen. „Heißt das, sie kann nicht nach-hause kommen?"

„Leider. Sie kann nicht mehr zu uns zurückkommen, Schatz. Deine Mama ist ins nächste Leben weitergezogen." Beth schau-kelte ihn und küsste ihn auf den Kopf. „Eines weiß ich aber: Sie hätte euch nie verlassen, wenn sie eine Wahl gehabt hätte."

Connor brach in Tränen aus und vergrub sein Gesicht an Beths T-Shirt; Grant weinte leise auf Nolans Schoß.

„Nun ja." Price stand auf. „Ich muss mir das Kinderzimmer ansehen, bevor ich gehe."

Beth warf ihm einen ungläubigen Blick zu.

Ich darf ihn nicht vermöbeln, ich darf ihn nicht vermöbeln. Es wäre besser, das Arschloch schnell aus dem Haus zu werfen, bevor Nolan etwas tat, was er später bereuen würde. Nolan setzte Grant neben Beth. Als sie sofort einen Arm um ihn legte, schmiegte sich der Junge an sie und seine Trauer sickerte in ihren Körper.

Sie hatte das weichste Herz – bei ihr waren die Kinder sicher und gut aufgehoben. „Dann los, Price."

Nachdem sich Price das Kinderzimmer angesehen hatte – als ob es ihn interessierte –, eskortierte Nolan den unausstehlichen Mann zur Haustür. „Was passiert jetzt mit den Kindern?"

Price zupfte Fusseln von seinem Sakkoärmel. „Wir haben die Großmutter der Jungs gefunden, aber noch nicht mit ihr gesprochen. Mit etwas Glück übernimmt sie die Vormundschaft über Grant und Connor."

Die Jungs würden sie verlassen? „Wie lange wird es dauern, sie zu prüfen?"

„Nicht lange. Der Prozess wird für nahe Angehörige beschleunigt. Die meisten Schritte entfallen."

Nolan starrte den Mann schockiert an. Hatte er das gerade richtig gehört? „Haben die Kinder diese Frau überhaupt mal kennengelernt?"

„Das spielt keine Rolle." Price zuckte mit den Schultern. „Sie hören von mir." Ohne ein weiteres Wort marschierte er zu seinem Auto.

Stirnrunzelnd schloss Nolan die Haustür. Für den Moment entfernte er das Arschloch aus seinen Gedanken und konzentrierte sich auf das eigentliche Problem: Wo zum Teufel war die Großmutter bis jetzt gewesen?

An diesem Abend steckte Beth die Decke um Connor fest, während sie von Trauer und Mitgefühl überwältigt wurde. Ihre armen, armen Babys. Alles in ihr wollte ihnen den Schmerz nehmen und ihnen ihre Mutter zurückbringen, und doch gab es nichts, was sie tun konnte. Wie konnte die Welt gegenüber den unschuldigsten Seelen so grausam sein?

Nachdem sich die Jungen von der Nachricht über den Tod ihrer Mutter ein wenig erholt hatten, hatten sie und Nolan die

Kinder in ruhige Aktivitäten verwickelt – einen Sonnenuntergangsspaziergang am See entlang, wo sie sich Frösche und Kaulquappen angesehen hatten, bevor sie zum Malen übergegangen waren. Connor hatte gefragt, ob er seiner Mutter seine Buntstiftzeichnung schicken könne, und sie hatten erklären müssen, dass Drusilla keine Post bekommen konnte. Der Junge verstand immer noch nicht genau, was passiert war.

Grant hatte nicht reden wollen. Keine Überraschung, denn er war mit seinen Gefühlen so zurückhaltend wie Nolan. Jedoch hatte er sich den ganzen Abend nicht mehr als einen Schritt von ihr entfernt. Und damit hatte sie kein Problem. Wenn er wollte, konnte er für immer an ihrer Seite bleiben. Sie blinzelte die Tränen zurück.

Oh, Drusilla, warum hat es das Schicksal schlecht mit dir gemeint? Warum hast du es nicht geschafft, zu deinen Babys zurückzukehren?

Was würde jetzt mit den Jungs passieren? Würden sie zu der Großmutter gehen, die Price gegenüber Nolan erwähnt hatte? Hoffentlich war die Frau von der Seite des Vaters, denn Drusilla hatte immer unglaublich negativ über ihre Mutter gesprochen. Eine Fanatikerin hatte sie sie genannt.

Und was, wenn es nicht funktionierte, sie bei der Großmutter unterzubringen? Schließlich fühlten sich Connor und Grant bei ihr und Nolan wohl – und, oh, sie liebte die Jungs so sehr. Vielleicht …

Innerlich seufzte sie. Jetzt war nicht der richtige Moment, darüber nachzudenken. „Na bitte, ganz kuschelig hast du es nun."

Connors süßes Kichern war das Schönste, was sie an dem Tag gehört hatte.

Als nächstes deckte sie Grant zu. Obwohl die Jungen ihre Betten gewählt hatten, war Connor heute Abend neben seinem Bruder unter die Decke gekrochen.

„Schlaft gut, meine Kleinen." Sie beugte sich vor, um sie beide fest zu umarmen.

Connor, der nach Seife und Junge roch, legte einen Arm um ihren Hals und küsste ihre Wange. „Gute Nacht, Beff."

Grant sagte nichts, aber seine großen braunen Augen waren auf ihr Gesicht konzentriert. Er wirkte so verloren. Noch konnte sie ihn nicht verlassen, also setzte sie sich neben ihn und fragte: „Weißt du, was Wiegenlieder sind?"

Er runzelte die Stirn und schüttelte den Kopf.

„Es sind Lieder, die" – Mütter – „Leute für Kinder singen, um ihnen beim Einschlafen zu helfen. Gutenachtlieder." Sie streichelte seine weichen Haare. „Meine Mu – meine Familie hat mir immer welche vorgesungen."

Beths Stimme war nichts Besonderes. Die Stimme ihrer Mutter auch nicht, wenn sie so darüber nachdachte, und doch hatten ihre Wiegenlieder auf fast wundersame Weise kindlichen Herzschmerz gelindert. *Bitte, Gott, erlaube mir, meinen Jungs den gleichen Trost zu geben.*

„*Rock-a-bye, Baby ...*" Unter ihrer Hand entspannte sich langsam Grants kleiner Körper.

Leise sang sie ein weiteres Lied: „*Hush, little baby, don't you cry ...*"

Wimpern fielen auf sonnengeküsste Wangen.

„*Lullaby and good night ...*"

Connor schlief tief und fest. Grants Finger hatten sich um ihr Handgelenk gelegt.

„*Hush, little baby, don't say a word ...*"

Sie ließ ihre Stimme verebben, lehnte sich vor und küsste die schlafenden, mutterlosen Kinder. Ihr Herz schmerzte bei der verräterischen Nässe auf Grants Wangen. Ihre eigenen waren auch feucht. *Verdammt*, warum konnte das Leben nicht freundlicher sein?

Das Nachtlicht erhellte ihren Weg zum Ausgang, wo sie Nolan fand, der am Türrahmen lehnte. Seine Augen waren dunkel, der Ausdruck sanft. Im nächsten Moment zog er sie an seine Seite, führte sie ins Wohnzimmer ... und hielt sie in den Armen, während sie weinte.

KAPITEL ZWÖLF

Als er am nächsten Morgen aufwachte, erkannte Grant, dass sein linkes Bein nass war. *Argh.* Er warf die Decke zurück und starrte seinen schlafenden Bruder an. „Schau, was du getan hast."

Connor rieb sich die Augen. „Was?"

„Du hast ins Bett gemacht, du kleiner Bas –" Er brach den Satz rechtzeitig ab, als er sich an Nolans Worte erinnerte. Jemanden zu beleidigen, war nicht richtig. Und doch brannte die Wut wie Feuer in ihm. Er rutschte aus dem Bett und stampfte durch den Raum. „Warum bist du nicht aufgestanden und aufs Klo gegangen?"

Connors Schultern sackten zusammen, bis er auf dem Bett wie ein kleiner Ball aussah. „Ich weiß nicht."

Grant wandte sich ab und wünschte, dass ... dass das *Gör* ihn anschreien würde. So konnte die Wut in seinem Inneren nirgendwohin gehen. Stattdessen rollte sie in ihm herum und wurde größer und gemeiner. Es gab nicht einmal etwas auf dem Boden, das er treten konnte.

War es diese Wut, die Mama dazu getrieben hatte, Sachen zu zerbrechen? Hatte auch sie sich innerlich verdreht gefühlt?

Mama.

Grant erstarrte in der Mitte des Raumes, atemlos wie damals, als Jermaine ihm in den Bauch getreten hatte und er befürchten musste, nie wieder zu Atem zu kommen. Mama würde nicht schreien oder brüllen oder irgendetwas kaputt machen. Nicht mehr. Sie war *tot.*

Trauer erfüllte ihn erneut und sorgte dafür, dass sich seine Wut auflöste, sodass er nur noch Leere wahrnahm. Mama. *Komm zurück, Mama.*

Als er Connors kreidebleiches Gesicht und seine rot unterlaufenen Augen sah, erhoben sich die Schuldgefühle und füllten die Leere, was den Schmerz in ihm verschlimmerte. *Es tut mir leid.* Er hatte Mama nicht beschützt, sie nicht davon abgehalten, mit Jermaine zusammen zu sein oder Drogen zu nehmen. Und jetzt hatte er auch noch seinen kleinen Bruder angeschrien.

Daddy hatte ihm gesagt, er solle sich um Mama und Connor kümmern, und das hatte er nicht getan.

Er rieb sich die feuchten Augen und sah zu dem nassen Bett und Connors vollgepinkeltem Pyjama. „Wir müssen –"

Als es an der Tür klopfte, eilte Connor zu der Decke.

Zu spät.

Beth stand in der offenen Tür. Schweigend sah sie zu Connor, seiner nassen Pyjamahose und dem durchnässten Bett. Und sie *schnaubte.* „Ups. Ich schätze, wir hätten vor dem Schlafengehen nochmal auf die Toilette gehen sollen."

Grant starrte sie an, blinzelte. Sie war nicht sauer?

Connors Unterlippe bebte. „Es tut mir leid, Beff."

„Keine Bange. Ein paar von Nolans Neffen schlafen auch mit wechselndem Erfolg." Sie wies auf das Bett. „Ihr zwei zieht das Bett bis zum Plastikbezug ab, während ich die Dusche anstelle. Du solltest dich frisch machen, bevor du dich für den Tag anziehst."

Als sie ins Badezimmer ging, sah Connor mit weit aufgerissenen Augen zu Grant. Eine Sekunde später sprang er aus dem Bett und half Grant beim Abziehen des Bettes.

In der Küche wartete Nolan darauf, dass Beth die Kinder weckte. In der Zwischenzeit hinterließ er seiner Sekretärin eine Nachricht, dass er heute später ins Büro kommen und wohl auch früher nachhause gehen würde. Wenn sowohl er als auch Beth den Kindern in dieser schweren Zeit beistehen konnten, gab es keinen Grund, dies nicht zu tun. Seine Mitarbeiter und die Crews würden sich an seine flexiblen Arbeitszeiten gewöhnen müssen.

Beth hatte ihre eigenen Anpassungen vorgenommen und arbeitete in den frühen Morgenstunden, bevor er ging, und an den Wochenenden, wenn er sowieso zuhause war. Er genoss die Zeit mit den Jungs. *Zum Teufel*, der Pool war noch nie so oft in Benutzung gewesen.

Sie hatten letztes Wochenende im Pool gespielt, als Alyssa aufgetaucht war, und niemand hatte für die Physio den Spaß unterbrechen wollen.

Sein Lächeln verblasste. Alyssas Verhalten stellte ein Problem dar. Ein Problem, das leicht zu identifizieren war. Sub-Raserei ereignete sich, wenn eine Sub verzweifelt danach strebte, dominiert zu werden. Obwohl es bei Neulingen häufiger vorkam, zeigte sich Sub-Raserei auch bei Subs, die aus einer langfristigen Dom-Sub-Beziehung kamen.

Aus welchem Grund auch immer hatte Alyssa sich auf ihn fixiert. Sie sah ihn als den perfekten Dom, der ihre Bedürfnisse erfüllen sollte, und leider konnte sie nicht länger belehrt werden. Er hatte versucht, ihr klarzumachen, dass ihr Verlangen nach Unterwerfung ihr Urteilsvermögen trübte. Er hatte verdammt deutlich gemacht, dass er nur an ihrer Expertise interessiert war. Physiotherapie für seine Schulter und sonst nichts. Sie hörte nicht. Die nächste Sitzung wäre die letzte, und wenn sie nicht auf

Abstand ging, würde er Z von der Situation berichten, sodass er mit ihr reden konnte.

Das Geräusch der Dusche im Kinderzimmer brach in seine Gedanken ein. Nolan neigte den Kopf. Seltsam. Die Kinder duschten in der Regel abends.

Keine fünf Minuten später kam Grant in die Küche.

„Guten Morgen, Grant."

In Shorts und ein Superman-T-Shirt gekleidet, zögerte der Junge. Sorgen verdunkelten seine braunen Augen. Dann drückte er die Schultern durch und kam auf ihn zu.

Tapferer kleiner Zwerg. Nolan legte einen Arm um ihn und zog ihn an sich.

Nach einem weiteren zögerlichen Moment lehnte sich Grant an sein Knie.

„Was ist los, Tiger?"

„Nichts."

„Grant."

Seine treuen Hundeaugen richteten sich auf Nolan. „Connor hat ins Bett gemacht. Er wollte es nicht, er konnte es einfach nicht zurückh –"

Verdammt, war das alles? „Das kann passieren." Eine weitere scheiß Ungerechtigkeit des Lebens. Frauen konnten nicht nur mehrere Orgasmen nacheinander haben, ohne sich erholen zu müssen, sondern sie hörten auch früher auf, ins Bett zu pissen. Als er in der Army Corp of Engineers war, hatte er Leute gekannt, die *immer noch* unter diesem Problem litten. „Die gute Nachricht ist, dass wir alle es früher oder später überwinden."

Grants ganzer Körper entspannte sich.

Nolan tippte gegen seine Wange. „Willst du mir helfen, Pancakes zum Frühstück zu machen?"

„Wirklich? Pancakes?" Seine Augen strahlten.

„Ich denke, es wird mal wieder Zeit."

Beim Frühstück musterte Nolan die Kinder. Grants Stimmungen sprangen von aufgeregt zu wütend zu mürrisch. Der kleine Mann arbeitete sehr hart daran, perfekt zu sein. Als er zu viel Pancake-Teig in die Pfanne gegossen hatte, wäre er fast in Tränen ausgebrochen.

Perfektionistisches Verhalten war nicht ungewöhnlich, besonders bei Menschen, die Gewalt erlebt hatten. Beth tappte immer noch gelegentlich in die Falle. Nolan war sich jedoch sicher, dass Grant weniger Angst davor hatte, geschlagen zu werden, und eher fürchtete, dass er abgelehnt wurde. Abgelehnt und weggeworfen wie Müll.

Connor, der noch empfindlicher auf Gemütslagen reagierte, klebte regelrecht an Grant. Seine Sprache hatte sich zurückentwickelt, Doppelkonsonanten wie „th" waren nicht mehr rauszuhören. Ein paar Pancakes waren vom Tisch verschwunden ... direkt in seine Hosentasche. Hatte er unbewusst das Gefühl, dass Essen in Zukunft knapp sein könnte?

Verdammt. Als ob sie es nicht schon vorher schlimm genug hatten, fühlten sich die Jungs nun vollkommen verloren.

Beth, so sensibel wie Connor – und aus so ziemlich den gleichen Gründen –, gab unbewusst ihr Bestes, sie zu besänftigen. Umarmungen und ermutigende Berührungen wurden so frei verteilt wie ihr Lächeln. Als Grant die Postkarten an der Kühlschranktür bewunderte, hatte sie ihm die Karte mit einem Kind, das neben einem Elefanten stand, gegeben. Connor reichte sie die Karte mit einem Löwenjungen und erzählte ihm dann, dass Nolan sie zu ihr geschickt hatte, als er weit weg war.

Trotz der Traurigkeit des Tages genoss es Nolan, seine kleine Sub in dieser Rolle zu sehen. Beth wäre wahrscheinlich dazu fähig, an einem bewölkten Tag die Sonne aus ihrem Versteck zu locken.

Sie war wundervoll mit Kindern und wäre das auch mit einem Baby.

Nachdem Grant verwirrt auf die Küchenuhr gesehen hatte, drehte er sich zu Nolan und fragte: „Nolanman? Gehst du heute arbeiten?"

„Ja. Ich hatte jedoch das starke Bedürfnis, heute mit euch zu frühstücken. Ich werde ein bisschen später aufbrechen."

Als die beiden Jungs daraufhin süß lächelten, wurde ihm warm ums Herz. Gute Kinder. Feine Jungs. Sie brauchten einfach etwas Zuwendung und Aufmerksamkeit und dann würden sie zu wundervollen Männern heranwachsen. Würden sie diese Fürsorge und Aufmerksamkeit auch weiterhin bekommen? Könnte er es ertragen, wenn sie bald wie unerwünschte Kätzchen herumgereicht wurden?

Nolan sah zu Beth. Als sie über Vorlieben gesprochen hatten, hatte sie gesagt, sie wolle mit einem Baby anfangen. Aber ... wie alt könnte ein *Baby* sein? Connor feierte noch in diesem Monat seinen fünften Geburtstag. War das zu alt?

KAPITEL DREIZEHN

Am **Samstag drehte** Beth die Klimaanlage in ihrem Pickup hoch. Das Haus ihres letzten Kunden hatte noch keine Bäume, die groß genug waren, um Schatten zu spenden, und unter der prallen Sonne waren die Eiswürfel in ihrem Thermobecher schnell geschmolzen. *Warmer Eistee? Eklig.* Da sie nicht weit von zuhause entfernt war, konnte sie genauso gut vor der Nachmittagsschicht nachhause fahren und Mittag essen.

Außerdem wollte sie sehen, wie es den Kindern ging. Connor hatte sich wieder ein bisschen beruhigt und klebte nicht länger an Grant. Nach drei Nächten, in denen er sich in die Hose gemacht hatte, waren die letzten beiden trocken geblieben.

Grant jedoch ... Seine Emotionen waren immer noch ziemlich brisant. Seine Bemühungen, erwachsen und mutig zu wirken, brachen ihr einfach das Herz.

Als sie durch die Haustür trat, hörte sie die Jungs im Wohnzimmer.

„Hey, wir haben ein Cop-Haus. Dort kann Max arbeiten."

„Ja! Die Brücke sollte Bäume haben. Stelle Bäume genau hier hin, Connor."

Das Eisenbahnset im Wohnzimmer? Dort hätten sie mehr

Platz und der Fliesenboden bot die bessere Oberfläche. Sie schmunzelte. Und Nolan würde mit ihnen spielen. Es machte ihr viel Spaß, ihren ernsten Master auf dem Boden zu sehen, und wie er den Anweisungen der Jungs folgte.

„Beff!“ Connor rannte zu ihr, gefolgt von Grant. Sie kollidierten wie kleine Kugeln mit ihrem Körper. Ihr Grinsen wurde breiter. Gab es etwas Schöneres als die Umarmungen dieser Jungs?

„Beff, wir haben eine ganze Stadt.“ Connor zog sie zu der Baustelle, wo die Bahngleise eine anmutige, wenn auch unvollständige Acht bildeten.

„Ihr habt einen wunderbaren Job gemacht“, sagte sie aufrichtig. Sie waren erstaunlich schlau. „Schau an, eine ganze Stadt.“ Sie deutete auf die Polizeistation. Daneben offenbarte sich ein Postamt mit einer winzigen Fahne auf dem Dach.

„Ja! Grant baut gerade eine Brücke.“ Connor zeigte auf eine Lücke und Grants Brust blähte sich vor Stolz auf.

„Die Brücke wird bestimmt wunderschön.“ Sie blickte sich um. Seltsam, dass Sir nicht hier war. „Wo ist Nolan?“

„Er liegt mit der Lady“, sagte Grant.

„Was? *Welche* Lady?“ Der anfängliche Schock verblasste etwas, als Beth erkannte, dass die Lady wahrscheinlich Alyssa war. Nolan hatte erwähnt, dass die Physiotherapeutin darum gebeten hatte, den Termin auf Samstag vorzulegen – heute. „Du meinst die Lady, die ihm mit seiner schmerzenden Schulter hilft?“

Ein Nicken von Grant bestätigte ihre Vermutung.

„Können wir einen Cookie mit Milch haben?“, fragte Connor.

Grinsend beugte sie sich vor, tätschelte sein Bein und neigte den Kopf, um zu lauschen.

„Was machst du, Beff?“

„Ich versuche herauszufinden, wo du all das Essen hinpackst. Ist dein Bein hohl?“

Das Kichern der beiden Jungen brachte sie zum Lachen. „Cookies gehen denke ich in Ordnung, aber lasst mich zuerst mit dem Boss sprechen.“ Nach ein paar Missverständnissen hatten sie und Nolan gelernt, erst zu checken, ob der jeweils andere bereits Nein gesagt hatte. „Ich bin sofort wieder bei euch." Sie machte sich auf den Weg zur Terrasse.

„Die Lady meinte, es sei zu heiß draußen, also sind sie dort hinten." Grant wies auf den Flur.

Oh, wirklich. Eigentlich war es heute kühler als in den letzten Wochen. Beth änderte die Richtung. Sie mussten im Salon sein. In dem sehr *privaten* Salon. Warum machte sie das nervös?

Nun, wenn sie die Sitzung unterbrechen wollte, sollte sie es richtig machen, entschied Beth. Vielleicht war sie nicht aus dem Süden, aber Kim und Gabi hatten ihr beigebracht, dass es als obligatorisch galt, Gästen Speisen und Getränke zu servieren. Es wäre doch eine Schande, das Gesetz der Gastfreundschaft zu brechen, oder?

Ein Abstecher in die Küche und schon hatte sie ein Tablett mit Cookies und Eistee. Im Flur funkelte sie die Tür zum Salon an. Die halb geschlossene Tür bettelte praktisch darum, hart genug aufgestoßen zu werden, sodass sie gegen die Wand schlug.

Böse Beth. Abruptes Auftreten der Tür galt in den Südstaaten sicher nicht als höflich und aufmerksam.

Durch die schmale Öffnung konnte sie Nolan sehen, ohne Hemd und mit dem Gesicht nach unten auf der Couch. Alyssa saß auf der Ottomane und trug ein tief ausgeschnittenes, rotes Tanktop und außergewöhnlich kurze Shorts. Ihr Blick sprach von offener Lust, als sie Öl in seinen definierten Rücken massierte. „Ich habe dich letztes Wochenende im Club vermisst", sagte sie mit seidenweicher Stimme. „Ich hatte gehofft, du würdest −"

„Hey!" Beth schob die Tür mit der Hüfte weit auf. „Seid ihr bereit für eine kleine Erfrischung?" Nolan würde nicht fremdgehen, niemals. Das unangenehme Gefühl in ihrem Bauch war jedoch Eifersucht. Vielleicht, weil sie das Verlangen in Alyssas Ausdruck sehen konnte.

„Wie ... nett." Alyssas zuckersüßer Ton löste in Beth den

Drang aus, der Sub eine Ohrfeige zu verpassen. „Du hast sogar Cookies gebracht."

„Beth backt großartige Cookies." Nolan nahm eine sitzende Position ein. „Danke dir, Süße."

„Ja, danke dir", wiederholte Alyssa.

„Das hab ich doch gerne gemacht", sagte Beth so zuckersüß, dass sich Nolans Augen verengten. „Nur eine Kleinigkeit, um zu zeigen, wie sehr ich es schätze, dass du die Schulter meines Mannes wieder in Form bringst. Ich fürchte, er übertreibt es, wenn er mit den Kindern spielt."

„Ich bin mir sicher, Master Nolan weiß mit den armen Waisen umzugehen." Alyssa ignorierte die Cookies und nahm sich ein Glas Eistee.

Beths Lippen formten sich zu einem Lächeln, als Nolan nach einem Cookie griff. „Ja, das stimmt."

Alyssa schenkte Nolan ein intimes Lächeln. „Als ich ... vor Jahren hier war, meintest du, dass du dieses riesige Haus für eine große Familie gebaut hast. Wann planst du also, eigene Kinder zu haben? Ich wette, du kannst es kaum erwarten, einen kleinen Jungen mit deinen wunderschönen Augen in den Armen zu halten."

Die Worte trafen Beth hart, wie Hagelkörner, die auf brüchige Emotionen einschlugen. Als sie zittrig einatmete, wurde sie mit Alyssas moschusartigem Parfüm bestraft. „Wir −"

„Wir werden nicht lange brauchen, um das Haus mit Kindern zu füllen", sagte Nolan in einem abweisenden Ton.

„Natürlich." Alyssa spitzte ihre vollen Lippen, legte ihre Hand auf Nolans Unterarm und blickte tief in seine Augen. „Eines Tages habe ich hoffentlich auch einen Dom, dem ich wunderschöne Babys schenken kann. Dann wird er beobachten können, wie seine Babys in mir heranwachsen." Die Art und Weise, wie ihr Blick zu Beth wanderte, zeigte, dass sie *wusste*, dass Beth nicht in der Lage war, Nolan mit Kindern glücklich zu machen.

Fühlte sich so Unkraut, wenn sie es an der Wurzel aus dem

Boden riss? Alyssa war wunderschön. Üppig. Fruchtbar. Sie konnte Sir alles geben, zu dem Beth nicht fähig war.

Nolan sagte etwas, das in dem kalten Nebel verschwand, der ihren Kopf füllte. Beth blinzelte einmal und trat dabei einen Schritt zurück. „Genießt die Cookies. Ich muss wieder an die Arbeit." Als sie sich zur Tür drehte, entdeckte sie Grant und Connor, die nun den Fluchtweg blockierten. Sie schaffte nur ein schwaches Lächeln, als sie sich an den beiden vorbeiquetschte und die Flucht ergriff.

Grant drehte sich und sah Beth nach, als sie den Flur hinuntereilte. Ihre Stimme hatte merkwürdig geklungen, und ihre Augen hatten geglitzert. *Sie hat geweint.*

Seine Hände ballten sich zu Fäusten. Die Physiotante hatte Beths Gefühle verletzt, hatte dafür gesorgt, dass sie sich schlecht fühlte. Er war sich nicht sicher, wie, aber er kannte eine gemeine Stimme, wenn er eine hörte.

Genau wie er wusste, wann Nolan wütend war.

„Wir sind hier fertig." Nolanman stand auf, sein Gesicht angespannt und mit Wut durchzogen, als er die Lady niederstarrte.

„Aber, Sir." Als sie versuchte, Nolanmans Hand zu greifen, trat er zurück. „Du verstehst nicht."

Connor schob sich an Grant vorbei. „Du hast Beff zum Weinen gebracht!"

Die Lady starrte ihn an. „Das habe ich ganz sicher *nicht.*"

Zorn schwoll in Grant an, rot und dick und heiß. Sie *lügt!* „Hast du wohl. Du bist gemein. Verschwinde von hier und komm nicht zurück!"

Ihre Augen verengten sich. „Geht und spielt in eurem Zimmer. Ich rede gerade mit Nolan."

Er dachte immer noch an Beths Tränen, als er laut schrie: „*Du musst gehen! Verschwinde!*" Er griff nach dem Cookie-Teller und warf ihn. Der Teller flog über ihren Kopf und krachte in das Fenster.

Es schepperte. Glasscherben überall.

Als das Brüllen in seinen Ohren nachließ, starrte Grant auf das zerbrochene Fenster, auf die Glasscherben auf dem Teppich. Sein Magen verkrampfte sich. Er hatte das Fenster zerbrochen. Er hatte die Beherrschung verloren. Er hatte geschrien und mit Dingen um sich geworfen. *Wie Mama.*

Er hatte versucht, die Lady zu verletzen. Und Nolan sah wirklich wütend aus.

Angst wickelte sich um seine Brust, bis er keine Luft mehr bekam. Begleitet von einem Wimmern rannte er aus dem Raum und den Flur hinunter.

Heilige Scheiße. **Nolan** bekam Grant nicht rechtzeitig zu fassen, konnte aber Connor mit einer Hand auf seiner Schulter sichern. *Was für ein verdammtes Chaos.*

Alyssas Gesichtsausdruck zeigte Schock.

Er sah sie direkt an. „Die Jungs haben Recht. Deine Worte waren verdammt grausam."

„E-Er hat einen Teller nach mir geworfen!"

„Er verteidigte die süßeste Frau der Welt, die du zum Weinen gebracht hast." Nolan drückte Connors Schulter. „Vielleicht sind die Jungs es falsch angegangen, aber ich bin stolz auf sie beide."

Das Zittern unter seiner Hand stoppte. Braune Augen starrten verwundert zu ihm auf.

„E-Es tut mir leid, Sir." Alyssas Augen füllten sich mit Tränen. „Ich schätze, ich war ... ich vermisse dich, Sir. Und ich erinnere mich, wie gut wir zusammen waren und –"

„Ich schätze die Physio für meine Schulter, das tue ich wirklich." Er hielt seine Stimme gleichmäßig. „Aber wie ich dir bereits gesagt habe, geht es meiner Schulter wieder gut. Ich möchte, dass du mit Z darüber sprichst, dir Hilfe für das zu holen, was wir zuvor besprochen haben. Ich bringe dich zur Tür."

Sie starrte ihn an, als könne sie nicht glauben, dass er es ernst meinte. „Aber ... Ja, Sir."

Nachdem er Alyssa erfolgreich vor die Tür gesetzt hatte, bat er Connor, im Wohnzimmer zu spielen, und versüßte den Deal mit ein paar Cookies für ihn. Zudem musste Nolan ihm versprechen, dass er zu Grant nicht *gemein* sein würde. Loyale Brüder; das gefiel ihm.

Schließlich jagte er nach Grant. Er hatte die Hintertür nicht gehört. Die Haustür war stets verriegelt. Er war sich also sicher, dass der Junge noch im Haus war.

Wenn er als Kind in Schwierigkeiten war, hatte Nolan stets Zuflucht in seinem Schlafzimmer gesucht. Das Zimmer der Jungen war jedoch leer. Niemand im Schrank oder im Badezimmer. Als er sich daran erinnerte, was Beth gesagt hatte, schaute Nolan unter dem Bett nach.

Grant hatte sich in der hinteren Ecke zu einem Ball zusammengerollt, Tränen strömten über seine Wangen. Und sein kleiner Körper bebte.

Verdammt. Das Kind war mit seiner drogenabhängigen Mutter und ihrem gewalttätigen Freund durch die Hölle gegangen. Und jetzt das. Der Anblick brach Nolan das Herz und er entschied, sich neben das Bett zu setzen. Er lehnte sich an den Nachttisch und sagte: „Alyssa ist weg und wird nicht wiederkommen. Du und Connor hattet Recht. Was Alyssa gesagt hat, war gemein und brachte Beth zum Weinen."

Stille.

Er wusste genau, warum die Jungen so wütend geworden waren. Beth weinen zu sehen, sie verletzt zu sehen, war furchtbar. Natürlich würde Nolan sie gerne sofort aufspüren, nur waren sie jetzt nicht mehr alleine in diesem Haus.

Mehr Stille.

Nolan schüttelte den Kopf. *Verdammt.* Hübsche Reden waren

die Stärke seiner Sub, nicht seine. „Als die Männer im Haus ist es unsere Aufgabe, Beth zu beschützen und zu versuchen, sie glücklich zu machen."

Immer noch Stille.

Gedankenverloren betrachtete er das Wandbild mit den Blumen. Nett und generisch, aber seine Jungs würden wahrscheinlich etwas Interessanteres bevorzugen. Züge oder Sport. „Du hast sie gut verteidigt. Ihr beide. Dein Fehler war, den Teller zu werfen." Er kratzte sich an der Wange. „Es verstößt gegen den Männercode, Frauen zu verletzen" – es sei denn, es gefiel ihnen – „also ist es gut, dass du dein Ziel verfehlt hast."

„Bist du wütend auf mich?" Das Flüstern war so leise, dass er es fast nicht hören konnte.

„Nein." Er betrachtete das Bild noch einmal. Ja, es musste auf jeden Fall weg. Beth sollte auch Tagesdecken kaufen, die eher den Persönlichkeiten der Jungs entsprachen. „Eigentlich bin ich verdammt stolz auf dich und Connor, dass ihr euch für Beth eingesetzt habt. Ihr habt echten Mut bewiesen."

Unter dem Bett war ein Rascheln zu hören. „Ich wollte die Lady nicht verletzen. Ich war ... wütend."

„Ja, es wird einiges an Arbeit erfordern, um dein Temperament in den Griff zu bekommen. Mir ging es nicht anders. Was ich in deinem Alter für dummen Schei – dummes Zeug angestellt habe." Und er hatte nicht die Ausrede gehabt, schlechte Vorbilder zu haben.

Grant kroch unter dem Bett hervor. „Ich habe das Fenster kaputt gemacht." Tränen hatten Pfade auf seinen Wangen hinterlassen, aber er war auf den Beinen und stand nun vor Nolan. Wie ein Mann.

Der Stolz, den er bei dem Anblick empfand, erschwerte es Nolan, die richtigen Worte zu finden. „Dann solltest du mir besser helfen, es zu reparieren."

Eine Sekunde später lag ein kleiner Junge in seinen Armen.

KAPITEL VIERZEHN

An diesem Abend zögerte Beth an der Tür zum Shadowlands. Sie drehte sich um und starrte auf die lange, kurvenreiche Einfahrt, die mit stattlichen Palmen gesäumt war. Der Sonnenuntergang warf dunkle Schatten auf die Konturen des Landes und vergoldete die Steinfassade des dreistöckigen Anwesens.

Dies war nicht gerade der Ort, den sie gewählt hätte, um mit Nolan zu sprechen.

Seine Nachricht hatte jedoch keine Gegenworte zugelassen. *„Das Shadowlands. Heute Abend um neun. Kinder gehen zu Dan. Ben wird dir deine Kleidung übergeben."* War er wütend auf sie?

Vermutlich nicht. Sie war nicht unhöflich gewesen, sondern war einfach aus dem Haus geflohen wie das Häschen, als das er sie stets bezeichnete. Angsthäschen. Auch jetzt fühlte sie sich noch gedemütigt.

Ihr Nachmittag war nicht gerade angenehm gewesen und sie hatte ihre Frustration, ihren Schmerz und ihre Wut an dem Unkraut ausgelassen. Es fühlte sich so dämlich an, auf Alyssa eifersüchtig zu sein – dass sie kurviger und mehr wie Nolans üblicher Typ aussehen wollte.

Sie biss sich auf die Unterlippe und fragte sich, was er für heute Abend geplant hatte. Vielleicht könnte sie ihn um ein ruhiges Gespräch vor der Session bitten? Denn … sie musste sich wie eine erwachsene Frau verhalten. In den letzten Wochen war sie ein Idiot und ein Weichei gewesen.

Mit einem Seufzer packte sie den schweren schmiedeeisernen Griff, riss die Tür auf und trat ein.

„Wenn es nicht die kleine Beth ist." Bei der netten Begrüßung des riesigen Türstehers fühlte sie sich gleich besser.

„Hey, Ben. Wie geht es Anne? Arbeitet sie gerne für Galen?"

„Ja, sie liebt es. Ich schwöre, den beiden zuzuhören − und Sally −, kann einen echt paranoid machen. Ich hätte nie gedacht, dass es so viele Möglichkeiten gibt, eine Person auszuspionieren."

Beth schnaubte. „Klingt wie der Anfang eines Witzes, oder? Ein Ex-FBI-Agent, ein Ex-Privatdetektiv und ein Hacker gehen in eine Bar …"

„Das stimmt." Sein raues Lachen kam dem von Sir recht nah. „Hey, Nolan hat eine Tasche für dich hinterlassen. Klamotten schätze ich." Er griff unter seinen einschüchternden Schreibtisch und zog einen Rucksack heraus.

„Richtig. Dann sollte ich mich wohl umziehen." Sie biss sich auf die Unterlippe. Wie wütend war ihr Master?

„Entspann dich. Er hat nicht wütend gewirkt." Ben lächelte sie mitfühlend an, bevor er auf die Umkleide verwies. „Beweg dich."

Ein paar Minuten später betrat sie, gekleidet in einen langweiligen braunen Lederrock und ein passendes Neckholder-Top, den Hauptraum des Clubs. Auf der Suche nach Nolan ging sie zur Bar, wo Master Cullen so früh am Abend zumeist alkoholfreie Getränke servierte. Harte Drinks waren in der Regel ein Genuss, den man sich nach einer Session gönnte.

Der riesige Barkeeper musterte sie mit einem Lächeln. „Du siehst gesünder aus, Liebes. Dein Master hat sich dort einen

Sessionbereich gesichert." Er zeigte auf den hinteren Teil des Raumes.

„Danke, Master Cullen." Ohne zu zögern, ging sie in diese Richtung. Als die Klänge und Düfte des Clubs die Luft um sie herum erfüllten, spürte sie das vertraute Gefühl, eine Kombination aus Aufregung und Unterwerfung, während ihr Körper und Geist sie auf das vorbereiteten, was kommen sollte.

„Hey, Freundin." Rainie strahlte in einem leuchtend blauen Korsett, das das Beste aus ihren üppigen Kurven herausholte und ihre Blumentattoos in Szene setzte. Beth entdeckte sie auf einer Couch neben Master Jake. Ohne auf die Erlaubnis ihres Doms zu warten, sprang sie auf und umarmte Beth. „Ich habe es vermisst, dich hier zu sehen. Da Master Nolan zurück ist, wirst du wieder öfter kommen, oder?"

„Ich ... wahrscheinlich." Wenn die Jungs sie verließen, würden sie und Nolan nicht mehr so viel Zeit zuhause verbringen. Ihr Herz schmerzte bei dem Gedanken. Der Schmerz verstärkte sich, wenn sie an die Möglichkeit dachte, dass die Jungs ein weiteres unbekanntes Haus und fremde Menschen kennenlernen würden. Gäbe es keine Verwandten, würde Nolan seine Meinung ändern und von dem Plan, zuerst ein Mädchen zu adoptieren, abrücken? Sie hob sich diesen Gedanken für später auf. „Wir hoffen jedoch, schon bald ein Kind adoptieren zu können."

„Das hat Sally schon erzählt!" Rainie grinste – denn Sally war nicht nur eine Klatschtante, sie war die Königin des Klatsches. „Irgendein Kind wird den Jackpot mit dir und Nolan als Eltern gewinnen." Die Aufrichtigkeit in ihrer Stimme konnte nicht angezweifelt werden.

Damit hatte sich Rainie eine feste Umarmung verdient. „Das habe ich gerade gebraucht. Danke."

„Beth. Schau auf, Sub." Master Jake zeigte auf einen Sessionbereich nicht weit von ihnen. „Du solltest dich bewegen, bevor jemand die Geduld verliert."

Nolan stand am Spinnennetz, einem schulterhohen Bondage-

Gerät, das einem massiven Hula-Hoop ähnelte, der mit einem komplizierten Seilgewebe bespannt war. Sirs Arme waren vor seiner Brust verschränkt. Gerade glücklich schien er nicht.

„Oje", sagte sie leise und hörte Jake glucksen.

Als sie zu ihrem Master eilte, fühlte sich das Flattern in ihrem Magen wie hektische Schmetterlinge in einem tropischen Sturm an. „Es tut mir leid, Master. Bin ich zu spät?"

„Nein, Süße." Seine Gesichtszüge verloren an Härte. „Komm her und umarme mich, bevor wir anfangen."

Oh, sie brauchte seine Umarmung wirklich dringend. Seine Arme schlossen sich um sie, zogen sie an sich und schon schmolz sie an ihm dahin. Als sie ihm zum ersten Mal begegnet war – diesem dunklen Dom mit dem grausam wirkenden, vernarbten Gesicht –, erschienen seine Größe und sein muskulöser Körper schrecklich bedrohlich. Und nun? Er war immer noch gefährlich, kein Zweifel, aber er war *ihr* gefährlicher Dom.

Nach viel zu kurzer Zeit trat er zurück, packte ihre Schultern und fixierte sie, sodass er sie für einen unangenehm langen Moment mustern konnte. „Du hast geweint, als du das Haus verlassen hast. Und du bist nicht ans Handy gegangen."

Sie schluckte schwer. „Mein Verhalten tut mir leid, Sir. Ich hatte nur mit" – sie wedelte abweisend mit der Hand – „Emotionen zu kämpfen."

„Ist das so?" Nolan legte einen Finger unter ihr Kinn, hob ihren Kopf an und zwang sie, seinem durchdringenden Blick zu begegnen. „Süße, ich habe über den Sommer einige Fehler begangen. Angefangen damit, dich zu verlassen – obwohl ich in dem Punkt bereits von meiner Sub gescholten wurde, die mir sagte, dass es keinen Grund gäbe, mich schuldig zu fühlen." Sein Hauch von Belustigung verschwand unter Entschlossenheit. „Ich dachte, dass dich die Gewalt in Annes Haus belastet, nur um von der Hormonbehandlung zu erfahren. Heute dachte ich, Alyssas dummes Gerede hätte dich verärgert, nur habe ich wieder das Gefühl, dass ich daneben liege. Nicht in der Lage zu sein, schwanger zu werden, wird dich wahrscheinlich immer betrüben, aber war es vielleicht ein anderer Grund, aus dem du weggelaufen bist?"

Widerwillig nickte sie. Ehrlichkeit – diese verdammte Ehrlichkeit war schrecklich hart, besonders wenn ihre Gründe so lächerlich waren. Sicherlich sollte eine Frau in ihrem Alter keine Probleme mit ihrem Selbstbild haben. *Gott*, sie war so eine Verliererin.

„Sag mir den Grund."

Ihr Mund öffnete sich, aber ... was konnte sie sagen? *Hey, Sir, liebst du mich noch, obwohl ich viel zu dünn bin und keine Brüste habe?* Er liebte sie. Das wusste sie. Diese Unsicherheit hatte keine Grundlage in der Realität und war ganz allein ihr Problem. „Es ist nichts, mit dem du dich auseinandersetzen musst. Es ist etwas ... Persönliches und es liegt in meiner Verantwortung, eine Lösung zu finden. Das müssen wir wirklich nicht besprechen."

„Ich kann dir ansehen, dass du das wirklich glaubst." Sie spürte einen Moment der Hoffnung, bis sich ein Mundwinkel hob und er hinzufügte: „Aber ich stimme nicht zu." Seine Hand packte ein Bündel ihrer Haare, hielt sie gefangen und schickte so elektrisierende Empfindungen zu ihrer Mitte. „Vertraust du mir, Beth?"

Ihre Antwort kam instinktiv: „Natürlich." Das tat sie, bis auf den Grund ihrer Seele.

„Das ist gut, Süße, denn ich werde dich heute an deine Grenzen treiben."

Sie starrte zu ihm auf, als ihre Beine zu zittern begannen. Sein Kiefer war hart. Er wirkte nicht wütend, sondern eher von Entschlossenheit geprägt. *Oh Gott*, was hatte sie losgelassen?

„Zieh dich aus, Süße. Die Kleidung, die ich ausgewählt habe, sollte schnell und einfach zu entfernen sein."

Er hatte sich für langweilige Fetischkleidung entschieden, weil sie leicht auszuziehen war? Typisch Mann. „Ja, Sir."

„Gute Antwort. Das *High Protocol* beginnt jetzt."

High Protocol. Gehorsam, Respekt, Schweigen. „Ja, Master." Sie erinnerte sich an das erste Mal, als er es verlangt hatte, gleich nachdem sie sich kennengelernt hatten.

„*Wenn ich das High Protocol verlange, senkst du die Augen und sprichst nur, wenn ich es gestatte. Eine Ausnahme ist eine Session, wo ich zu jeder Zeit deine Augen auf mir fühlen will.*" Mit einem Finger unter ihrem Kinn richtete er ihren Kopf aus und betrachtete sie mit einem Blick, der sie bis ins Mark erschütterte. „*Du hast wunderschöne Augen, Elizabeth. Ich möchte sie stets auf mir wissen.*"

Hatte er eine Ahnung, wie viel ihr dieses Kompliment bedeutet hatte?

Mit gesenktem Kopf zog sie ihren kurzen Lederrock und ihr Oberteil aus, faltete die Kleidungsstücke und legte alles neben seine Ledertasche. Leise kniete sie sich an den Rand des Sessionbereichs.

Sie beobachtete ihn, als er mit den Vorbereitungen fortfuhr. Sein langes, glattes Haar hatte er mit einem Band zurückgebunden. Er trug seine übliche Dom-Kleidung bestehend aus einem ärmellosen, schwarzen Tanktop, einer schwarzen Lederhose und schwarzen Stiefeln. Er schaffte es noch immer, dass ihr bei seinem Anblick der Mund austrocknete.

Er schaute zu ihr und Hitze zeigte sich in seinen dunklen Augen, sodass sie errötete. „Sehr schön. Ich mag dich nackt und kniend." Nachdem er einen Tisch mit Rollen in den Bereich gezogen hatte, bestückte er ihn mit transparenter Frischhaltefolie.

Panik nagte an ihrer ruhigen Erscheinung. Frischhaltefolie? Das Zeug wurde für Mumifizierungen verwendet. Das hatte er bei ihr noch nie gemacht – und sie wollte es auch nicht.

Er räusperte sich, und ihr Blick fiel auf sein strenges Gesicht. *Ups.* Sie senkte den Kopf und starrte auf den Boden.

Die Minuten vergingen zu langsam. Sie konnte jeden Herzschlag spüren, jeden zu schnellen Atemzug wahrnehmen. Die Musik von Bella Mortes *Where Shadows Lie* machte es noch schlimmer. Schmerzensschreie aus dem angrenzenden Sessionbereich und das Schluchzen einer Sklavin in einem Käfig verstärkten ihre Angst.

„Beth, komm her."

Fast erleichtert, dass es endlich losging – und doch verängstigt –, näherte sie sich.

„Ich werde dich darin einwickeln." Er deutete auf die transparente Folie. „Von Kopf bis Fuß, außer Nase und Mund." Sie öffnete den Mund, um zu protestieren, jedoch sprach er zuerst: „Du magst enges Seil-Bondage, Liebling. Das ist nur die nächste Stufe."

Aber, aber, aber ... Ja, er hatte Recht. *Aber, aber, aber, aber ...*

Er wartete auf ihre Antwort.

Sie nickte ihm ruckartig zu.

Er zog sie nach vorne und streichelte ihre Wange. „Ich weiß, dass du Angst hast, aber viele Subs lieben die Mumifizierung. Es kann sehr beruhigend sein."

Sie würde sagen, dass er einen Knall hatte, nur kannte sie das Gefühl, von seinen Seilen bewegungsunfähig gemacht zu werden und es schickte sie jedes Mal an den friedvollsten Ort der Welt, und er wusste es. Ein resignierter Seufzer entkam ihr.

Er schmunzelte. „Gutes Mädchen."

Wie war es nach zwei Jahren Ehe möglich, dass seine anerkennenden Worte auch jetzt noch in der Lage waren, sie mit so viel Glückseligkeit zu füllen?

Nachdem er sie näher an das Spinnennetz geführt hatte, machte er sich daran, ihre Arme und Beine in Folie zu wickeln. Obwohl der Mumifizierungs-Kink ziemlich populär geworden war, hatte sie der Gedanke immer ein wenig erschreckt. Sie vermied es sogar, sich diese Sessions anzusehen.

Jetzt bedauerte sie ihre Wissenslücke.

Weiter ging es mit ihrem Kopf, um sie in eine transparente Mumie zu verwandeln. An ihren Schultern hielt er inne.

„Atme tief ein und halte ihn." Als sie der Anweisung nachkam, legte er dicke Pappkreise über jede Brustwarze und wickelte dann die Folie um ihre Brust, wobei er ihre Arme an ihre Seiten drückte. Schicht für Schicht umkreiste er sie, bis das Bondage-Gefühl an ein Korsett erinnerte.

Langsam bewegte er sich nach unten und als sie schwankte, lehnte er sie gegen das Spinnennetz, das leicht nach hinten geneigt war, sodass das Gerät ihr Gewicht tragen konnte.

Sie versuchte zu helfen, konnte aber ihre Arme oder Hände natürlich nicht bewegen. Die Folie gab nicht nach. Ihr Mund war so trocken, dass sie kaum schlucken konnte.

Nach einem Moment erkannte sie, dass er sie schweigend beobachtete und ihre Reaktionen überwachte.

Okay. Okay. Sie holte tief Luft und zwang sich, sich zu entspannen.

Er gab ihr einen sanften Kuss auf ihre Lippen und fuhr fort.

Ein weiteres Pappstück legte er über ihren Schritt – und da sie ihren Master kannte, ging es nicht darum, diese Bereiche vor anderen zu verbergen.

Handtücher zwischen ihren Knien und Knöcheln polsterten die Knochen, als er sie von ihrer Taille bis zu ihren Füßen in Folie packte. Anschließend band er sie an das Spinnennetz und kippte es in einen 45-Grad-Winkel zurück, sodass es den größten Teil ihres Gewichts trug.

Mit einer Hand auf dem Netz neben ihrem Kopf lehnte er sich über sie. Seine scharfsinnigen Augen waren dunkler als eine mondlose Nacht. „Geht es dir gut, Süße?"

Sie konnte nicht einmal nicken. „Ja, Master", flüsterte sie.

„Manche Leute verbringen Stunden in dem mumifizierten Zustand, da es aber dein erstes Mal ist, belassen wir es bei dreißig Minuten. Keine Bange, ich werde dich in der Zeit nicht verlassen, Beth."

Okay, das war machbar. Eine halbe Stunde. Das war doch gar nichts.

Ihre Gelassenheit verschwand, als er ihr die Augen verband und mehr Folie um ihren Kopf wickelte.

„Hey, nein, warte." Ihre Arme zuckten, testeten die Grenzen und sofort wurde sie daran erinnert, dass sie nichts tun konnte. *„Gelb."*

„Ganz ruhig, Baby. Atme langsam ein. Atme, Beth. Ich bin hier." Seine tiefe, nachhallende Stimme war wie eine Rettungs-leine, auch wenn er derjenige war, der ihr das angetan hatte.

Tief atmete sie ein und ihre Nase füllte sich mit seinem saube-ren, maskulinen Duft. Er drückte ihre Schulter. Er war bei ihr. Sie konnte nichts tun, rein gar nichts, und doch fühlte sie sich sicher.

Etwas in ihr gab auf, gab sich hin, und ihre Muskeln lockerten sich.

„Na bitte", murmelte er und legte etwas über ihre Ohren – geräuschreduzierende Kopfhörer.

Er musste ihre Ohren unbedeckt gelassen haben, damit er sie am Anfang besänftigen konnte. Jetzt verblassten die Musik und die typischen Geräusche des Shadowlands und wurden von ihrem Puls übertönt.

Langsam schien die Folie weniger einengend und eher wie eine warme, sichere Umarmung. Sie nahm keine Empfindung auf ihrer Haut wahr. Es gab keinen Lärm. Kein Licht. Sie fühlte sich, als würde sie die ganze Zeit nach hinten fallen. Als würde sie schwe-ben. Auf dem dunklen Ozean dahintreiben.

Nolan beobachtete, wie sie abtauchte, erfreut darüber, dass sich die angespannten Muskeln um ihren Mund lockerten. Nach und nach entspannte sich ihr gesamter Körper. Ja, er hatte geahnt, dass ihr das gefallen würde. Die Mumifizierung schickte Subs oft in eine einzigartige Form des Subspace, ähnlich dem, den viele Seilhasen – Liebhaber des Seil-Bondage – erreichten.

Mit etwas Glück würde sie im Subspace ihren Verteidigungs-wall weit genug herunterlassen, um ihm zu sagen, was sie bedrückte. Nachdem sie miteinander geredet hatten, würde er mit ihr spielen. Oder vielleicht auch nicht. Sein Ziel für diese Session war nicht Sex, sondern Verständnis.

In seinem eigenen fokussierten Space überwachte er ihre Atmung, ihre Farbe und ihre kaum sichtbaren Bewegungen. Die Minuten vergingen.

Als die Zeit abgelaufen war, strich er mit den Fingern über ihre Lippen und brachte sie langsam wieder an die Oberfläche, mit einer Empfindung nach der anderen. Zuerst Berührung. Ihre Zunge leckte über ihre Lippen, und er beugte sich zu einem Kuss vor.

Dann nahm er die Kopfhörer ab, damit sie ihn hören konnte. Durch die Schlaffheit ihrer Muskeln wusste er, dass sie immer noch zum Großteil im La-La-Land verweilte. Genau dort, wo er sie haben wollte. Er würde gerne ihre Augen sehen, aber sie wäre vielleicht entgegenkommender, wenn sie die Welt noch nicht wieder sah.

„Wunderschöne Beth. Ich liebe dich", sagte er.

„Lieb dich." Ihre Worte kamen gelallt heraus.

„Du warst heute traurig. Wegen Alyssa. Ein Grund dafür war, weil sie über unsere Adoption gesprochen hat, stimmt's?"

Ihre Lippen spitzten sich leicht. „Ja?"

Eher eine Frage als eine Antwort. „Gab es einen anderen Grund?"

„Mmm. Hübsch. Sie ist so hübsch."

Was? Nolan beugte sich näher an sie. „*Du* bist hübsch, meine Süße."

Ihre Mundwinkel kippten nach unten. „Zu dünn. D-Dürr. Keine Titten."

„Oh, du hast Brüste." Brüste, die er gerne berühren würde.

„Sir mag große Brüste." Ihre Lippen bebten. „Mag Kurven. Weich."

Oh. Fuck. Er schloss für eine Sekunde die Augen. *Das hättest du dir eigentlich denken können, King.* Er verstand, wie sie zu dieser

Erkenntnis gekommen war. Da er wusste, dass die Subs gerne ihren Klatsch verbreiteten, hatte Beth wahrscheinlich mit anhören müssen, dass alle seine früheren Gespielinnen außergewöhnlich gut ausgestattet und kurvenreich gewesen waren.

Seine Beth war normalerweise eine selbstbewusste, glückliche Frau, aber manchmal hielt die Programmierung ihres arschgesichtigen Ex-Mannes Einzug. Als sie herausfand, dass sie keine Kinder gebären konnte, fiel sie natürlich alten Ängsten zum Opfer. Um das Ganze abzurunden, hatte er es, als sie abgenommen hatte, übertrieben und ihr ständig Essen aufgezwungen.

In ihrem Kopf hatte sie seine Besorgnis zweifellos so verdreht, dass sie annahm, ihm würde ihr Aussehen nicht zusagen.

Verdammte Scheiße. Er rieb weiter mit den Fingern über ihre Lippen, um sie daran zu erinnern, dass sie nicht allein war.

Sie war tief im Subspace und ihre Verteidigung war am Boden. Könnte er jetzt anfangen, dieses Problem mit ihrem Selbstbild anzugehen?

Nolan runzelte die Stirn. Er sagte ihr oft, wie wunderschön er sie fand. Wie traurig es doch war, dass sich die Menschen immer zuerst an Beleidigungen erinnerten und nicht an Komplimente ... Im Laufe der Jahre würde seine Anerkennung die abfälligen Kommentare des Ex-Mannes überwiegen. Das Problem war, dass sie jetzt Hilfe brauchte.

Was würde die Waage in die gewollte Richtung kippen? Eine Fülle von Komplimenten? Wenn seine Begeisterung an ihrem Körper nicht schwer genug gewogen hatte, dann vielleicht ...

An der Stelle, an der die Pappe ihre rechte Brustwarze abschirmte, schnitt er durch die Folie, entfernte die Pappe, sodass er ihre gesamte Brust freilegte.

Ihre Haut glänzte vor Schweiß und ihr Nippel richtete sich bei der kühlen Luft auf.

. . .

Eingepackt, gefangen, alle ihre Sinne gedämpft. Beth keuchte, als die kühle Luft plötzlich über nackte Haut wehte. Ein Teil des Nebels löste sich in ihrem Verstand auf und sie erkannte, dass Sir an der Folie zerrte. Und schon lag auch ihre andere Brust vor ihm offenbart, ihr Nippel richtete sich sofort auf.

Sie war eine Mumie ... in transparenter Folie und mit nackten Brüsten. Diese Beschreibung schwebte ihr durch den Kopf, war ihr jedoch nicht wirklich wichtig. Sie konnte ohnehin nichts dagegen tun. Und ihr Master war hier. Alles war gut.

Er berührte sie, wärmte ihre Brust mit einer großen Hand, zwickte in ihre Nippel.

Hohe, brodelnde Lustwellen rasten auf ihre Mitte zu, und sie versuchte, sich zu winden. Erfolglos. Sie konnte ihre Arme nicht heben. Sie konnte sich nicht bewegen. Kein bisschen. Ein Wimmern entrang ihr. Ihre Brüste waren nackt − entblößt − und sie konnte nicht verhindern, was er für sie geplant hatte. Lava sammelte sich in ihrer Mitte.

Nolan streichelte sie regelrecht gedankenverloren. „Ich liebe diese Schönheiten. Ich liebe die Größe. Ich liebe es, wie empfindlich sie sind und wie hoch sie auf deinem Brustkorb sitzen. Sie betteln regelrecht darum, dass ich mit ihnen spiele."

„Aber −" Sie brach den Satz ab, als sie langsam wieder zu sich kam. Nein, sie wollte ihm nicht sagen, dass er größere Brüste bevorzugte.

„Weißt du ... Als ich weg war, habe ich täglich davon geträumt, an ihnen zu saugen." Sein Glucksen war dunkel und sexy. „Jeden Abend habe ich mir zu Gedanken an dich einen runtergeholt."

„Wirklich?" Sie hörte die Hoffnung in ihrer Stimme und zuckte zusammen. „Du willst nicht, dass ich größere Brüste habe?"

Er schnaubte. „Ich bin ein Mann. Du hast Brüste. Wenn ich mit ihnen spielen kann, an ihnen saugen darf, bin ich glücklich. Und wenn ich dann mit ihnen spiele, macht dich das so heiß, als hätte ich einen Schalter umgelegt. Was will ich mehr? Ich liebe es." Um zu veranschaulichen, was er meinte, umkreiste er einen Nippel mit der Zunge.

Sofort wurde sie feuchter.

Seine unverblümte Erklärung hätte fast dafür gesorgt, dass sie ihm ... glaubte. Jedoch hatte er es selbst gesagt: Er war ein Mann. Männer mochten schon immer größere Brüste. Oder nicht?

Seine Hände verließen ihre Brüste. „Ich habe noch eine Stelle, die ich freilegen muss."

Sie spürte ein Zerren an ihrer Leiste und Luft strömte über ihre nackte, feuchte Pussy. Nach der Hitze kam die kühle Empfindung überraschend und sie keuchte.

Er machte ein rumpelndes, anerkennendes Geräusch. „Du bist schon jetzt so verdammt feucht, Süße. Sehr nett." Nachdem er ihre rasierten, feuchten Schamlippen erkundet hatte, presste er einen Finger in ihre Spalte. Ihre Oberschenkel waren immer noch durch die Folie fest miteinander verbunden. Nur die Vorderseite ihrer Pussy – zusammen mit ihrer Klitoris – war zugänglich.

Er fand ihr Nervenbündel problemlos und betörte es. Links entlang, nach oben, rechts runter. Ihre Versuche, sich zu bewegen, fielen intensiver aus, aber er hörte nicht auf.

„Master ..." Ihr protestierendes und erregtes Stöhnen brachte ihn zum Lachen.

„Sei leise, Beth."

Sie versuchte es, aber als er aufhörte, konnte sie das Wimmern nicht zurückhalten. „Nein!"

„Oje, kleines Häschen. *High Protocol*, erinnerst du dich?"

Genau genommen hatte sie das nicht. Mit aller Mühe presste sie ihre Lippen zusammen. Dass nur ihre Brüste und ihre Pussy entblößt waren, verstärkte ihre Erregung, da es schien, als müssten ihre vergrabenen Nervenenden alles durch diese drei nackten Bereiche schleusen. *Bitte sorge dafür, dass er mich losmacht, damit wir wirklich spielen können.*

„Mein Plan war es, dich zu diesem Zeitpunkt von der Folie zu befreien und dich zu ficken, aber da du mir nicht glaubst, wie wunderschön dein Körper ist – besonders deine Brüste –, muss ich um Hilfe bitten."

„Was?" Mit ihrer schockierten Frage handelte sie sich einen stechenden Schlag direkt auf ihre Klitoris ein. Der kurze Schmerz und die intensive Empfindung ertönten wie eine Glocke, die unbändige Lust ankündigte.

Aber – um Hilfe bitten? Das würde er nicht.

Unter dem harschen Elektrobeat von Virtual Embrace hörte sie Gemurmel. Gelächter. Nolans Stimme und andere. Männerstimmen.

Jemand berührte ihre Brüste. Schlanke Hände mit langen Fingern. Nicht Nolans.

Sie versuchte, ihren Körper anzuspannen, versuchte, zu entkommen, aber nichts bewegte sich – und ihre Brüste ragten schließlich aus der Folie heraus und waren für alle frei zugänglich.

Der Dom streichelte sie und neckte ihre Brustwarzen zu harten, schmerzenden Knospen. „Ich bewundere diese Schönheiten schon seit Jahren, King. Ich weiß es zu schätzen, dass du mich spielen lässt. Sie sind so entzückend, wie ich es mir vorgestellt habe." Mit einem letzten Klaps auf ihre harten Nippel verschwand er.

„Sehr nett." Eine andere vertraute Stimme, tief und schroff. Wer? Warum fiel ihr das Denken so schwer? Seine Berührung war rauer als die des letzten Mannes. Er umfasste ihre Brüste mit beiden Händen, während seine Daumen ihre Brustwarzen umkreisten. „Das ist meine Lieblingsgröße, die perfekte Handvoll und so verdammt empfänglich. Du kannst dich wirklich glücklich schätzen, du Bastard."

„Da muss ich dir zustimmen", sagte Sir. Als der Dom ging, berührte Master Nolan ihre Wange. „Lass uns sicherstellen, dass du auch wirklich wach bist, ja?" Ein Summen ertönte und ein Vibrator wurde gegen ihre Klitoris gedrückt.

Oh, er versuchte nicht einmal, sanft zu sein. Die harten, durchdringenden Vibrationen würden sie im Stehen auf die

Zehenspitzen bringen. Ihr Körper versuchte, sich zu wölben, als die Empfindungen sie in einen Wirbel der Lust schickten. Der Druck in ihren Tiefen wuchs, ihre Klitoris schwoll an und sie ...

Er entfernte den Vibrator.

Sie stöhnte laut und lang und hörte amüsiertes Männergluck-sen. So viele. *Oh Gott* ...

Sie standen um sie herum, beobachteten sie, sprachen über sie, und durch den heftigen Sturm ihrer Begierde fing sie nur Fragmente der Gespräche auf.

„... bevorzuge kleinere Brüste."

„Verdammt nettes Paar."

„Ich liebe die rosa Farbe."

„Verdammt, sie hat einen netten Vorbau."

„... mag die kleineren."

„... wünschte, ich könnte den süßen Knospen Nippelklemmen anlegen."

Hände berührten sie. Verschiedene. Einige sanft, andere grob. Die Doms redeten mit ihr oder Nolan und teilten Komplimente zu ihrem Körper und ihren Brüsten aus. Wieder andere gaben Laute von sich, die von Anerkennung und auch Lust sprachen.

Anerkennung in Bezug auf sie und ihren Körper. Für ihre Größe und Form und ... und ihre Brüste. Jeder wertschätzende Kommentar und jede bewundernde Berührung strömten durch ihre Seele und beseitigten das Unkraut, das Kyler gesät hatte. Sie blühte auf.

Ihr Verstand löste die Knoten, während ihr Körper in der dampfenden Hülle immer heißer und bedürftiger wurde.

Und feuchter.

„Es wird Zeit, dich da rauszuholen, Süße", sagte Master Nolan schließlich. „Dein Körper muss sich daran gewöhnen, wieder frei zu sein, also werde ich alles langsam entfernen."

Als die Folie an ihrem rechten Arm gelöst wurde, entschied sie verschwommen, dass sie ihn wohl – höflich – um Sex anflehen müsste, falls er danach keinen mit ihr geplant hatte.

KAPITEL FÜNFZEHN

Nolans verschwitzte Sub begann zu zittern, obwohl er ihre nackte Haut mit Handtüchern bedeckte, als er langsam die Folie entfernte.

Und ihre Pussy war so verdammt feucht. Seine kleine Sub hatte es genossen, dass mit ihr gespielt wurde.

Obwohl dies unter seiner Aufsicht passiert war, war es ihm am Anfang verdammt schwergefallen, die anderen Doms dabei zu beobachten, wie sie seine Sub berührten. Wenn sie nicht seine Erlaubnis gehabt hätten, wäre er auf sie losgegangen. Ja, seine Besessenheit reichte tief.

Die Doms waren jedoch vorsichtig gewesen. In dem Moment hatte er verstanden, wie Z es schaffte, Jessica von anderen berühren zu lassen – denn sie waren in gewisser Weise Erweiterungen seiner eigenen Hände und standen völlig unter seiner Kontrolle.

Sein Schwanz war bei den Geräuschen ihrer wachsenden Erregung immer härter geworden.

Noch besser war, dass all die Wertschätzung der Männer den Mist verdrängt hatte, für den ihr Ex verantwortlich war. Sie musste sich selbst als die wunderschöne Frau sehen, die sie nun mal war.

Das letzte Stück Folie kam ab, und er legte Beth eine Decke um. Dann hob er sie in seine Arme und suchte nach einem Ort, an dem sie sich ausruhen konnte, während er den Bereich reinigte.

„Master Nolan." Zs Reinigungskraft wartete am Rand des Sessionbereichs mit einer Sprühflasche und Tüchern.

Nolan runzelte die Stirn. Die Aufgabe, den Sessionbereich zu säubern, fiel normalerweise auf die Personen zurück, die ihn nutzten.

„Ich habe meine Befehle von ihm persönlich erhalten." Sie deutete in die Richtung, aus der sich Z näherte.

„Danke, Peggy."

Als Peggy anfing, das Netz mit einem Reinigungsmittel zu besprühen, wandte sich Nolan an Z. „Füge meiner Karte einen Bonus für sie hinzu."

„Sie wird es zu schätzen wissen." Z beugte sich vor, schloss Nolans Spielzeugtasche und hob sie auf.

Beth blinzelte bei Zs Stimme und öffnete ihre blaugrünen Augen, die immer noch leicht glasig waren. Eine Hand fand ihren Weg unter der Decke hervor und fing eine Strähne von Nolans losen Haaren ein.

Z lächelte sie an und sagte dann zu Nolan: „Ich habe den Thermostat im Sommernachtstraum-Raum aufgedreht, falls du ihn benutzen willst."

Interessante Wahl. Perfekte Wahl, wenn er ehrlich war. Er schmunzelte und ... „Danke, *Mom*."

Beide Doms lachten, als Beth bei der Respektlosigkeit gegenüber dem Besitzer des Shadowlands die Augen rollte.

Z winkte einen Sub zu sich und überreichte ihm Nolans Spielzeugtasche. „Bring die bitte ins erste Obergeschoss in den Sommernachtstraum-Raum."

„Natürlich, Master Z." Der junge Mann, der lediglich ein Kettenhemd trug, lief zu der Wendeltreppe in der Ecke.

Nolan folgte ihm in einem gemächlicheren Tempo.

Oben angekommen, trug er seine kleine Sub durch den Flur und in den reservierten Raum. Ja, Z hatte definitiv den Thermostat aufgedreht. Nach der Mumifizierung musste Beth warm gehalten werden. Es fühlte sich jedoch schwül an wie im Hochsommer. *Mein Gott.*

„Oh." Beth ließ den Blick durch den Raum schweifen. „Das war vorher nicht hier."

„Z hat im Frühjahr umdekoriert." Der Raum erinnerte an eine Lichtung im Wald. Das „Gras" war weiches, grünes Fleece und darauf zu finden waren unechte Granitfelsbrocken. Ein Wandbild rechts zeigte einen Vollmond, der durch einen Wald in der Nacht schimmerte. Auf der linken Wand tanzten Feen in der Dunkelheit über eine Lichtung, wahrscheinlich zur keltischen Harfenmusik, die leise aus den Lautsprechern drang.

Die dritte Wand zeigte einen mondbeschienenen See. Jessica hatte sich ein Einhorn gewünscht, das dem Wandgemälde hinzugefügt wurde, aber da jeder wusste, dass Einhörner nur Jungfrauen besuchten, sagte Z ihr, dass das arme Ding im Shadowlands vereinsamen würde.

Es gab keine offensichtliche BDSM-Ausrüstung. Mehrere Pfosten kamen als Baumstämme daher und umgaben den Raum, die Zweige und Äste erstreckten sich über die hohe Decke. Über dem grünen Baldachin formten punktgenaue Lichter einen Nachthimmel.

Auf die letzte Wand wurden Kletterrosen gezeichnet und in der Nähe der Tür erfüllte Potpourri die Luft mit dem Duft von Blumen.

In ihrer Decke setzte er Beth ab und stützte sie.

Sie runzelte die Stirn, als sie die Hand auf eine der merkwürdigen Schaumstoffhocker legte, die alle mit einem steingrauen

Stoff überzogen waren. „Warum hat Master Z diesem Raum Fels-brocken hinzugefügt?"

„Das kann ich dir zeigen." Er zog sich sein T-Shirt aus.

Mit einem verträumten Lächeln auf den Lippen beobachtete sie ihn. Ihre Hand unter der Decke bewegte sich auf ihre Pussy zu.

„Wenn du anfasst, was mir gehört, Süße, werde ich dich bestrafen."

Sie zuckte zusammen und riss die Hand von ihrem Intim-bereich.

Verflucht sei er, dachte Beth und legte die Arme um sich. Die anfängliche Kälte nach dem Entfernen der Folie war abgeklungen, das Zimmer war schön warm und ihr wurde von Minute zu Minute heißer, als Nolan sich auszog. Ihr Master war einfach so sexy. Seine Brust- und Armmuskeln zeigten sich gerade extra defi-niert, da er sie durch den Club getragen hatte. Das schwache Ster-nenlicht warf Schatten auf sein Sixpack und zwischen seine Brustmuskeln. Sein Schwanz war hart und zeigte auf sie.

Er nahm eine Flasche Wasser aus seiner Spielzeugtasche. Nachdem er diese geöffnet hatte, setzte er sich auf den kniehohen Felsblock neben sie und hielt die Flasche an ihre Lippen. „Trink das, während ich darüber nachdenke, wie viel Ärger du dir einge-handelt hast."

Sie nahm einen Schluck und entdeckte bei dem ersten Tropfen des kalten Wassers, wie verdammt durstig sie war. Sie griff nach der Flasche und trank die Hälfte in einem Zug. „Ärger?"

Er zog eine Augenbraue hoch.

Sie runzelte die Stirn, als die verschwommene Erinnerung an ihre Mumifizierung zurückkehrte. War es ihr wirklich herausge-platzt, dass sie größere Brüste wollte? Und ... und ... „Du hast anderen Männern erlaubt, mich zu berühren!"

Sein Glucksen hatte einen rauen Klang. „Verdammt, das habe

ich, nicht wahr?" Er zog ihr die Decke von den Schultern und legte eine Hand auf ihre enthüllte Brust. Sie war immer noch geschwollen – von all den Doms, die sie angefasst hatten. Mit einem Fingernagel strich er über die sensible Brustwarze und die Empfindung jagte direkt zu ihrer Pussy.

„Aber warum?"

„Du hast mir nicht geglaubt, als ich dir sagte, dass ich dich so mag, wie du bist." Er verließ ihre Brust, legte die Hand stattdessen auf ihre Wange und wandte ihr Gesicht ihm zu. „Du magst meinen Körper, Beth. Du bist stets heiß auf mich. Würde ich an Gewicht zunehmen – oder abnehmen –, würde sich an deiner Meinung etwas ändern?"

Ihn nicht wollen? Er könnte alles verlieren und sie würde ihn immer noch wollen. „Selbst wenn du hundert bist, werde ich noch heiß auf dich sein."

„Das Gleiche gilt für mich, kleines Häschen."

Oh.

Die Lachfalten neben seinen Augen vertieften sich. „Weißt du, Jungs können nicht vortäuschen, ob sie jemanden anziehend finden." Er nahm ihre Hand und legte sie auf seinen Schwanz ... seinen extrem harten Schwanz. „Fühlt sich das so an, als hätte ich kein Interesse an dir?"

Ihr lief das Wasser im Mund zusammen. Er war riesig! Regelrecht fasziniert von der Hitze, die von seiner Erektion ausging und wie die samtige Haut so straff gestreckt war, entging ihr, was er sagte. „Was?"

„Wir besprechen gerade, wie groß die Schwierigkeiten sind, in denen du steckst. Scheint, als hättest du vergessen, dass in einer D/s-Beziehung auch *persönliche* Probleme geteilt werden." Er nahm das Wasser, drehte die Flasche zu, stellte sie auf den Boden und ... riss ihr die Decke vom Leib.

Sie erkannte, dass ihre Hand immer noch um seinen dicken Schwanz lag. *Mehr.* Auf den Knien rutschte sie zwischen seine Oberschenkel, packte seinen Schaft fester und lehnte sich vor. Sie schaffte es, einmal über seine Länge zu lecken, bevor seine Hand in ihrem Haar landete und sie weggerissen wurde. „Aber ... *Sir!*"

„Nein." Mit gnadenlosen Händen stellte er sie auf die Füße und hielt sie dort neben seinem Oberschenkel.

„Was machst du?"

„Ich bereite mich darauf vor, dich über mein Knie zu legen. Du hast dir Ärger eingehandelt, erinnerst du dich?" Seine Stimme hielt offene Belustigung, der ... Bastard.

„Ein Spanking? Jetzt?" Sie wehrte sich gegen seinen Griff, doch er packte sie nur fester.

„Oh ja. Sag mir zuerst, warum du dir diese Bestrafung verdient hast."

Bestrafung. Ihr Verstand überschlug sich und langsam kehrten die Schuldgefühle ein. „Weil ich dir nicht gesagt habe, was mich beschäftigt hat."

„Bingo. Beth, wie würdest du dich fühlen, wenn ich versuchen würde, Probleme vor dir zu verheimlichen? Wenn ich dich im Grunde genommen anlügen würde, indem ich meine Sorgen vor dir verberge?"

Die Frage kam bei ihr wie kaltes Wasser an, das man über ihr ausschüttete. Einer der Gründe, warum sie ihn liebte – ihm vertraute –, war, dass er ihr immer die Wahrheit gab.

Sie schloss die Augen und beschwor ihren Mut, bevor sie ihm direkt in die Augen schaute. „Ich könnte es nicht ertragen, wenn du deine Gefühle vor mir versteckst. Es tut mir leid, Master. Ich habe versucht, meine eigenen Gefühle vor der Außenwelt zu beschützen und habe damit zerstört, was unsere Beziehung ausmacht. Ich habe uns beide enttäuscht." Ihre Kehle verengte sich und sie spürte das Brennen, das stets Tränen ankündigte. *Nein. Nicht weinen. Weinen ist Betrug.*

Sein Gesichtsausdruck verlor an Härte. Er hob seine Hand von ihrem Brustbein und streichelte sanft ihre Brüste. „Mir tut es auch leid." In seinen dunklen Augen war die unverminderte Entschlossenheit ebenso deutlich zu erkennen wie das Bedauern.

„Ich werde dir jetzt wehtun. Hoffentlich wirst du an diesen Schmerz erinnert, wenn du wieder einmal versucht bist, einer Frage auszuweichen."

Oh, verdammt. Sie knirschte mit den Zähnen. Anscheinend hatte er kein spaßiges, sexy Spanking für sie geplant.

Mit gnadenlosen Händen zog er sie nach unten, sodass ihr Becken auf seinen steinharten Oberschenkeln ruhte. Seine Erektion hatte sich nicht verringert, und seine Härte drückte gegen ihre Hüfte, als er seine Hand über ihren nackten Arsch fuhr. „Zähle für mich, Beth."

Der erste Schlag landete mit einem schwachen Brennen. Es würde schlimmer werden. Ihr Master bestrafte sie selten mit einem Spanking, wenn er es jedoch tat, zeigte er keine Gnade. „Eins."

Und dann gab er ihr ein Spanking. Ein hartes Spanking, mit einer Hand, die schwere Arbeit kannte, brutaler als jedes Paddel. Die Schläge wechselten sich auf den Pobacken ab und trafen manchmal auf die Rückseite ihrer Oberschenkel. Als sie fünfzehn erreichte, konnte sie nicht mehr sprechen, weil sie bitterlich weinte, und doch kamen noch zehn weitere Schläge dazu.

„Fertig, Süße. Es ist vorbei." Er hob sie hoch, ließ sich mit ihr auf dem grasbewachsenen Boden nieder, streckte sich mit ihr an seiner Seite auf dem Rücken aus und ... hielt sie in den Armen, als sie weinte.

Nach der Bestrafung kam das Kuscheln.

Mit der Wange an seiner Schulter atmete sie seinen Duft ein. Seine stählernen Arme hielten sie fest an ihn gedrückt, und Dankbarkeit erfüllte sie, da ihr wieder einmal bewusst wurde, dass sie ihren sicheren Hafen in einer unsicheren Welt gefunden hatte.

Als ihr Schluchzen zu erschöpften Seufzern überging, neigte er ihren Kopf nach oben und musterte ihr Gesicht. „Von nun an wirst du deine Gefühle und Emotionen nicht mehr vor mir geheimhalten", sagte er leise.

„Nicht mehr." Nur … hatte sie noch nicht alles mit ihm geteilt. „Es gibt noch etwas, das mir zu schaffen macht."

„Erzähl es mir."

„Es ist nur, dass ich manchmal das Gefühl habe, dass ich … dass ich vielleicht zu d-dünn bin, um dich glücklich zu machen. Manchmal. Die Sache mit Alyssa hat es nicht einfacher gemacht." *Gott*, sie fühlte sich immer noch dämlich, wenn sie daran dachte, wie eifersüchtig sie war, aber es war nur fair, dass sie alles vor ihm ausbreitete. Falls ihr Master jemals eifersüchtig wäre, würde sie wollen, dass er es ihr sagte. „Ich hasse es, wenn sie dich berührt. *Wie* sie dich berührt."

„Ah. Ich verstehe." Er schwieg eine Minute lang. „Und dir missfiel der Gedanke, mir zu erzählen, wie du dich bei dem Anblick gefühlt hast."

Er hatte ja keine Ahnung. Als sie ihre Wange an seiner breiten Brust rieb, streichelte er ihr Haar und spielte mit ihren Locken.

„Du hattest guten Grund, verärgert zu sein. Sie wurde … aufdringlich." Bei dem Ton in seiner Stimme blickte Beth auf. Er presste die Lippen fest zusammen. „Sie weiß bereits, dass es keine weitere Therapiesitzung geben wird."

„Wirklich?" Sie atmete erleichtert aus. Ihm dies zu beichten, war viel einfacher gewesen, als sie erwartet hatte.

„Oh ja. Erinnere mich später daran, dir von deinen Beschützern zu erzählen."

Oje. Was hatten die Jungs getan?

Er gab ihr eine Pause, um sich in dem winzigen Badezimmer frisch zu machen – was sie dringend brauchte –, und als sie zurückkehrte, lehnte er mit dem Rücken gegen einen der seltsamen Felsbrocken.

„Besser." Lächelnd machte er mit dem Zeigefinger eine wirbelnde Geste.

Verräterische Hitze stieg ihr ins Gesicht, und sie drehte sich – mit Schwung –, um es hinter sich zu bringen.

Bei seinem leisen Knurren reagierte sie und verlangsamte ihre

Drehung. Und als sie über ihre Schulter schaute, sah sie, dass seine Augenlider auf halbmast waren, seine Hand seine Erektion streichelte und sein Blick auf ihren Arsch gerichtet war.

Elektrisierende Lust brutzelte ihren Rücken hinauf. Die Art und Weise, wie er offen sein Verlangen nach ihr zeigte, war so ... berauschend. Sie wurde feucht und der Bereich zwischen ihren Schenkeln kribbelte vor Erregung.

„Komm zu mir, kleines Häschen." Seine Stimme war rau. „Auf deine Knie."

Über den samtweichen Fleeceboden krabbelte sie um die grauen Felsbrocken herum zu ihm, wobei ihre lockigen Haare lose um ihre Schultern hüpften. Als sie neben seiner Hüfte anhielt, wies er sie an, auf den Knien zu bleiben, sich jedoch aufzurichten.

Sein hitziger Blick brannte über ihr Gesicht, ihre Schultern, ihre Taille und kehrte zu ihren Brüsten zurück. „Noch immer rot. Die anderen Doms haben Spuren hinterlassen, aber jetzt gehören diese Brüste mir, oder?"

„Ja, Master." Ihre Worte waren kaum zu hören.

„Ich wusste nicht, wie sehr es mich anmachen würde, das zu beobachten." Er zog sie zu sich und seine Lippen schlossen sich über einer Brustwarze, seine Zunge neckte die aufgerichtete Knospe. Heiß und nass. Sie war immer noch so empfindlich und das Gefühl dehnte sich nach außen, bevor es sich direkt auf ihre Pussy konzentrierte. Er wechselte zur anderen Brust, rollte die erste Brustwarze zwischen seinen Fingern und zwickte hart genug hinein, sodass sie die Zehen krümmte. „Nächstes Mal werde ich dich an die Bar fesseln und die Doms noch einmal auf dich loslassen."

Ihre Kinnlade klappte herunter. „Das würdest du nicht."

Das amüsierte Glitzern in seinen Augen sagte, er würde tun, zu was er Lust hatte, und das wussten sie beide.

Zumindest würde er sie nicht dort festbinden, um sie von den anderen Doms bestrafen zu lassen. „Also ... ist mir jetzt vergeben?" Zu ihrer Bestürzung antwortete er nicht sofort mit Ja.

„Hmm. Zum Großteil. Ich bin immer noch ein bisschen wütend." Seine Augen zeigten einen Ausdruck, den sie sehr gut kannte. Einen Ausdruck, der sie erschauern ließ. „Also werde ich meine Wut an dir auslassen. Wenn ich komme, wird dir vergeben."

Und sie wusste, dass sie sich auf sein Wort verlassen konnte. Ihre Freunde hielten ihn für einen erbarmungslosen Dom – und das war er –, aber er war konsequent in seinen Regeln. Konsequent in dem, was er als Problem ansah. Und sobald ein Streit oder eine Bestrafung vorbei war, war das Thema endgültig vom Tisch. Er hegte keinen Groll, und das liebte sie an ihm.

„Du wolltest wissen, warum Z dem Raum unechte Felsbrocken hinzugefügt hat?" Er hob sie hoch und setzte sie neben den falschen Bäumen auf einen Felsblock. „Erlaube mir, es dir zu zeigen."

Als ihr wunder, missbrauchter Po über das grobe, graue Material rieb, zischte sie und versuchte, wieder aufzustehen.

„Wund, *Liebling*?" Er packte eine Arschbacke und grinste, als sie quietschte. „Jetzt leg dich hin." Mit einer Hand zwischen ihren Brüsten drückte er sie auf ihren Rücken.

Der „Stein" bestand aus festem Schaumstoff, und *verdammt*, das kniehohe Ding war so geneigt, dass ihr Becken höher ausgerichtet war als ihr Kopf. Warum fühlte sie sich in dieser Position so wehrlos?

Er zeigte ihr, warum. Mit gnadenlosen Händen spreizte er ihre Oberschenkel und leckte über ihre Spalte bis zu ihrer Klitoris.

„Ah!" Bei dem exquisiten Gefühl zappelte sie unkontrolliert.

„Zappelige Sub. Ich bin in der Stimmung, dem ein Ende zu setzen." Auf jeder Seite des Felsens waren Riemen verborgen, die er bei ihren Knöchelfesseln einhakte.

Gott, nur Master Z würde an falsche Felsbrocken Riemen anbringen.

Mit einer Kette, die an einem Baumstamm verankert war, sicherte Sir ihre Arme über ihrem Kopf. Seine Lippen krümmten sich, als er seine Arbeit bewertete. „Du siehst aus wie eine druidische Opfergabe, kleines Häschen."

Die Worte, die in seiner tiefen, rauen Stimme geäußert wurden, klangen bedrohlich, sein Gesicht in dem schwachen Licht des Raumes hart. Fast grausam. Sein Blick senkte sich auf ihre Pussy, die jetzt entblößt und ... verfügbar vor ihm ausgebreitet lag.

Ihr Herzschlag beschleunigte sich und Lust rollte unerbittlich über sie hinweg.

„Ich würde es hassen, eine gute Opfergabe zu verschwenden." Schmunzelnd ging er auf ein Knie und küsste die Innenseite ihres Oberschenkels, dann rieb er sein Kinn an ihrer Haut. Die kurzen Stoppeln auf seinem Kiefer kratzten über ihre empfindliche Haut, und sie erschauerte.

Langsam, als wäre er bereit, sich die ganze Nacht für sie zu nehmen, küsste er sich zu ihrer Pussy und strich seine Lippen über ihren Venushügel. Er kehrte zurück, leckte den Bereich, wo ihr Intimbereich in ihren Oberschenkel überging, bevor er sich ihren Schamlippen zuwandte.

Ihre Pussy schwoll bei jeder Berührung seiner Lippen an und kribbelte so heftig, dass es an Schmerz grenzte. Sanft umkreiste er ihre Klitoris mit seiner Zunge, neckte sie, schnellte über die Perle und an den Seiten entlang.

Oh, das Gefühl war erstaunlich. Warum fühlte es sich jedes Mal wieder neu und anders an? *Mehr, mehr, mehr.* Sie hob ihm ihre Hüfte entgegen.

Sein Lachen kam als ein leises Grollen heraus. „Süße, wenn du dich wieder bewegst, muss ich dich zurechtweisen."

Oh, nicht gut. Ihre Freunde hatten die verschiedenen Bestrafungen ihrer Doms mit ihr geteilt. Einige, wie Master Marcus und Master Z, waren teuflisch erfinderisch. Master Nolan war direkter – und gruseliger.

Nicht bewegen, Beth.

Er zögerte keine Sekunde. Seine Zunge arbeitete weiter daran, ihre Lust in die Höhe zu treiben, übte jedoch nie genug Druck aus, um sie in einen Orgasmus zu katapultieren. Er drückte einen Finger in sie und fügte neue Empfindungen hinzu. Sie spürte, wie er seine Hand drehte und ihren G-Punkt massierte. Sie wusste nicht, wo genau die Stelle war, aber *oh Gott*, als er dort rieb, schwoll ihr Nervenbündel auf die hundertfache Größe an.

Als das Bedürfnis wuchs, zu kommen, begannen ihre Beine zu zittern. Ihre Nippel waren so hart, dass sie pulsierten – und schmerzten. Sie ertrug es nicht länger. „Bitte …" Ihre Stimme kam kaum lauter als ein Seufzer heraus, aber er hörte sie. *Oh nein.*

Er lehnte sich zurück und nahm seine Hände von ihr. „Böses kleines Häschen." Er schlug mit seiner schwieligen Handfläche direkt auf ihre Pussy. Auf ihre *Klitoris!*

„Aua!" Selbst als der Schock und die Hitzewelle ihren Kern erschütterten, wurde ihr klar, dass sie gesprochen hatte. Schon wieder. *Nein, nein, nein!* Ihre Knie zuckten bei dem Versuch, ihre verletzlichste Stelle zu bedecken und damit vor ihm zu schützen.

Er schlug sie erneut. Dieser Schlag war härter … direkt auf ihre geschwollene Klitoris.

Fast wäre sie davongekommen. Jeder Muskel in ihr bebte. Sie sehnte sich so verzweifelt nach einem Orgasmus, dass sie keinen klaren Gedanken mehr formen konnte. *Brauche mehr.*

Trotz der Belustigung in seinen Augen lächelte er nicht. „Ich entscheide, Süße." Er befahl ihr jedoch nicht, den Orgasmus zurückzuhalten. Das tat er selten … vielleicht, weil er es nicht brauchte. Er kannte ihren Körper und seine Reaktionen so gut, dass er, wenn er nicht wollte, dass sie kam, sich einfach zurückzog und sie an der Klippe hängen ließ.

So wie jetzt, der Bastard.

Ihre Lippen bewegten sich und formten das Wort *Bitte*, ohne ein Geräusch von sich zu geben.

„Ah, das ist hübsch, kleines Häschen." Er senkte den Kopf, schloss seine Lippen um ihre brennende Klitoris und schon bald bestand ihre untere Hälfte nur noch aus Begierde. Als er einen

Finger, dann zwei, in sie hineinschob und so den Druck in ihrer Mitte erhöhte, musste sie ein Stöhnen zurückbeißen.

Bitte. Oh Gott! Ihre Hände ballten sich über ihrem Kopf zu Fäusten, als er sie gemächlich neckte, ihren G-Punkt rieb und sanft ihr Nervenbündel betörte.

Dann stand er auf und drückte seinen Schwanz an ihren Eingang. Bei dem Anblick biss sie sich vor Vorfreude – und Frustration – auf die Unterlippe. Ihre Klitoris pulsierte in einem wütenden Rhythmus und verlangte seine Zunge zurück.

Sie wollte alles, würde jedoch nur das bekommen, was er im Sinn hatte. Seine unerschütterliche Kontrolle zog jede Handlung in die Länge, bis die Empfindungen in ihren Geist und ihre Seele einbrachen.

Langsam, so langsam, drang er in sie hinein, sein Schaft wunderbar dick und lang.

Ihre Augen schlossen sich, als sie die Dehnung genoss, als neue Nervenenden stimuliert wurden und er sich vollkommen in ihre Hitze einhüllte. *Einfach wundervoll.*

Ihr Rücken wölbte sich bei der sinnlichen Invasion, und als sie ihre Augen öffnete, wurde sie mit seinem heißen Blick in den Bann gezogen. Rein und raus, höher und höher trieb er sie, bis –

Er stoppte in seinen Bewegungen, und ein fieser Funke blitzte in seinen Augen auf. „Weißt du, ich mochte deine Reaktion, als ich deiner Pussy einen Klaps verpasst habe."

Was? Nein, warte!

Bevor sie reagieren konnte, glitt er aus ihr heraus und verteilte drei sanfte Schläge auf ihre Pussy – direkt auf ihre Klitoris. Während sie bei dem schockierenden Brennen nach Luft schnappte, die Empfindung tief in sie drang, stieß er in sie. Hart und schnell trieb er sie höher und höher.

Wieder zog er sich zurück und drei weitere Schläge landeten auf ihrer Pussy.

Oh Gott! Die Schläge kreierten ein heißes Gefühl, das bis in ihr Mark vorstieß, und der Druck in ihr bündelte sich.

Wieder stieß er in sie und fickte sie, wie sie es liebte. Seine Hände schlossen sich um ihre geschwollenen Brüste, streichelten und neckten ihre Nippel, bis ihr ganzer Körper vor heißem Verlangen schimmerte.

Er rutschte wieder heraus und hielt inne, sein Blick auf sie fixiert, als seine Hand sich erhob und in der Luft stoppte.

Sie erstarrte, ihr Atem stockte. Am exquisiten Rand balancierend, machtlos, etwas anderes zu tun, als die Ankunft des unerträglichen Schmerzes und der erstaunlichen Lust zu erwarten.

Seine Hand zischte auf sie zu.

Schlag.

Und sie *kam und kam und kam.* Der Orgasmus war so heftig und blendend, dass die Lustwellen sie in einen Ozean der Empfindungen warfen. Sein befriedigtes Summen neckte ihre Ohren, bevor er wieder auf ihre Klitoris schlug und die nächste intensive Welle auslöste.

Die feuchte Invasion seines dicken Schwanzes, der in sie glitt, führte zu Explosionen in ihrer Mitte. Ihre Vagina zog sich um ihn zusammen, und ihr ganzer Körper kribbelte bei der bewusstseinserweiternden Ekstase.

Während ihre Pussy ihn noch immer massierte, hämmerte er mit harten, schnellen Stößen in sie hinein und krallte sich dabei an ihren Hüften fest. Sie konnte spüren, wie sein Schaft pulsierte, und dann füllte er sie mit seiner Hitze, als er sich seiner eigenen Erlösung hingab.

Nach einer Weile entspannte er sich, sodass sie sein schweres Gewicht auf dem weichen Felsblock verankerte und sie so mit Wärme und Sicherheit bedeckte. Sie seufzte in vollkommener Zufriedenheit und drehte den Kopf, atmete seinen sauberen Duft ein und rieb ihre Wange an seiner Schulter. „Ich liebe dich, Master."

„Mmm. Ich liebe dich auch." Immer noch in ihr vergraben, knurrte er ein Lachen heraus. „Und Süße? Dir sei vergeben."

Eine Weile später, wieder im Erdgeschoss, half Nolan seiner Sub auf einen Barhocker und lehnte sich neben ihr an die Bar. Sie hatte sich oben schnell geduscht, und jetzt küsste Nolan ihren Hals und genoss den sauberen Duft ihrer Haut. Mit schweren Lidern, ihre Augen nun frei von dunklen Schatten, strahlte sie nach der ekstatischen Session.

Es war ein rauer, aber verdammt befriedigender Abend gewesen. Sie beide verdienten einen Drink.

Auf der anderen Seite der Bar stellte Raoul Bier auf das Tablett einer Bardame. Er nickte Nolan zu, um auszudrücken, dass er sie gesehen hatte.

„Hey Nolan." In braunem Leder gekleidet, schlenderte Cullen zu ihnen. „Warum bringst du die Jungs nicht nächstes Wochenende zu uns? Hector würde sie lieben – und sie würden von dem Abenteuerspielplatz im Freien sicher nicht genug bekommen."

Oh, richtig. Cullens Airedale Terrier liebte Kinder. „Ja, du hast wirklich jeden Scheiß." Schaukeln, Turngeräte, Kletterwände direkt am Sandstrand. „Das würde sie wohl in einen Rausch versetzen."

In der Tat würde es Spaß machen, etwas Ähnliches auch bei ihnen zu errichten. Connor und Grant würde es sicher gefallen, ihren eigenen Spielplatz zu entwerfen, nachdem sie Cullens gesehen hatten. Er fing Beths zustimmendes Nicken ein. „Nächstes Wochenende klingt gut."

Cullen lächelte Beth an. „Andrea wird dich anrufen, vorausgesetzt, sie überlebt den heutigen Abend." Mit einem Grinsen ging der große Dom zurück zu den Sessionbereichen und hob eine Hand zu den Drago-Cousins, als sie sich näherten.

Nolan nickte ihnen zu. „Drago und Drago. Schön, euch zu sehen."

„Ich habe von Mrs. McCormicks Tod gehört", sagte Max. „Wie geht es Grant und Connor?"

Nolan lächelte. Erstaunlich, wie zwei kleine Jungen einen Badass in Marshmallow verwandeln konnten. „Sie trauern, aber es geht ihnen den Umständen entsprechend gut. Wir versuchen, sie auf Trab zu halten. Ihr solltet vorbeikommen und mir helfen, ihnen Kampfkunsttechniken beizubringen."

Von Beth kam ein verärgertes Stöhnen.

„Es wäre uns eine Freude." Mit einem belustigten Ausdruck in den Augen – und ohne Beth anzuschauen –, fügte Max hinzu: „Wenn du sie im Schwertkampf unterweisen willst, habe ich immer noch ein paar Klingen. Scharf, aber kurz genug für deine Jungs."

„Bitte was?" Beth sprang auf die Füße. „Auf keinen Fall. Nolan, du –"

Max brach in Lachen aus. „Das war nur ein Scherz."

Beth stemmte die Hände in ihre Hüften. „Du ... das war fies. Ich werde deinen Garten zu einem eleganten, traditionellen Albtraum machen. Alles in Weiß und Hellblau."

„Herrgott, Frau. *Das* ist fies."

Hinter Max schmunzelte Alastair. „Ich finde, das klingt nett."

„Ja, du würdest das sagen, du Inselaffe." Immer noch vor sich hinglucksend, bewegte sich Max zu dem Bereich, wo die ungebundenen Subs saßen. „Komm. Lass uns eine Sub zum Foltern finden."

Als die Cousins wegzogen, lachte Nolan. Eine dieser Subs hatte einen aufregenden Abend vor sich. Er legte einen Arm um Beths Taille und hob sie wieder auf den Barhocker. „Keine Klingen, Süße. Du weißt aber, dass die Kleinen ihre Angst vor Polizisten überwinden müssen, richtig?"

„Können sie nicht stattdessen mit ihm Candyland spielen?" Sie stieß einen gereizten Seufzer aus. „Ihr Jungs und eure Faszination für Kämpfe ist wirklich ekelhaft."

„Es befriedigt unsere sadistische Natur an den Tagen, an denen wir unsere Frauen nicht foltern können. Nur gut, dass ich dich habe." Er drückte ihren empfindlichen Arsch und grinste befriedigt, als sie quietschte.

Ein raues Lachen war hinter ihm zu vernehmen. Er blickte über seine Schulter und entdeckte Sam Davies. Schlank, grauhaarig und einer der Shadowlands-Master. Der Rancher steckte in seiner üblichen schwarzen Jeans und seinem ebenso farbenen Arbeitshemd. „Wie geht es dir, King?"

„Es war ein guter Abend." Ein verdammt guter Abend.

Mit der Steifheit einer gut gefolterten Masochistin kam Sams Sub an seine Seite. Linda war in ihren Vierzigern, kurvenreich, rothaarig und mit heller Haut. Und sie benutzte ein Baumwolltaschentuch, um die laufende Wimperntusche unter ihren Augen wegzuwischen.

Sam schmunzelte. „Ich weiß nicht, warum du das Zeug trägst, Fräulein. Es hält ohnehin nicht lange."

Linda verengte ihre braunen Augen. „Das liegt nur daran, dass du mich mit Absicht zum Weinen bringst, wenn du siehst, dass ich Augen-Make-up trage. Warte nur, ich werde schon noch Make-up finden, dass deiner Behandlung standhält."

„Viel Glück." Lachend nickte Sam Beth zu.

Sie lächelte ihn an und bewegte ihre Beine unter die Bar, um Nolan mehr Platz zu geben. Bei der Bewegung zischte sie vor Schmerz und der Sadist schnaubte amüsiert.

Sams Blick zu Nolan sprach von Anerkennung – wahrscheinlich, weil auch Beth die Ausstrahlung einer gut gefickten und zufriedenen Sub aufwies.

Dasselbe Strahlen wie bei Linda.

Als Nolan ein Lächeln mit Sam austauschte, sah er, wie sich Alyssa von rechts näherte. Sie trat zwischen ihn und Sam und legte ihre Hand auf seine Brust.

Hinter ihm stieß Beth ein genervtes Knurren aus. Zu Recht. Körperlicher Kontakt wird vom Dom kontrolliert.

Verdammt genervt schob er Alyssas Hand von sich weg. „Verschwinde, Sub. Ich bin weder verfügbar noch interessiert."

„Ich glaube dir nicht, Master", sagte sie mit heiserer Stimme. Ihr Blick war auf ihn gerichtet. Auf ihn allein. *Sub-Raserei, verdammt.* Nur darauf aus dominiert zu werden – fixiert allein auf ihn. Besessen.

Nichts, was er sagte, würde jetzt noch bei ihr ankommen.

Beth starrte die wunderschöne, kurvige Brünette an, die immer noch hinter Sir her war – selbst nachdem man ihr gesagt hatte, dass er nicht interessiert war. Ernsthaft?

Sie sah Nolans Dilemma. Wäre Alyssa ein Mann, hätte er den Kerl wie eine summende Mücke aus seinem Leben geschlagen. Ganz sicher würde er es dann nicht zulassen, in die Enge getrieben zu werden, aber sein texanischer Kodex erlaubte es nicht, Frauen zu schlagen – nicht, wenn es nicht einvernehmlich war.

Nolan war ein Held. Nolanman. Anscheinend war es an der Zeit, sich an ihm ein Beispiel zu nehmen. *Supersub zur Rettung!* Ein Fetischumhang stand nun auf ihrer Shopping-Liste. Beth trat um Nolan herum und stellte sich zwischen ihn und die Schurkin.

Helden gaben den Schurken immer zuerst eine Warnung, oder? Nur schaffte es Beth nicht, ihre Stimme leise zu halten. Sie war einfach zu genervt von dieser Frau. „Alyssa, ich habe dich für meinen Master um Physio gebeten. Da seine Schulter verheilt ist, ist deine Arbeit erledigt. Lass ihn bitte in Ruhe."

Alyssa stemmte die Hände auf ihre Hüften und warf ihre Haare zurück. „Dies ist ein Gespräch zwischen Master Nolan und mir. Was erlaubst du dir, uns zu unterbrechen? Du solltest nicht ohne Erlaubnis sprechen. Offensichtlich bist du ihm nicht wichtig genug, sodass er sich nicht mal die Zeit nimmt, dich richtig auszubilden."

Die lächerliche Beleidigung tat nicht einmal weh. Ihr Master hatte alles gegeben, um zu zeigen, wie sehr er sie liebte – sowohl ihren Körper als auch ihre Persönlichkeit. Wenn der Krieg mit

Beleidigungen geführt werden sollte, konnte sie sich jetzt behaupten.

„*Du* solltest anderer Subs Master nicht ohne Erlaubnis begrabschen." Beths genervtes Schnauben rang laut. „Würdest du ihn wirklich kennen, wüsstest du, dass er nichts sagt, was er nicht meint. Welchen Teil von *‚Ich bin nicht interessiert'* hat dein Gehirn nicht verarbeiten können? Ehrlich, Alyssa, einem Dom hinterherzulaufen, der dich nicht will, ist einfach erbärmlich."

Alyssa trat zurück, als wäre sie geschlagen worden.

Eine Sekunde später versuchte die verdammte Frau zu Beths Unglauben erneut, zu Nolan zu kommen.

Ganz. Sicher. Nicht. Beth hatte endgültig genug, blockierte die andere Sub und rammte ihr den Handballen gegen den oberen Bereich ihres Brustbeins, sodass sie nach hinten taumelte. An sich käme als nächstes die Kniescheibe, aber ein Knochenbruch wäre vielleicht doch etwas übertrieben. „Hör zu, Dummkopf. Versuche es noch einmal, dich an ihn ranzuwerfen, und ich mach dich fertig. Deine Haare werde ich dir rausreißen, dir die Nase brechen und deine Lippen blutig schlagen."

„D-Du ..."

Beth war nach gemein und so starrte sie auf die Brüste der Frau. „Und da du diese großen Euter wie eine Einladung herausstehen lässt, werde ich sie auf meinem Weg an dir vorbei abflachen."

Alyssas Kinnlade klappte auf und sie schaute sich um, offensichtlich in der Hoffnung auf Rückendeckung.

Stattdessen sammelte sie von allen Umstehenden ein Stirnrunzeln nach dem anderen.

Neben Sam trug Linda den missbilligenden Ausdruck, der von Müttern mit Teenagern perfektioniert wurde. „Warum um alles in der Welt würdest du einen Master anmachen, der nicht nur mit seiner Sub glücklich ist, sondern auch mit ihr verheiratet ist? Was stimmt nicht mit dir?"

„Aber ich ..." Alyssa trat einen weiteren Schritt zurück, bevor ihr flehender Blick zu Nolan zurückkehrte.

Er wandte sich einfach ab und drehte sich zur Bar. „Raoul, wie wäre es mit Drinks für mich und meine Beth?"

Als Alyssa sich immer noch nicht bewegte, lehnte sich Beth vor, ihre Stimme bedrohlich: „Verschwinde."

Und das tat sie. Alyssa trat zwei Schritte zurück, drehte sich schließlich um und eilte zur Tür.

Sams bellendes Lachen vermischte sich mit Nolans Glucksen.

Beth funkelte sie beide an. „Findet ihr lustig, was hier gerade passiert ist?"

„Nicht, was Alyssa getan hat – ihr Verhalten ist einfach traurig." Nolan zog Beth an sich und ihr Rücken kollidierte mit seiner Brust. „Aber *du* hast mich sehr amüsiert, ja. Danke für die Rettung, Süße."

Beth war versucht, ihm den Ellbogen in seinen Darm zu rammen, kuschelte sich stattdessen jedoch an ihn und registrierte, dass er ... hart war. Ernsthaft? *Männer.* Sie waren wirklich speziell. Eine andere Spezies. Vielleicht sogar von einem anderen Planeten.

„Nolan, bitte schön." Raoul überreichte ein Corona und stellte Beth einen Drink auf die Bar. „Den Drink hast du dir verdient, *Gatita.*"

Genau das, was sie brauchte. Sie nahm ihren Drink und gönnte sich einen Schluck. Single Malt Whiskey. Ihr Favorit. Es fühlte sich an, als hätte sie den Krieg gewonnen. „Danke, Master Raoul."

Er lächelte sie an, bevor er zu Nolan sagte: „Du hast eine sehr effektive Wachsub, mein Freund."

„In der Tat. Extrem effektiv."

Bei der grimmigen Stimme erstarrte Beth. *Oh nein, nein, nein.* Sicherlich hatte er die Auseinandersetzung nicht gehört, oder? Ihre Stimme kam heiser heraus: „Master Z."

Sein unlesbarer silberner Blick glitt über sie. „Du hast dein Kampfgewicht zurück, wie ich sehe."

Kampfgewicht. Oh Gott, er musste alles gehört haben. „Es tut mir leid."

Zs Lippen zuckten. „Nein, tut es nicht. Wenn du jedoch einen Kampf im Shadowlands beginnst, *wird* es dir leidtun."

Ihr instinktiver Rückzug sorgte dafür, dass sie regelrecht mit Nolan verschmolz – und seiner Erektion.

„Wie ich dir bereits gesagt habe, Z, braucht Alyssa Hilfe", sagte Nolan. Sein Arm um Beths Taille hielt sie an Ort und Stelle.

Master Z sah in die Richtung, in die die Sub gerannt war. „Ja, das habe ich gesehen. Ich bezweifle, dass sie versteht, wie irrational sie sich verhält. Nachdem ich mit ihr gesprochen habe, werde ich dafür sorgen, dass sich einige Doms ihr annehmen. Sie können hoffentlich ihr Bedürfnis, dominiert zu werden, befriedigen. Sie wird schon wieder."

„Danke. Sie ist eine gute Frau, wenn sie sie selbst ist."

Als Z Alyssa nachging, hob Nolan sein Corona auf, ohne seinen Arm um Beth zu lockern. Er lehnte sich mit der Hüfte gegen den Barhocker und sah auf sie hinunter. „Weißt du, an dem Tag, als Alastair einen Hausbesuch machte, hatte ich ein paar unangenehme Gedanken über dich und ihn. Ich kann also nachvollziehen, wie sehr Alyssa dich gestört hat."

Bei seinem recht gelassenen Ton entspannten sich Beths Schultern. Wenn er unzufrieden damit gewesen wäre, wie sie mit Alyssa gesprochen hatte, wäre es schwer gewesen, das hinzunehmen. Dann kamen seine Worte bei ihr an. „Ich und ... Alastair? Du warst besorgt? Ernsthaft?"

Okay, sie würde nie wollen, dass sich ihr Master in dem Punkt Sorgen machte, aber ... na ja, ein wenig gefiel es ihr schon. Nur ein bisschen.

„Ernsthaft." Er schüttelte bei ihrem zufriedenen Lächeln tadelnd den Kopf. „Hör mir zu, Süße." Er runzelte die Stirn und versuchte offensichtlich, die richtigen Worte zu finden. „Ja, ich habe Alyssa damals genossen. Jetzt habe ich jedoch keinerlei Interesse daran, eine andere Frau als dich zu berühren. Kein bisschen."

„Oh." Sie entließ den Atem in einem sanften Seufzer.

„Du hast mir den Unterschied zwischen bedeutungslosem Ficken und Liebemachen vor Augen gehalten." Er gab ihr einen süßen Kuss. „Ich habe kein Interesse daran, zu dieser Zeit der Bedeutungslosigkeit zurückzukehren."

Damit sie sich nicht in Tränen auflöste, nahm sie einen großen Schluck ihres Whiskeys.

Er grinste nur. „Aber ich muss sagen, ich hatte irgendwie auf einen Kampf gehofft."

Sie verschluckte sich an dem Whiskey. *Männer.*

KAPITEL SECHZEHN

Grant saß an der Kücheninsel auf einem Hocker und aß den letzten Bissen seines Sandwiches mit Ei und Wurst, das Beth für ihn zubereitet hatte. „Mmm." Sein Bauch war glücklich.

Von der anderen Seite der Insel lächelte Beth ihn an.

Nolanman hatte bereits gegessen und trank jetzt nur noch seinen Kaffee. „Wenn du fertig bist, Tiger, willst du mir helfen, einen Stuhl zu bauen?"

Mit Hämmern und Nägeln spielen? Na logisch! „Okay." Gestern hatte er geholfen, das zerbrochene Fenster zu ersetzen. Er hatte die Glasstreifen herausgezogen, die das zerbrochene Glas an Ort und Stelle gehalten hatten, Nolanman Werkzeuge ausgehändigt und das Glas für ihn gestützt. Das neue hübsche Fenster zu sehen, hatte sich … gut angefühlt. Es war repariert, und er hatte geholfen.

Nolan zeigte mit seiner Tasse auf Connor. „Willst du auch einen Stuhl bauen?"

Obwohl Grant bereits zwei Würste gegessen hatte, war Connor immer noch bei seiner ersten. Mit vollem Mund schüttelte er den Kopf, runzelte die Stirn und nickte.

„Ich habe Connor angeheuert, mir beim Jäten zu helfen", sagte Beth zu Nolan. „Aber er kann eine Weile mit mir arbeiten und sich dann euch anschließen. Er ist ein fantastischer Assistent, also weiß ich, dass er dir eine große Hilfe sein wird."

Connors Augen wurden groß, als wäre er begeistert von ihrem Lob. Gleichzeitig – und das sah er ihm an, dachte er jedoch, sie würde lügen. Nur log Beth nicht.

Es war seltsam – nett, aber seltsam –, dass Erwachsene nette Sachen über sie sagten. Nolanman hatte den einen Tag zu ihnen gesagt, dass es ihm gefiel, seine eigene Crew zuhause zu haben, die ihm bei wichtigen Projekten helfen konnte. Er wies auf Fehler hin, aber er sagte Grant und Connor auch, wann immer sie etwas besonders gut machten. Und er sagte nie, dass sie dumm seien, betitelte sie nicht als Gören oder scheuchte sie aus dem Weg.

Grant griff nach seiner Milch und nahm einen Schluck. Gestern Abend hatten sogar der Polizist Dan und Kari nette Dinge gesagt. Sie hatten Nolanman erzählt, dass Connor und Grant gute Kinder seien und sie jederzeit vorbeikommen konnten, um mit Zane zu spielen.

Lächelnd leerte Grant bei dem Gedanken seine Milch. Der Junge war noch nicht einmal zwei Jahre alt, redete jedoch fast so gut wie Connor und fragte stets: *„Was ist das?"* Er rannte ziemlich schnell, trug aber immer noch eine Windel, was ihn dabei behinderte. Es sah lustig aus. Er und Connor hatten Spaß mit Zane und Prince, einem großen Hund, gehabt.

Nun wollte Connor Beth um einen Hund bitten, aber Grant hatte gesagt, er solle nicht fragen. Erwachsene mochten keine Kinder, die nach Dingen fragten. Oder nach Geld.

Oh, und sie hatten jetzt Geld, ohne überhaupt danach gefragt zu haben! Halfen er und Connor Beth bei der Hausarbeit, dann gab sie ihnen jeweils einen Dollar. Am nächsten Tag war Grant nach einem Sturm zur Hand gegangen und hatte den Hof gerecht. Nach getaner Arbeit hatte Nolanman ihn gelobt und ihm einen weiteren Dollar gegeben.

Er hatte wie ein Erwachsener Geld verdient. Und er war ein guter Arbeiter. Das komische Gefühl in seiner Brust kam zurück. Wohlig warm.

Nachdem das Geschirr weggeräumt war, gingen Grant und Nolan zur Werkstatt. In der Nähe des Sees jäteten Connor und Beth ein Beet, und Beth lachte über etwas, was Connor sagte.

Sie hatte ein hübsches Lachen. Es brachte ihn dazu, lächeln zu wollen.

Nolan zeigte auf sie. „Bist du sicher, dass du Beth nicht helfen willst, Unkraut zu jäten?"

„Ja, bin ich." Grant starrte auf seine Füße. „Ich mag Blumen, aber ich kann nie sagen, was Unkraut ist." Connor war jünger, und *er* konnte es erkennen.

Nolan wuschelte durch Grants Haare. „Ich auch nicht. Beth lässt mich nicht helfen, es sei denn, sie kann sich direkt neben mich setzen und sicherstellen, dass ich es nicht vermassle."

Grant sah zu ihm auf, aber Nolan wirkte nicht so, als würde er sich deswegen schlecht fühlen.

„Wir alle haben unterschiedliche Talente, Tiger. Beth kann keine Häuser bauen wie ich; ich kann keine Gärten entwerfen wie sie. Zum Älterwerden gehört dazu, herauszufinden, worin du gut bist und was du liebst."

Wie Lego-Teile schnappten die Worte in Grants Kopf zusammen und passten genau an ihren Platz. Es war toll, dass Connor etwas hatte, was er gut konnte, denn Grant hatte andere Dinge, die er besser machte als sein kleiner Bruder.

In der Werkstatt gingen sie an die Arbeit. Grant half Nolan, die Bretter zu messen und sie zu halten, während sie geschnitten wurden.

Als sie einen Stapel zusammen hatten, erschien Connor. „Ich habe die Säge gehört. Darf ich mitmachen?"

„Wir werden jetzt die Sitzfläche hinzufügen." Nolan legte eine Holzlatte auf den Stuhlrahmen. „Richte die Latte nach den Löchern aus, setze eine Schraube ein und verwende dann den

Schraubenzieher. Connor kann mit der Schraube beginnen. Grant, übernimm du, wenn es für ihn zu schwer wird."

Grant half Connor, die Schraube in Gang zu bringen. Connor übernahm die ersten Runden, Grant die härteren – und Nolan drehte nochmal nach.

Die Jungs leisteten gute Arbeit, dachte Nolan, als er sich an die Werkbank lehnte und zusah. Sie waren bei der letzten Latte.

Connor schaute zu ihm. „Wir sollten besser fertig werden und zu Beff gehen. Sie könnte Cookies haben."

„Bestimmt sogar." Gute Kinder. Grant hatte ein echtes Händchen für das Holz. Connor nicht so sehr. Er wollte einfach dort sein, wo Grant war.

„Dummes Holz." Mit dem Gesicht zu einer Grimasse verzogen, drehte Connor den Schraubenzieher, nur bewegte sich nichts. Zweifellos war die Schraube nicht mit dem unteren Holzstück ausgerichtet.

„Die Latte liegt nicht gut. Lass mich das machen." Grant griff nach dem Schraubenzieher.

Connor hielt das Werkzeug außer Reichweite. „Das ist *meine* Aufgabe." Er versuchte es erneut, und seine Frustration nahm zu. Er stieß mit dem Schraubenzieher gegen die Schraube.

Oje. Nolan machte sich auf den Weg zu den beiden. „Connor, hör auf."

Das Gesicht des Kindes nahm einen sturen Ausdruck an und er drückte härter zu.

„Hör *sofort* auf."

Bevor Nolan die Jungs erreichen konnte, rutschte der Schraubenzieher ab und kratzte über Connors andere Hand. Connor schrie.

Nolan drehte sich um, schnappte sich den Erste-Hilfe-Kasten von der Werkbank und öffnete ihn, als er sich neben Connor hinkniete. *Gott*, er hätte näher bei ihnen bleiben sollen.

Er hätte merken sollen, dass der Junge mit jeder Sekunde frustrierter und nachlässiger wurde. Sofort loderten Schuldgefühle in ihm auf.

Er riss eine Gaze-Packung auf, legte die Kompresse auf die Wunde, übte Druck aus und hielt seinen Ton sanft und gelassen. „Das wird wieder."

Gott, er hasste es, das Kind weinen zu sehen. Weitere Schuldgefühle kamen hinzu, als er sah, dass auch Grant Tränen in seinen Augen hatte. *Gib dem Jungen etwas zu tun.* „Kannst du das Wasser in der Spüle anmachen und mir ein sauberes Handtuch holen?"

Grant nickte und rannte durch die Werkstatt.

Nolan reinigte die Wunde, was dazu führte, dass Connors Tränenflut zunahm. Als die Blutung stoppte, presste Nolan die Wunde zusammen und legte einen Verband an. Die Verletzung war nicht tief, obwohl sie wirklich viel Blut abgelassen hatte. Es brach ihm das Herz, eine Verletzung an einer so verdammt kleinen Hand zu sehen.

„Was ist passiert?" Beth stand mit einem besorgten Ausdruck in der Tür.

Connor riss sich los, rannte zu ihr und drückte sein Gesicht gegen ihr Bein. Sie hob ihn in die Arme, hauchte ihr Mitgefühl und untersuchte den Verband. „Hey, da hast du aber einen coolen Verband."

Ohne sein Gesicht von ihrer Schulter zu nehmen, nickte Connor.

„Gute Arbeit." Sie schenkte Nolan ein sanftes Lächeln. „Natürlich bekommt man auf diesen Baustellen wahrscheinlich eine Menge Übung in Erster Hilfe."

„Es passiert immer mal wieder etwas", murmelte Nolan. Nur passierte es Männern, nicht kleinen Jungen. *Verdammt*, sie sollten nicht einmal in seiner verdammten Werkstatt sein. „Würdest du ihnen etwas zum Mittag machen?"

Ihre Augenbrauen zogen sich bei seinem flachen Ton zusammen. „Sicher." Sie küsste Connors Kopf, stellte ihn neben Grant und sagte zu den beiden: „Ihr zwei lauft hoch zum Haus. Ich komme gleich nach."

Als die Jungen aus der Werkstatt rannten, ging sie zu Nolan und legte ihre Arme um ihn, schmiegte sich an ihn und verschmolz mit seinem Körper. Sie war warm von der Sonne, ihre Haut duftete nach den Kräutern im Garten. „Alles okay bei dir, Sir?"

„Es war meine Schuld. Ich hätte besser aufpassen müssen." Er führte sie aus der Werkstatt. Aufräumen würde er später. „Geh und gib den Kindern etwas zum Essen. Ich komme gleich ins Haus." Sobald er seine Emotionen wieder unter Kontrolle hatte.

„Aber –"

Er schüttelte den Kopf und stoppte ihren Protest. Während sie zum Haus ging, lief er zum See hinunter und ließ das Tor hinter sich leicht angelehnt. Möglicherweise musste er zum Haus rennen, wenn Connor wieder zu bluten begann.

Auf dem Dock nahm er auf einem der beiden Stühle Platz. Die Jungen hatten es wahrscheinlich nicht bemerkt, der Stuhl aber, den sie bauten, hatte Kindergröße. Er plante, zwei zu machen, einen für jeden Jungen, aber *verdammt*, er würde das Projekt allein zu Ende bringen.

Wie konnte er nur so unvorsichtig sein? Nolan starrte auf das Wasser und beobachtete gedankenverloren einen Reiher, der in den Untiefen nach Fröschen und kleinen Fischen suchte. Ein paar Schmetterlinge flogen über die gelben Blumenrohre entlang des Ufers.

Er hörte immer wieder Connors Schrei, sah seine Tränen.

Das Quietschen des Tores erregte seine Aufmerksamkeit. Grant trat auf das Dock, in seiner Hand ein Pappteller, den er so vorsichtig handhabte, als wäre er aus Glas.

Nolan runzelte die Stirn und der Junge blieb abrupt stehen. „Für d-dich. Beth sagt, du solltest etwas essen." Grant trat einen Schritt zurück. „Das hat sie."

Jetzt versetzt du auch noch Kinder in Angst und Schrecken. Einfach toll, King. Er zwang sich zu einem Lächeln, als er den Teller nahm. „Sie ist eine herrische Frau."

Erleichterung zeigte sich auf Grants Gesicht. Ja, er hatte dem Kind Angst gemacht. Und er dachte wirklich, er wäre der Vaterrolle gewachsen? Ganz sicher nicht.

Er wies auf den anderen Stuhl.

Der Junge setzte sich auf die Kante. Sofort stand er wieder auf, zog eine Dose Red Bull aus seiner Hosentasche und übergab sie an Nolan.

„Danke." Keinen Hunger. Keinen Durst. Nolan fühlte sich jedoch verpflichtet und öffnete die Dose, hielt sie aber einfach in der Hand. Nach einer Minute bemerkte er, dass Grant ihn aufmerksam beobachtete. „Problem?"

„Beth sagt, du fühlst dich schlecht, weil Connor verletzt wurde, und deshalb würdest du nicht essen." Grant schwang auf dem Stuhl mit den Füßen und gab zu: „Ich kann auch nicht essen, wenn ... wenn ich mich nicht richtig fühle. Dann fühlt sich mein Bauch ganz verdreht an."

Die mitfühlenden Worte schafften es, einige der Knoten in Nolans Magen zu lösen. „Ja, so ist das leider."

„Du hast Connor nicht verletzt. Du hast ihm gesagt, er soll aufhören, aber er hat nicht gehört."

„Kinder hören nicht immer zu. Ich hätte euch beide nicht in die Werkstatt bringen sollen."

„Das ist dumm." Grants Augen brannten vor Wut. „Wir *wollen* lernen, Dinge zu tun. Ich bin deine Heimcrew."

„Aber du kannst verletzt werden."

Als Grant sein Kinn hob, wurde Nolan an Beth erinnert. Ja, die entschlossene Bewegung kam von ihr. Vielleicht würde die nächste Generation ihre Gene nicht erben, aber ihr Einfluss würde trotz allem weitergegeben werden.

„Sogar *du* kannst verletzt werden." Das Kind zeigte auf Nolans vernarbte Fingerknöchel – von den Tagen, an denen er den Dachdeckern mit den Schindeln half. „Ich schätze, du bleibst besser von jetzt an zuhause."

Totale Respektlosigkeit.

Nolan grinste.

Die Sorge verschwand aus Grants Augen und er erwiderte das Grinsen. Mit dem Problem aus der Welt geschafft, fiel er auf seine Hände und Knie und beobachtete einen Wels, der im flachen Wasser schwamm.

So jung. So verdammt zerbrechlich. Wie Beth – die kein Problem damit hatte, ihm zu sagen, wenn er überfürsorglich war.

Zur Hölle nochmal. Grant hatte Recht. Verletzungen gehörten zum Leben. Und zum Erwachsenwerden. Er konnte die Jungs nicht vor allem beschützen. Nicht wirklich. Alles, was ein Mann tun konnte, war, auf die Kleinen achtzugeben und zu versuchen, Unfälle auf ein Minimum zu beschränken. Sie in Watte zu packen, würde ihnen am Ende eher schaden.

Es war nicht so, als hätte er den Kindern Elektrowerkzeuge gegeben. Tatsächlich hatte sein Vater Nolan und seinen Brüdern bereits in Connors Alter beigebracht, wie man mit Handwerkzeugen umging. Und sie hatten einige Schrammen davon getragen, als sie Geschicklichkeit, Unabhängigkeit und Geduld verinnerlicht hatten. Die Beherrschung der Baukunst war mit dem Preis von Schnittwunden und Prellungen und gelegentlich auch mit zertrümmerten Fingern einhergegangen.

Das Leben fand sein eigenes Gleichgewicht. Und es hatte ein Kind gebraucht, das ihn daran erinnerte.

Es hatte ein Kind gebraucht, um ihn daran zu erinnern, seinen eigenen Vater anzurufen und ihm von Herzen zu danken.

Nolan biss in sein Schinken-Roastbeef-Sandwich, genoss den würzigen Senf ... und noch etwas anderes. Als sie noch nicht lange zusammen gewesen waren, hatte er Beth gefragt, was sie flüsterte, wenn sie den Senf auf die Brotscheibe schmierte. Zu seinem Entzücken war sie knallrot angelaufen und hatte ihn mit ihrer Antwort völlig umgehauen. *„Und dazu ein bisschen Liebe."*

Ihre Sandwiches schmeckten immer besser als seine eigenen.

Als er den letzten Bissen nahm, wurde ihm klar, dass Grant geduldig wartete. „Möchtest du etwas sagen?"

„Beth sagte, ich soll dich in die Küche bringen, wenn du fertig bist, und sie würde uns Cookies geben – oder Kuchen."

Kuchen? Eine Bestechungsmethode für sie beide, ja? *Hinterhältige Sub.*

Beth sah aus dem Küchenfenster und lächelte, als sich ihre beiden Männer zum Haus aufmachten. Von Grants aufgeregtem Hüpfen zu urteilen, hatte Nolan sein Sandwich aufgegessen. Cookies wurden erwartet.

„Warum hat Nolan nicht mit uns zu Mittag gegessen?" Connor saß an der Kücheninsel und leckte Teig von einem Löffel. „Ist er wütend?"

„Nein, Baby." Beth strich ihm sein seidenweiches Haar aus dem Gesicht. „Er fühlte sich schlecht, weil du verletzt wurdest."

Connor musterte den Verband an seiner Hand. „Wie, wenn Jermaine mich geschlagen hat und Grant sich schlecht fühlte?"

Beth sog bei dem Gedanken, dass jemand ihn schlagen könnte, scharf die Luft ein. Aber, oh, sie war so stolz auf Grant. „Ja, Grant ist Nolan sehr ähnlich. Sie wollen uns in Sicherheit wissen, und sie ärgern sich, wenn sie das nicht schaffen."

„Oh." Connor sah auf, als sich die Terrassentür öffnete und Nolan mit Grant ins Haus trat.

Bevor sie Connor nach unten helfen konnte, sprang er vom Hocker, taumelte kurz, fand jedoch sein Gleichgewicht und rannte zu Nolan. „Du musst nicht traurig sein. Ich bin beim nächsten Mal vorsichtiger. Versprochen!"

Lachend hob Nolan ihn in die Arme und drückte ihn fest an sich. „Das schätze ich sehr, kleiner Mann. Und ich werde besser auf dich achtgeben."

Grant strahlte stolz über seinen Erfolg und griff nach dem Cookie, den Beth ihm reichte.

Nolan zeigte auf das Schlafzimmer der Jungen. „Ruhezeit für eine Stunde, Crew. Dann gehen wir schwimmen."

Sie rannten in ihr Zimmer und tauschten wetteifernde Kommentare darüber aus, wer länger den Atem anhalten konnte.

Grinsend näherte sich ihr Ehemann. Ohne auch nur ein Wort zu sagen, drängte er sie gegen die Arbeitsfläche, presste sich an sie und küsste die Sorge direkt aus ihr heraus.

Als er seinen Kopf hob, legte sie ihre Hand auf seine Wange und sah, dass seine Augen wieder klar waren. Sorgenfrei. „Du fühlst dich besser."

„Du bist eine manipulative kleine Sub. Ich sollte dir öfter den Arsch versohlen." Er küsste sie erneut und murmelte: „Grant lockte mich mit Kuchen. Ich schätze, das heißt, dass du unsere Wette verloren hast? Uzuri und Holt sind kein Paar?"

„Sind sie nicht, verdammt."

Er grinste. „Apfel oder Kirsche?" Er wartete nicht auf ihre Antwort, ignorierte ihr Kichern und suchte mit der Zielstrebigkeit eines Jägers in der Küche nach seinem Preis.

Ein paar Minuten später – nachdem er praktisch ein Drittel des Apfelkuchens verschlungen hatte – ließen sie sich im Wohnzimmer nieder, um eine zweite Tasse Kaffee zu trinken. Als Nolan die Tageszeitung in die Hand nahm, mit der er am Morgen angefangen hatte, rutschte Beth von der Couch, kniete sich zu seinen Füßen hin und lehnte sich an seine Beine. Während er abwesend über ihr Haar streichelte und die Nachrichten las, tauchte sie in einen friedvollen Zustand ab.

Er liebte sie und ihren Körper, und würde außerordentliche Anstrengungen unternehmen, um es zu beweisen. Irgendwie hatte das, was er im Club getan hatte, die abfällige Stimme in ihrem Kopf ausgelöscht. Eine Stimme, die ihr immer sagte, sie sei unwürdig. Sie ... mochte sich selbst wieder, fühlte sich in ihrer eigenen Haut wohl.

Sowohl Jessica als auch Kari hatten heute angerufen, um ihr zu sagen, wie großartig es war, dass sie sich Alyssa gestellt hatte. Ihre Mundwinkel zuckten. Wie unangenehm. Und doch hatte es sich gut angefühlt, die Sub zu konfrontieren. Wahrlich, sie wünschte Alyssa das Beste – solange sie sich von Sir fernhielt.

Aus dem Zimmer der Jungen war nur leises Gemurmel zu hören. Es klang, als würde Connor bald einschlafen.

Grant arbeitete wahrscheinlich an seinem Puzzle. Sein Verstand mochte Formen, seine Hände setzten Dinge gern zusammen. Connor zeigte ein Talent für Worte ... und sie wollte sehen, wie er sich mit Musik anstellte. Beide Jungen würden zu erstaunlichen Männern heranwachsen. Aber ... würden sie die Liebe und Aufmerksamkeit bekommen, die sie brauchten, um die Fähigkeiten zu pflegen, die ihnen in die Wiege gelegt worden waren?

Es war erstaunlich, wie großzügig sie mit ihrer eigenen Zuneigung waren. Und wie viel Beschützerinstinkt sie aufwiesen. Beths Herz schmolz dahin. Nolan hatte ihr erzählt, dass Connor Alyssa angeschrien und Grant einen Teller nach ihr geworfen hatte, nur weil die Frau Beths Gefühle verletzt hatte.

Wie sollte sie es überleben, die Kleinen gehen zu sehen? Sie würde nicht wissen, ob mit ihnen alles in Ordnung war.

Stirnrunzelnd versuchte Beth, sich auf ihr zukünftiges Baby zu konzentrieren. Ihre Arme schienen heutzutage nur für robustere kleine Körper geschaffen zu sein. Für kleine Jungs.

War sie verrückt geworden? *Verdammt*, Nolan wollte ein Mädchen. Sie hatte jedoch sein Gesicht gesehen, als er Connor in die Arme gehoben hatte. Er war genauso in die Jungs vernarrt wie sie.

Pläne ändern sich.

Als sie, nachdem sie Kyler entkommen war, Mitglied des Shadowlands geworden war, hatte sie genau gewusst, was sie wollte – einen sanften, süßen, zahmen Dom. Nur hatte es mit niemandem geklickt, woraufhin Master Z ihr zu ihrer Bestürzung

Master Nolan zugewiesen hatte, dem harschesten und gefähr-lichsten Dom im Club. Nein, in ganz Florida. Vielleicht sogar im ganzen Land.

Er war sicher kein sanfter, süßer Dom. *Meine Güte*, es war, als würde man einen schönen zahmen Kamelienstrauch bestellen und eine riesige, knotige Zypresse erhalten.

Und doch hatte sich die Liebe nicht aufhalten lassen.

Nolan legte seine Zeitung zur Seite. „Du runzelst die Stirn, Süße." Er platzierte seine Hand auf ihrer Wange und musterte sie mit seinen durchdringenden Augen. „Sag mir, was los ist."

Sie atmete zittrig ein, legte ihre Hand auf seine und warf ihre sorgfältigen Pläne über den Haufen. „Ich möchte Grant und Connor adoptieren. Wir können später immer noch nach einem kleinen Mädchen suchen, ja?"

Ein sanftes Lächeln erschien auf seinem harten Gesicht.

Ja, er war ihre Zypresse, groß genug, um sie zu beschützen. Und es sah so aus, als wäre ihre Familie eben kein vorausgeplanter Garten, sondern ein Wald, der über Generationen hinweg Bestand haben würde.

KAPITEL SIEBZEHN

Am **Freitag hörte** Beth die Türklingel. Price war hier.

Am Montag hatte sie mit ihm über ihren und Nolans Wunsch gesprochen, die Jungen zu adoptieren. Sein Ton hatte völlig gleichgültig geklungen, als er ihr sagte, dass er sich ihr Interesse notieren und ihre Akte prüfen würde. Und er hatte sie gewarnt, diesen Wunsch nicht vor den Kindern zu erwähnen.

Danach nichts mehr. Nicht ein Wort.

Am Donnerstag hatte sie eine Voicemail hinterlassen.

Nichts.

Vor einer halben Stunde hatte er angerufen, um zu sagen, dass er vorbeikommen würde. Das war so klar. Nolan half Cullen beim Bau einer Terrassenerweiterung und würde erst später nachhause kommen. Price hatte es nicht gekümmert, dass Nolan nicht hier war. Wenn er also nicht vorbeikam, um über eine mögliche Adoption der Jungen zu sprechen, warum dann? Um nach den Kindern zu sehen?

Sie setzte einen höflichen Gesichtsausdruck auf und öffnete die Tür. „Guten Tag, Mr. Price. Ich hoffe, Sie sind hier, um darüber zu sprechen, dass Nolan und ich die Kinder adoptieren wollen?"

„Ganz im Gegenteil, ich nehme sie Ihnen für ein paar Stunden ab." Price sah auf seine Uhr. „Holen Sie sie bitte. Es gibt jemanden, den ich ihnen vorstellen möchte."

Beth starrte ihn an. „Was? Wen?"

„Die Großmutter der Kinder plant, ihnen ein Zuhause zu geben. Sie fühlt, dass es ihre christliche Pflicht ist, auch wenn sie in den ersten Jahren von ihrer Tochter aufgezogen wurden."

„Sie reden von Drusillas Mutter?" Bei Prices Nicken wollte Beth ihn verfluchen. „Drusilla hatte ihre Mutter stets als Fanatikerin bezeichnet, die sie auspeitschte, weil sie Widerworte gab oder Kraftausdrücke benutzte. Sie musste stundenlang auf den Knien die Bibel lesen. Deshalb ist sie mit sechzehn davongelaufen."

„Überlegen Sie, wer die Quelle dieser Informationen ist. Wenn Drusilla bei ihrer Mutter geblieben wäre, wäre sie heute vielleicht noch am Leben."

„Vielleicht. Aber die Großmutter klingt nicht nach einer guten Wahl für –"

„Verwandte haben Vorrang vor Pflegeeltern, Mrs. King – selbst, wenn die Pflegeeltern *einflussreiche Freunde* haben." Er versuchte nicht einmal, seinen spöttischen Ton zu mildern.

Bastard. Wahrscheinlich hatte er die Großmutter überredet, die Kinder zu sich zu nehmen, nur um es ihr und Nolan heimzuzahlen. „Ich verstehe."

„Ich möchte Sie daran erinnern, Mrs. King, Grant oder Connor nicht wissen zu lassen, dass Sie sie adoptieren wollen. Pflegeeltern dürfen sich in keiner Weise in eine legitime Unterbringung der vorübergehend in ihrem Haus untergebrachten Kinder einmischen."

Nur mit Mühe drosselte sie ihre Wut. Nichts konnte ihr wachsendes Gefühl der Trauer ersticken. „Ich verstehe."

Er folgte ihr auf die Terrasse, wo Connor und Grant ein Kreidegemälde auf den glatten Beton zeichneten.

„Das sieht fantastisch aus, Jungs." Sah es wirklich. Grants

Beitrag zu der Schöpfung war geordnet, die Waldtiere mit Talent gezeichnet, die Größen proportional angemessen.

Connors Hälfte war asymmetrisch, aber es machte Freude, sein Werk anzusehen. Sie konnte sogar zumeist sagen, was es für Tiere waren, obwohl das Kaninchen die gleiche Größe wie das Pferd hatte.

„Das bist du, Beff", sagte Connor und tippte auf den Hasen.

Bei Prices fragendem Blick spürte sie, wie ihre Wangen warm wurden. Connor musste Nolans Spitznamen für sie gehört haben. „Legt bitte die Kreide in die Kiste. Mr. Price möchte euch für einen Besuch zu eurer Großmutter bringen."

Die beiden starrten sie ausdruckslos an.

Wie sie es sich bereits gedacht hatte. „Habt ihr eure Großmutter schon mal getroffen?"

Grant schüttelte den Kopf, als Connor fragte: „Was ist eine Großmutter?"

In einem langen Korridor versuchte Grant mit Mr. Prices langen Schritten mitzuhalten. Connor hatte kürzere Beine, sodass er Grant hinterherstolperte und sich an die Tasche seiner Shorts klammern musste, um den Anschluss nicht zu verlieren. Sie würden gleich ihre Großmutter treffen. Beth sagte, diese Großmutter war Mamas Mutter. Würde sie wie Mama aussehen?

Warum hat sie uns nie besucht?

Einige der Kinder in der Schule hatten Großmütter, die coole Geschenke machten. Sie kochten ihnen Essen und hatte immer eine Umarmung parat. Mama hatte nie über ihre Mutter gesprochen. Wieso nicht?

Mr. Price ging durch eine Tür und wies sie an, ihm zu folgen.

Das Zimmer war in einem sonnigen Gelb gehalten und hatte Tische in Kindergröße und Regale mit Büchern und Spielzeug. Eine alte Frau in einem braunen Kleid saß auf einem Stuhl für

Erwachsene neben einem der Tische. Ihr graues Haar formte an ihrem Hinterkopf einen Ball. Die langen Linien neben ihrem Mund waren keine glücklichen.

Als sie ihn und Connor sah, lächelte sie nicht.

„Mrs. Brun, das sind Drusillas Kinder." Mr. Price legte seine Hand auf Grants Schulter. „Das ist Grant. Und Connor."

„Das sind keine christlichen Namen."

Grants Herz setzte einen Schlag aus. Ihre braunen Augen hielten den gleichen *Ich mag dich nicht*-Ausdruck, den er von Jermaine kannte.

„Jungs, das ist eure Großmutter. Die Mutter eurer Mutter."

Connors kalte Hand schloss sich um seine und er sagte in einem zurückhaltenden Ton: „Hi."

Sie sah Connor an. „Du kannst mich Großmutter nennen." Sie deutete auf den kleinen Tisch. „Setzt euch und wir werden reden."

Grant rutschte auf einen der Stühle. Als Connor seinen Stuhl näher zu Grant zog, kratzten die Beine über den Boden.

Großmutters Lippen pressten sich zu einer Linie zusammen.

Die Kinder verhielten sich … anders, seit sie gestern ihre Großmutter getroffen hatten. Beth seufzte, als sie die Soße auf dem Herd umrührte. Vielleicht war sie aber auch zu voreingenommen. Als Connor letzte Nacht ins Bett gemacht hatte und sie entschied, dass die Frau schrecklich sein musste, sagte Nolan, dass die Jungen auf jede Veränderung schlecht reagieren würden, insbesondere auf eine, die sie an den Tod ihrer Mutter erinnerte.

Natürlich hatte er Recht, aber die Kleinen so beunruhigt und niedergeschlagen zu sehen, machte Beth unendlich traurig.

Heute Abend jedoch, nachdem sie den ganzen Samstag mit Sir verbracht hatten – der sie zweifellos mit Hausarbeiten und Spielen erschöpft hatte –, schienen sie glücklicher zu sein.

Sie hörte Schritte und lächelte Nolan über ihre Schulter an.

Frisch aus der Dusche setzte er sich an die Kücheninsel und betrachtete ihren Teller mit kleingeschnittenem Obst. *Gesundes Essen. Was war nur aus ihr geworden?* Er nahm sich eine Apfelscheibe und sagte: „Wie ist dein Treffen mit den Dragos heute gelaufen?"

Sie rollte mit den Augen. „Es macht Spaß, ihnen zuzuhören, da sie ständig anderer Meinung sind. Alastair bevorzugt gedämpfte Farben und ein traditionelles Design, obwohl er generell offen ist, solange alles symmetrisch daherkommt. Max könnte sich nicht weniger für das eigentliche Design interessieren, aber er besteht auf helle Farben. Sie sind so unterschiedlich."

„Ein englischer Doc und ein Cowboy-Cop, die zusammen Subs dominieren." Nolan schüttelte den Kopf. „Zumindest haben Vance und Galen ähnliche Stile. Es wird interessant sein, zu sehen, wie Max und Alastair eine Session gestalten."

„Oh ja." Sie goss das Kartoffelwasser ab und zog den Stampfer heraus.

Ohne etwas zu sagen, wies Nolan sie an, den Kartoffelstampfer an ihn zu übergeben.

Ihn zu verwöhnen, war wirklich schwierig. Beth stellte die gekochten Kartoffeln, Butter und Milch, Salz und Pfeffer vor ihm hin. „Und sie streiten sich wie das eine Familie eben tut. An sich ist das verständlich, wenn man bedenkt, dass Alastair die Sommer auf der Drago-Ranch verbrachte und Max eine Weile mit Alastair und seiner Mutter in London gelebt hat."

„Verstanden. Sie sind eher Brüder als Cousins." Nolan schob sich eine Orangenecke in den Mund und begann, die Kartoffeln zu zerquetschen.

„Mmmhmm. Apropos, Brüder ..." Beth hob ihre Stimme: „Jungs, das Abendessen ist fertig!"

Bei den stampfenden Schritten, die daraufhin sofort zu hören waren, schnaubte Nolan. „Elefanten rennen leiser."

Freudestrahlend kamen die beiden in die Küche. Als Grant

abrupt anhielt, prallte Connor von seinem Rücken ab und packte Nolans Bein, um nicht auf dem Hintern zu landen.

„Es scheint mir ganz so, als hättet ihr großen Hunger." Nolan verwuschelte Connors Haare.

„Grant, kannst du die Kücheninsel mit Tellern und Gläsern decken?" Beth griff in den Schrank und holte das Geschirr heraus. „Connor, hier sind Besteck und Servietten, wenn du mir bitte helfen würdest?"

Beide Kinder kamen ihren Pflichten nach, als hätte sie ihnen eine Aufgabe gegeben, die eines Disney-Heldens würdig war.

Als Nolan das Kartoffelpüree in eine Servierschüssel gab, legte sie das frittierte Hähnchen auf eine Platte. *Böse Beth.* Sie sollte ihren Männern ein schönes gesundes, gebratenes Hähnchen zubereiten, aber frittiertes Hähnchen war ein Favorit ihres Masters.

Und die Jungs hatten ihre eigenen Favoriten.

„Kartoffelbrei!" Connors Augen weiteten sich vor Freude.

„Und Bratensoße", hauchte Grant.

Weder Junge noch Mann kommentierten den hübschen Salat. Typisch Männer. Sie setzte sich hin und erkannte, dass das große Cookie-Glas im Weg war, also trug sie es woandershin. Seltsam, wie leicht es sich anfühlte.

Sie hob den Deckel und sah, dass nur drei Cookies übrig waren. Drei? Hatte sie es nicht erst gestern aufgefüllt? „Leute, ich weiß ja, dass ihr Süßes mögt, aber –"

„Beth."

Sie drehte sich bei Nolans warnendem Ton um. Mit einer Sorgenfalte zwischen den Augenbrauen wies er mit dem Kinn zu den Jungs.

Grant stand wie festgefroren neben seinem Stuhl, sein Ausdruck von Sorge beschattet.

Connor jedoch ... Jegliche Farbe war aus seinem Gesicht verschwunden, und er wich langsam zurück.

Oje. Sie lehnte sich in einer lässigen *Ich bin nicht wütend*-Haltung gegen den Schrank.

Er blieb stehen.

„Nun, mein Kleiner, ich denke, dass du diese Cookies nicht alle gegessen haben kannst, da du sonst Bauchschmerzen hättest." Sie streckte ihre Hand nach ihm aus. „Warum zeigst du mir nicht, wo du sie hingebracht hast?"

Angespannt näherte er sich ihr auf seinen kleinen Beinen. Als er sie in den Flur führte, hörte sie, wie Nolan leise mit Grant sprach und ihn so in der Küche hielt. Nolan sagte, *Aufteilen und Bezwingen* sei die liebste Erziehungsmethode seiner Eltern für seine Brüder und Schwestern gewesen. Da er der Meinung war, dass seine Eltern wussten, was sie taten, schlug er vor, die Methode für die Jungen anzuwenden.

Im Schlafzimmer zeigte Connor auf Grants Bett. „In unserer Höhle."

Sie kniete sich neben das Bett und sah, dass sie Kisten und Kissen zusammengetragen hatten, um eine Barrikade unter dem Bett zu bilden. „Ihr zwei macht die coolsten Höhlen", sagte sie in einem bewundernden Ton. Aus den Augenwinkeln sah sie, dass Connor überrascht blinzelte.

Nachdem sie eine Kiste zur Seite geschoben hatte, zog sie eine uralte Lunchbox heraus. „Wie erstaunlich ist das? Ich wette, meine Mutter hat etwas dieser Art mit in die Schule genommen."

Beim Öffnen fand sie Cookies sowie schimmelnden Käse, abgestandene Cracker und einen Hot Dog. *Eklig.* Dann kam die stinkende Wolke aus der Dose bei ihr an. Essenshorten, war das der Begriff? *Sei behutsam, Beth.* „Weißt du, in kälteren Gebieten laufen Eichhörnchen herum und sammeln Nüsse, um sich für den Winter einen Vorrat anzulegen. Du bist wie ein kleines Eichhörnchen, Schatz."

Ein winziges bisschen Farbe kehrte in seine Wangen zurück. Oh, wie gerne sie ihn gerade in ihre Arme ziehen würde.

„Aber Eichhörnchen lagern Lebensmittel, die nicht gekühlt werden müssen. Wenn du Nahrung zu dir nimmst, die so riecht, kannst du schrecklich krank werden, Connor."

Seine dünnen Schultern sackten zusammen und Tränen füllten seine Augen.

Wie konnte sie ihm versichern, dass es ihr egal war, ob er Lebensmittel versteckte, und ihn dennoch daran hindern, Nahrung einzunehmen, die gekühlt werden musste?

Nolan und Grant erschienen in der Tür. Grant warf ihr einen argwöhnischen Blick zu und näherte sich, um sich zwischen ihr und Connor zu positionieren, wie er es nach der Sache mit der Bandsäge in der Werkstatt getan hatte.

Werkstatt. Das war die Idee! Beth sah zu Nolan. „Erinnerst du dich an den Mini-Kühlschrank, den du für meinen Gartenschuppen gekauft hast? Ich erinnere mich nie daran, ihn mit Getränken zu füllen. Warum stellen wir ihn nicht hier rein – auf Connors Seite des Raumes?"

Nolans sanftes Lächeln sprach von Zustimmung. Er legte seine Hand auf Grants Schulter. „Komm schon, Tiger, lass uns einen Kühlschrank holen."

Als sie gingen, streckte Beth Connor die Hand entgegen. „Nachdem wir dieses stinkende Zeug weggeworfen haben, besorgen wir frische Snacks für *deinen* Kühlschrank. Dann, wenn ich Lebensmittel kaufe, kannst du tun, was ich tue – abgelaufenes Essen wegwerfen und neu bestücken. Okay?"

„Okay." Als er ihre Hand nahm, hatte sie das Gefühl, dass sie das ganze Universum erobern könnte.

In der nächsten Nacht lag Nolan mit Beth und ihrem warmen Gewicht auf ihm im Bett. Sie stützte sich mit den Unterarmen auf seiner Brust ab, sodass sie ihre Brüste für seinen Genuss präsentierte. In ihr erschlaffte langsam sein Schwanz. Ihre Lippen waren von seinen Küssen und einem verdammt heißen Pre-Fick-Blowjob geschwollen.

Auch ihre Brüste waren geschwollen, die Nippel rot und

empfindlich. Er war kein Sadist, aber welcher Dom würde die erregende Massage ihrer Pussy nicht genießen, sobald er in einen Nippel zwickte? So gut. Er wechselte zur linken Brust.

„Woher bekommst du all diese Energie?" Lachend senkte sie den Kopf und rieb schläfrig die Wange an seinem Arm.

„Gesunde Lebensweise." Ihr langes, seidenweiches Haar ergoss sich auf seiner nackten Brust und er kämmte mit den Fingern durch die Locken. „Gute Länge, Süße. Behalte sie bei."

Als sie auf seinen Befehl hin – und genau das war es – mit den Augen rollte, verpasste er ihr einen Klaps auf den Arsch. „Sei nicht so frech zu deinem Master, kleines Häschen, sonst wird dein Puschelschwanz zu wund sein, um darauf zu sitzen."

„Besagter Puschel ist schon ziemlich wund, vielen Dank auch." Ihre Stimme war heiser, nicht vor Schmerz, sondern vom lauten Betteln und ihren hohen Schreien, als sie ihren Höhepunkt erreicht hatte. Nur gut, dass er eine Menge zusätzlicher Schalldämmung angebracht hatte. Er würde es hassen, müsste er die Laute unterbinden, die seine Beth machte, wenn er sie gründlich versohlte und fickte.

Er warf einen Blick auf den Babymonitor auf dem Nachttisch. Grüne Lichter zeigten an, dass die Tür des Kinderzimmers noch immer geschlossen war. Mit aufgedrehter Lautstärke konnte er sogar die Atmung der beiden hören.

In dem Wissen, dass sie Kinder wollten, hatte Zs Kumpel Simon bei der Einrichtung des Sicherheitssystems die Kinderausrüstung empfohlen.

Stets neugierig waren die Jungen begeistert gewesen, als Nolan die Alarme demonstriert hatte. Die letzten Tage hatten sie sich Nolan während seiner Abendrunde angeschlossen, hatten mit ihm Fenster und Türen geprüft und alles für die Nacht gesichert. Sie hatten sich gefreut, ihm dabei zu helfen, *Beff* zu beschützen.

Gute Kinder.

Beths Blick war ihm gefolgt, und mit ihrer unheimlichen Fähigkeit, seine Gedanken zu lesen, kicherte sie. „Wenn ich deinen Monitor in den See werfen würde, müsstest du die Türen offenlassen, um die Kinder zu hören – und du könntest deine arme Sub nicht mehr foltern."

„Ich würde einfach einen anderen Monitor kaufen. Auf keinen Fall werde ich darauf verzichten, meine kleine Sub zu quälen." Er massierte ihren Arsch und gluckste über ihr Quietschen und Wimmern. *Verdammt*, sie fühlte sich gut an. Ihr kleiner Hintern füllte sich, als sie wieder an Gewicht zunahm. Da Connors Magen etwa alle drei bis vier Stunden knurrte, verpasste auch sie keine Mahlzeiten mehr.

Er musterte die Art und Weise, wie das Mondlicht, das durch die Fenster strömte, die helleren rotblonden Strähnen in ihren Haaren hervorbrachte. „Du bist so wunderschön", murmelte er.

Tränen füllten ihre Augen.

Es war sowohl entzückend als auch frustrierend, dass sie sich selbst nicht so sah. „Eines Tages, hoffentlich bevor wir in einem Pflegeheim landen, wirst du ein Kompliment annehmen, ohne überrascht dreinzublicken. Du *bist* wunderschön, Beth."

„Das bist du auch, Master."

Wunderschön? „Also das ist eindeutig eine Beleidigung."

Sie kicherte. Ein Geräusch kam vom Monitor, und sie lauschten, wie eines der Kinder sich rührte, murmelte und wieder einschlief. „Ich werde sie wirklich vermissen, wenn sie uns verlassen."

„Yeah." Nolan streichelte ihr Haar. Sie zu verlieren, würde höllisch wehtun. „Was weißt du über die Großmutter?"

„Nur, was Drusilla mir über sie erzählt hat. Ihre Mutter war so fanatisch, dass Drusilla weglief." Sie machte ein unglückliches Geräusch, als sein Schwanz aus ihr rutschte.

„Und Price meinte, du solltest die Quelle in Betracht ziehen. Er hat nicht Unrecht. Abhängige sind nicht immer ehrlich."

„Das stimmt." Beth kuschelte sich an seine Seite und legte ihren Kopf auf seine Schulter. Seine anschmiegsame Sub. „Aber was ist, wenn sie mir die Wahrheit gesagt hat? Schließlich waren die Kinder nach dem Treffen mit ihrer Großmutter wirklich komisch."

Connor hatte wieder ins Bett gemacht und Grants Temperament war aufgeflammt. „Oder sie kommen einfach nicht gut mit Veränderungen zurecht."

Ihre Lippen pressten sich hartnäckig zusammen. „Nur hat Price nicht mal in Erwägung gezogen, dass es der Wahrheit entsprechen könnte. Da sie mit den Kindern verwandt ist, wird er nicht mehr tun, als eine Standardprüfung vornehmen – und ich bezweifle, dass sie im Gefängnis war."

Price war ein Arschloch. Keine Frage. Nolan schob eine Hand hinter seinen Kopf und betrachtete die Decke. „Wenn die Großmutter in Ordnung ist, werden die Jungen mit einer Blutsverwandten aufwachsen. Das wäre eine gute Sache, auch wenn wir sie vermissen würden."

„Ich weiß." Beths geflüsterte Antwort sprach von bevorstehenden Tränen.

Er rieb seine Fingerknöchel über ihre weiche Wange. „Denk daran, dass *religiös* nicht unbedingt verrückt bedeutet. Du nimmst immer wieder an Gottesdiensten teil. Kari und Andrea sind ziemlich in ihre Kirchen involviert."

„Das ist wahr. Aber Drusilla nannte ihre Mutter eine *Fanatikerin,* und sagte, ihre Mutter habe sie ausgepeitscht, wenn sie ungehorsam war. Ich will nicht, dass unsere Jungs dort leben müssen."

Eine Fanatikerin. Wenn wahr, war das nicht gut. Bei der Verfolgung ihrer unvernünftigen Überzeugungen würden Fanatiker alles ruinieren, was ihnen im Weg stand – auch Kinder. Wie ehrlich war Drusilla gewesen? „Wir schulden es den Jungs, dafür zu sorgen, dass sie in ein liebevolles Zuhause kommen. Wenn Price die Großmutter nicht unter die Lupe nimmt, sollten wir das tun."

„Ja! Ich würde mich so viel besser fühlen, wenn wir wüssten, was für eine Person sie ist." Beschwingt setzte sich Beth auf und legte ihre Hände auf seine Brust. „Morgen trifft sich Anne nach unserem Selbstverteidigungskurs mit uns zum Mittagessen. Bestimmt würde sie uns helfen."

Anne hatte als Privatdetektivin und Kopfgeldjägerin gearbeitet, bevor sie zu Galens Firma gewechselt war. „Gute Wahl. Ich werde Galen und Vance mit einbinden und auch Dan an Bord holen." Vance arbeitete immer noch beim FBI; Galen hatte das FBI verlassen, um seine eigene Firma zu gründen, die sich auf die Suche nach vermissten Menschen oder Dingen spezialisiert hatte. Als Polizist konnte Dan auf Akten aus dieser Umgebung zugreifen.

„Okay." Beth legte sich wieder neben ihn und ihr schlanker Körper entspannte sich. „Wir haben einen Plan."

KAPITEL ACHTZEHN

E s duftete nach Pizza, und Beth holte tief Luft, als sie den Weg in das italienische Restaurant anführte. Sie setzte sich an ihren Lieblingstisch in der Ecke. „Zwar konnten viele diesmal nicht mit, aber ich liebe diese Belohnung nach dem Selbstverteidigungskurs."

Anne zog ihren Stuhl heraus, verzog das Gesicht und zog ihn *noch* weiter heraus, bevor sie sich setzte. Im fünften Monat schwanger und endlich sah man es. „Ich verdiene keine Belohnung, aber ich werde trotzdem Pizza essen. Da die Übelkeit mittlerweile Geschichte ist, bin ich den ganzen Tag am Verhungern."

„Weißt du, du hast das *Ich bin schwanger*-Glühen", bemerkte Beth. „Und Ben hat ein Daddy-Glühen."

„Ich schwöre, er freut sich über jeden Zentimeter Bauchumfang", sagte Anne. „Und als er das Baby auf dem Ultraschall sah, hatte er Tränen in den Augen."

„Oh, wie süß." Lachend nahm Sally Platz, aber auch sie hatte Tränen in den Augen. „Du machst ihn so glücklich, Anne."

Anne zeigte mit dem Finger auf die Brünette. „Wage es nicht, mich zum Weinen zu bringen, sonst werde ich deine Master auf dich hetzen."

Mit einem Aufblitzen ihrer Grübchen warf Gabi mehrere Speisekarten in die Mitte des Tisches und setzte sich. „Vor nicht allzu langer Zeit hättest du ihren frechen Arsch selbst ausgepeitscht, Mistress."

Anne schniefte. „Dieser glückliche Tag wird wieder kommen. In der Zwischenzeit – wie Ben mir ständig sagt – muss ich delegieren."

Uzuri nahm Platz und stellte eine rot-weiß gestreifte Tragetasche auf den Boden. Seit ihrem ersten Kurs vor drei Wochen hatte die letzte verbliebene „Auszubildende" des Shadowlands pflichtbewusst an jedem Selbstverteidigungskurs teilgenommen.

Beth plante, mit Holt zu sprechen, um herauszufinden, was die Voraussetzungen für die Wette waren. Bis wann war Uzuri gezwungen zu gehen? Eine andere Wette könnte nötig sein, damit sie auch weiterhin den Kurs besuchte.

Sally bemerkte die auffällige Tragetasche und hob die Augenbrauen. „Interessante Kombination von Stilen, Freundin."

„Das ist wahr." Uzuri warf einen Blick auf ihr tadellos figurbetontes, hellblaues Kostüm, die Stiefeletten und die passende Clutch. Die Kaufhausmanagerin könnte wahrscheinlich selbst Business-Kleidung entwerfen. „Ich habe die Tasche für Beths kleine Dämonen mitgebracht."

„Dämonen? Entschuldige bitte? Meine Babys sind *Engel*." Beths Mundwinkel zuckten. Letzte Woche hatten die Jungs Uzuri und Sally dazu gebracht, mit ihnen im Pool zu spielen. Sie hatte Uzuri noch nie so laut lachen hören. „Aber ... Was ist der Anlass?"

„Ich weiß, dass Connor und Grant vielleicht nicht bei dir bleiben, es gab jedoch einen Back-to-School-Sale in der Kinderabteilung – und ich bekomme einen Mitarbeiterrabatt. Ich bin auch nur ein Mensch; wie sollte ich also widerstehen?" Uzuri übergab die Tasche. „Es ist gut, dass du keine Mädchen hast. Deren Kleidung ist noch niedlicher."

Beth zog Shorts heraus, zwei entzückende T-Shirts mit Streifen, andere mit Cartooncharakteren für Connor und Superhelden für Grant. *So perfekt.* „Du bist die einzige Person, die ich kenne, die Größen mit nur einem Blick erraten kann."

„Ich habe im Einzelhandel in der Kinderabteilung angefangen." Uzuri tätschelte die T-Shirts. „Es ist nichts zu auffällig, und ich habe die Kleiderordnung des Bezirks geprüft, um sicherzustellen, dass die Aufdrucke in Ordnung gehen – nichts Unmoralisches, Beleidigendes oder Rechtswidriges."

„Oh, mein Gott, ich hatte nicht einmal über Kleiderordnungen nachgedacht." Eine weitere Sache, die sie auf ihre Liste setzen musste. „Die Artikel sind einfach toll. Tausend Dank dafür!" Beth sprang auf, um ihre Freundin zu umarmen.

„Wie läuft es mit Connor und Grant?", fragte Gabi. „Und mit dir?"

„Du bist so eine Sozialarbeiterin." Und sie hatte Beth den perfekten Einstieg gegeben, um ein bestimmtes Thema anzusprechen. „Ich bin froh, dass du gefragt hast, denn ich muss euch um einen Gefallen bitten."

Sofort nickte jede einzelne Frau am Tisch.

„Ich habe euch noch nicht mal gesagt, um was es geht." *Nicht weinen, nicht weinen.* Die Enge in ihrer Kehle erschwerte ihr das Sprechen. „Nolan und ich wollen die Kinder behalten."

„Ja!", brüllte Sally. Gabi und Uzuri jubelten leiser. Anne sagte: „Ausgezeichnet."

Meine Weibergang. Nachdem sie Kyler geheiratet hatte, hatte er ihre damaligen Freunde vertrieben. Beth hatte das Gefühl, dass diese Frauen sie nicht so leicht aufgeben würden.

„Es wird nicht geweint", warnte Anne. „Bringst du mich zum Weinen, werde ich dich auspeitschen. Scheiß Hormone." Bei ihrem verärgerten Ton musste Beth einfach kichern.

„Also ... wobei brauchst du Hilfe?", fragte Gabi. „Wen müssen wir um die Ecke bringen?"

„Oh, Gabi, du kommst der Wahrheit zu nahe." Beth zog die Augenbrauen zusammen. „Erinnert ihr euch an den Idioten, der

Connor und Grants Fall bearbeitet? Mr. Price? Er will die Kinder an die Großmutter übergeben."

Beth legte die Fakten Stück für Stück dar und sah rundherum verständnisvolles Nicken. Sie schloss mit den Worten ab: „Price hat heute Morgen angerufen. Die Jungs werden am Donnerstag bei der Großmutter übernachten."

„Wer hätte gedacht, dass der alte Sack so schnell sein kann?", sagte Sally. „Du willst also wissen, ob Oma ein liebevolles, keksbackendes Kuschelmonster oder eine tollwütige Kuh ist."

Interessante Zusammenfassung. „Ähm, ja. Das Problem ist, ich kenne ihren vollständigen Namen nicht."

Privatdetektivin Anne und Hackerin Sally tauschten selbstgefällige Blicke aus. Sie waren beide Angestellte von Galens *Ich kann alles finden*-Unternehmen. „Kein Problem", sagte Anne. „Ich werde mir ihre Vergangenheit ansehen. Sally, du durchkämmst ihre Finanzen."

Sally salutierte ihr zu. „Jawohl, Ma'am."

„Digitale Hintergrundüberprüfungen sind gut, aber für diese Sache benötigen wir auch persönliche Informationen. Wie ist sie wirklich?" Anne runzelte die Stirn. „Es könnte schwierig sein, sich mit ihren Freunden und Nachbarn zu unterhalten, da du nicht willst, dass die Frau – oder Price – wissen, dass wir Nachforschungen anstellen."

„Nachdem wir dieses Jahr wahnsinnig viel Personal eingestellt haben, kann ich euch sagen, dass ich Leute großartig befragen kann", bot Uzuri an. „Aber ich weiß nicht, wie ich da hinterhältig sein soll."

Gabi lächelte. „Ich muss schon sagen: ausgezeichnetes Timing. Einige von Marcus' Jungs verkaufen Cookie-Teig, um Geld für den Sportclub zu sammeln." Der Sensei und Gabis Dom verbrachten viel Zeit mit hilfsbedürftigen Teenagern. Gabi fuhr fort: „Sobald Anne eine Adresse für uns hat, werden Uzuri und ich und die Jungs den Teig in Omas Nachbarschaft verkaufen und so an den guten Klatsch kommen."

„Perfekt." Anne ließ den Blick anerkennend über die Anwesenden schweifen, bevor sie sich an Beth wandte. „Wir sind für dich da."

Drohungen von der Mistress hin oder her, Beth konnte nicht anders: Sie brach in Tränen aus.

Grant versuchte, nicht finster dreinzublicken, als er Großmutters langweiliger Stimme lauschte. Er hatte sie heute nicht besuchen wollen. Er hatte bei Beth bleiben wollen; es war grad so lustig gewesen.

Nolan war zur Arbeit gegangen, Grant und Connor jedoch hatten Beth überreden können, mit ihnen Fußball zu spielen. Sie war wirklich gut und schnell, und sie hatte ihm coole Tricks gezeigt und gesagt, er hätte ein *Talent*. Aber dann mussten sie mit dem Spaß aufhören und sich darauf vorbereiten, dass dieser Price-Kerl sie zu Großmutters Haus brachte. Heute Nacht mussten sie sogar hier schlafen.

Er sah durch seine Wimpern und wünschte, sie würde aufhören, aus diesem Buch vorzulesen. Seine Knie taten weh. Warum erlaubte sie es ihnen nicht, sich während dem Bibelkram auf die Couch zu setzen?

Sie redete weiter und weiter. Ihr Haus roch komisch. Der Geruch erinnerte ihn an das Mittel, mit dem Beth die weißen Handtücher weißer machte.

Connor legte seine kalten Finger um Grants Hand. „Ich möchte zurück zu Beff", flüsterte er.

Großmutter hörte ihn. Ihr Blick bohrte sich in ihn und ihre grauen Augenbrauen zogen sich tadelnd zusammen, ihre Augen wie die eines Alligators. Sie mochte ihn und Connor nicht. Mama hatte sie auch nicht gemocht. Sie sagte, Mama sei immer böse und unartig gewesen. Auch sagte sie, Grant und Connor seien schlecht und verkommen, obwohl sie gar nichts gemacht hatten.

Er drückte Connors Hand und schaute auf den Boden. Sie hatte ihnen gesagt, sie sollten „gesenkten Hauptes" zuhören.

Connor hatte vor einer Weile angefangen, zu zappeln, und würde bald anfangen zu weinen.

Grant wollte auch weinen.

An diesem Abend saß Beth mit Nolan an der Kücheninsel, ein Stapel Papiere vor ihnen. Draußen entließ eine Möwe einen schrillen Schrei, und leise Stimmen kamen von dem See, wo die Nachbarn in der Dämmerung angelten. Im Haus war das einzige Geräusch das Brummen des Kühlschranks. Das Haus war zu ruhig ohne das Kichern von Kindern. Kein albernes Gezänk. Keine lustigen Imitationen von mähenden Schafen oder muhenden Kühen von Connor.

Die Spielfiguren in der Form von Nutztieren waren ein Hit gewesen ... ebenso wie die Zootiere, die Rennwagen, Brettspiele und alles andere. Sie schüttelte bedauernd den Kopf. Im Kinderzimmer hatte es bereits Spielzeug für Nolans Nichten und Neffen gegeben. Diese Anzahl war explodiert. Sie und Nolan hatten es vielleicht – *okay, definitiv* – übertrieben.

Genau wie deren Freunde. Linda war mit einem Miniaturkorralset einschließlich Pferden vorbeigekommen und hatte gesagt: „Sam und ich haben das gesehen und an die Kinder gedacht." Oder Rainie, die Pudel-Kuscheltiere für eine Werbeaktion der Tierklinik gekauft hatte und wollte, dass die Jungs zwei davon bekamen.

Kari hatte einen Einkaufsbeutel mit Kinderbüchern aus dem Gebrauchtbuchverkauf ihrer Schule zu ihnen gebracht. „Ich dachte, es wäre eine günstige Möglichkeit für euch, herauszufinden, was sie mögen." Andrea war mit einer riesigen Lego-Box erschienen, aus der ihre jüngeren Verwandten herausgewachsen waren.

Wenn die strenge Großmutter die Jungen in ihre Obhut nahm, würde sie den Kleinen dann erlauben, die neuen Spielsachen zu behalten? Der Gedanke zog Beth direkt in einen tiefen Sumpf der Emotionen. Würden sie Connor und Grant wirklich verlieren?

„Hey." Nolan zog sie an seinen soliden Körper und küsste ihre Schläfe. „Ganz ruhig, kleines Häschen. Gib nicht auf, bevor der Krieg überhaupt begonnen hat."

Sein Blick war genauso traurig wie ihrer und für ihn schaffte sie es, zu lächeln. „Ihr Soldatenjungs habt immer eine Kampfanalogie parat."

„Ganz im Gegenteil, Süße, mein gesamter Wortschatz stammt von X-Box-Spielen."

Das bezweifelte sie doch stark. Ja, sicher, er liebte es, alberne Videospiele mit Grant zu spielen, allerdings, und das hatte er deutlich betont, kamen ihm für die Kinder keine Kriegsspiele ins Haus. Nach einem Schluck Limonade, um den Kloß in ihrem Hals wegzuspülen, zog sie die Papiere nach vorne. So viele Berichte. So viel Zeit und Mühe. „Wir haben tolle Freunde."

„Ja, das haben wir." Er überflog die erste Seite. „Sally sagt, es gibt nichts Interessantes im Finanzbereich. Mrs. Ada Brun hatte als Sekretärin gearbeitet. Nun lebt sie von einer winzigen Rente und Sozialhilfe. Sie hat ein kleines Sparkonto. Sie spendet oft an eine fundamentalistische Kirche und ihren Missionsfonds."

„Eine fromme Kirchengängerin mit Zeit, sich den Kindern zu widmen." Beths Herz sank. „Wir sind am Arsch."

„Wenn sie gut zu den Kindern ist, müssen wir uns damit zufriedengeben."

„Ich weiß." Aber, oh, sie vermisste die Kleinen schon jetzt. Nichtsdestotrotz mussten sie hoffen, dass die Frau eine gute Person war.

Sie prüfte den Bericht von Galen und Vance. Keine Vorstrafen, keine Verhaftungen, nicht einmal einen Strafzettel. Sie hatte ein Kind geboren. Der Ehemann war gestorben, als Drusilla im

Teenageralter war, was ein Grund dafür sein könnte, dass das Mädchen weggelaufen war. „Nichts Interessantes in den Informationen der FBI-Agents."

„Gabi und Andrea berichten, dass die Frau zu Kirchen- und Missionsversammlungen und Gebetsgruppen geht. Sie hatte im Laufe der Jahre einige kleinere Streitereien mit den Nachbarn. Sie hat keinen Mann an ihrer Seite, keine Liebhaber und hält ihr Haus sauber."

„Sie ist eine Heilige." Beths Herz brach. Sie würden die Kinder verlieren. Sie wusste es einfach.

„Aufstehen." Das Deckenlicht ging an.

Bei der Stimme seiner Großmutter setzte sich Grant im Bett auf und blinzelte. Durch den Vorhang kamen noch keine Sonnenstrahlen. „Ist es schon morgen?"

„Ja. Hast du nicht gehört, wie ich dich gerufen habe?" Seine Großmutter betrat das Zimmer. „Wir werden vor dem Frühstück in der Bibel lesen."

Grant rieb sich die Knie, immer noch wund von den langen Gebeten vor dem Schlafengehen.

„Was ist das denn?" Ihre Augen verengten sich und sie durchquerte den Raum, um ein Brötchen aufzuheben, das Connor beim Abendessen in die Tasche gesteckt hatte. „Essen wird zu den Mahlzeiten serviert, zu keiner anderen Zeit, und es wird sicherlich nicht in das Schlafzimmer mitgenommen." Mit dem Brötchen verließ sie den Raum.

In der Hoffnung, dass Connor nicht kurz davor stand, in Tränen auszubrechen, warf Grant einen Blick auf seinen Bruder.

Er schlief immer noch tief und fest. Gestern Abend hatte Connor lange geweint und sich Nolan und Beth herbeigewünscht. Großmutter hatte ihnen kein Bad gegeben, keine Geschichte vorgelesen, kein Wiegenlied vorgesungen. Es hatte nur Gebete auf den Knien gegeben, bevor sie den Raum verlassen und das Licht ausgemacht hatte.

Grant war ein großer Junge, jedoch hatte er es vermisst, von Beth zugedeckt und auf die Wange geküsst zu werden. Und dass sie ihm vorsang. Ihr zuzuhören, fühlte sich an, als würde man im Pool treiben. Aber jetzt schmerzte der Gedanke an sie und Nolanman. Ein Schmerz direkt unter seinen Rippen. Er rutschte aus seiner Seite des Bettes. „Wir müssen aufstehen, Connor."

Während Connor noch gähnte und sich die Augen rieb, kehrte Großmutter zurück. „Ich sagte: aufstehen!" Sie riss die Decke von Connor und stieß einen wütenden Schrei aus. „Du hast ins Bett gemacht! Meine gute Matratze ist ruiniert! Du *schrecklicher* Junge!" Mit einem Griff um Connors Arm zog sie ihn aus dem Bett und schlug immer wieder auf seinen nassen Hintern.

Vor Schmerz schreiend, kämpfte Connor verzweifelt gegen ihren brutalen Griff.

„Hör auf!" Grant schubste sie. „Lass ihn in Ruhe, du ... du Schlampe!"

Sie ließ von Connor ab und drehte sich zu Grant. „Wie hast du mich gerade genannt?"

Grant trat einen Schritt zurück, aber sie packte ihn an den Haaren.

Sie beugte sich vor und schrie ihm ins Gesicht: „Meine Tochter war ein Flittchen ohne Moral und ohne Anstand. Von der Welt in die Irre geführt. Sie hat euch ruiniert. Ich jedoch werde dafür sorgen, dass ihr wieder auf den Pfad der Tugend zurückgebracht werdet. Gott hat mir diese undankbare Pflicht auferlegt."

Tränen füllten Grants Augen, weil sie ihm wehtat ... körperlich und auch mit ihren Worten. „Ich bin nicht ruiniert."

Ihr Griff schmerzte, als sie ihn den Flur hinunter zum einzigen Badezimmer zog. „Böse Worte müssen weggespült werden. Mund aufmachen."

Anstatt zu hören, presste er die Lippen fest aufeinander. Er starrte ihr in die Augen, bis sie hart an seinen Haaren riss. Er konnte die Tränen nicht zurückhalten und weinte stärker, als sie Seife in seinen Mund schob. Er würgte und schluchzte, alles brannte.

Als er sich schließlich übergab, ließ sie ihn gehen und trieb ihn mit harten Schlägen auf den Hintern zurück ins Schlafzimmer.

Weinend sank er in einer Ecke zu Boden. *Ich will Nolanman. Ich will Beth.*

Nachdem sie die Bettwäsche abgezogen hatte, schloss sie beide im Schlafzimmer ein. „Böse Jungs bekommen kein Essen. Betet, dass ihr lernt, gehorsam zu sein."

Connor war anscheinend unter das niedrige Bett gekrochen, denn Grant konnte sein Schluchzen hören.

Großmutter war gemein. Schrecklich gemein. Grant blinzelte und wünschte, er hätte sie getreten. Oder gebissen. „Kein Wunder, dass Mama von ihr weggelaufen ist." Seine Worte waren ein Flüstern, für den Fall, dass sie noch im Haus war.

Connor schniefte. „Ich will auch weglaufen."

Könnten sie das? Er wusste nicht, wohin sie gehen konnten, aber zumindest wären sie nicht länger hier.

Kurze Zeit später schlug die Haustür zu und alles war ruhig.

Sie könnten verschwinden.

Grant versuchte, die Tür zu öffnen. *Abgeschlossen.* Er trat dagegen und seufzte. Am Fenster zog er die Vorhänge zurück. Kein Fliegenschutz. Und ihr Garten hatte keinen Zaun. Ja, sie könnten weglaufen.

Mit neugewonnener Hoffnung versuchte er, dass Fenster aufzuschieben.

Es bewegte sich nicht.

Sie hatte es wahrscheinlich verriegelt; sie mochte es, Dinge zu verriegeln. Als er jedoch einen Stuhl zum Fenster zog und sich draufstellte, sah er, dass der Riegel abgebrochen war. Warum konnte er das Fenster also nicht hochschieben? Bei näherer Betrachtung sah er kleine Löcher an der Innenseite des Rahmens.

Das Fenster war zugenagelt worden.

In seinem Büro im Obergeschoss gleich neben Beths beendete Nolan einen Kostenvoranschlag für eine Immobilie, streckte sich und warf einen Blick auf die Uhr. Beth war unten und tröstete sich mit Lesen, bis die Jungs zurückkamen – was bald sein sollte. Bevor er den Computer herunterfuhr, checkte er seine E-Mails. Ah, eine von Anne. Er hatte sich schon gewundert, warum sie keinen Bericht von ihr erhalten hatten.

Nachdem er den ersten Absatz gelesen hatte, ging er zur Tür und rief: „Beth, Anne hat uns eine E-Mail geschickt."

Ihre Schritte kamen schnell die Treppe hoch und näherten sich rennend seinem Büro. „Was sagt sie?"

„Wir werden sie zusammen lesen." Er zog sie vor dem Monitor auf seinen Schoß.

Annes ursprüngliche Zusammenfassung besagte, dass sie bei der Hintergrundüberprüfung der Großmutter nichts Interessantes gefunden hatte. Sie hatte jedoch alle Daten zusammengeführt und eine weitere Zusammenfassung geschrieben.

Drusilla berichtete, dass sie wegen des „religiösen Fanatismus" ihrer Mutter von zuhause weggelaufen sei. Ada Brun lebt nur für ihre Kirche, hat keine anderen Interessen als Religion. Einblicke in das Haus zeigen einen Altar im Wohnzimmer mit brennenden Kerzen. Religiöse Kunstwerke schmücken die Wände. Obwohl ein kleiner Fernseher vorhanden ist, können sonst zur Unterhaltung nur eine Bibel und religiöse Traktate gefunden werden. Weitere Zeitschriften oder Bücher wurden nicht vermerkt. Ihr Leben scheint in einem ungesunden Maße unausgewogen zu sein.

„Nur ist es schwierig, jemanden anzuklagen, weil er religiös ist", sagte Beth in einem düsteren Ton.

„Das stimmt. Übermäßig kontrollierend und streng zu sein, ist jedoch ein Problem, wenn es um Kinder geht. Lies das hier." Er wies auf den nächsten Absatz.

Nachträgliche Interviews mit den Nachbarn zeigen, dass alle Streitereien Auswüchse der Beschwerden von Mrs. Brun über verschiedene Kinder waren, die über ihren Rasen gerannt sind, zu laut in ihren eigenen Gärten (oder an einem Sonntag) spielten oder „böse" Sprache benutzten – wieder in ihren eigenen Gärten oder auf der Straße. Sie legt großen Wert auf die Einhaltung des „Sabbats". Sie kritisiert oft die Kindererziehung von Nachbarn anhand verschiedenster Bibelverse. Obwohl die Nachbarn die Zitate nicht mehr zusammenbekamen, erinnerte man sich an genug, um die Zitate herauszusuchen. Siehe unten:

„Wer seine Rute schont, der haßt seinen Sohn; wer ihn aber lieb hat, der züchtigt ihn bald." Sprüche 13:24

„Steckt Torheit tief im Herzen eines Kindes, so wird die Zuchtrute sie ihm austreiben." Sprüche 22:15

„Lass nicht ab, den Knaben zu züchtigen; denn wenn du ihn mit der Rute schlägst, so wird er nicht sterben. Indem du ihn mit der Rute schlägst, rettest du seine Seele vor dem Totenreich." Sprüche 23:13-14

„Bring dein Kind schon in jungen Jahren auf den richtigen Weg, dann hält es sich auch im Alter daran." Sprüche 22:6

„Rute und Tadel gibt Weisheit; aber ein Knabe sich selbst überlassen, macht seiner Mutter Schande." Sprüche 29:15

Beth starrte Nolan vollkommen bestürzt an. „Und sie hat unsere Jungs?"

„Ich rufe Price an." Er stellte sie auf die Füße und griff nach seinem Handy.

Beth setzte sich auf seinen Bürostuhl und lauschte dem Gespräch.

Nolan lief im Büro auf und ab und schaffte es schließlich, zum Sachbearbeiter durchzukommen. „Price, nach Informationen, die wir erhalten haben, ist Connor und Grants Großmutter eine verdammte Fanatikerin. Bei ihr dreht sich alles um körperliche Züchtigung, so wie das die Bibel vorgibt."

Beth hielt den Atem an. *Bitte lass Price nur einmal vernünftig reagieren.*

Nolan hörte zu und antwortete: „Ja, sie glaubt daran, die Rute nicht zu schonen und ähnlichen Quatsch. Hattet ihr uns nicht gesagt, dass körperliche Züchtigung verboten ist?"

Prices Stimme war für sie zu leise.

Nolans Kiefer verwandelte sich in Granit. „Verwandte unter-liegen nicht denselben strengen Richtlinien wie Pflegeeltern? Eine Handlung ist entweder falsch oder nicht. Verdammt noch-mal, Price, diese Jungs haben genug gelitten."

Nachdem er eine Minute zugehört hatte, legte er einfach auf.

Als Beth ihre Arme um seine Taille schlang, konnte sie die Wut spüren, die von ihm ausging. „Was hat er gesagt?"

„Er wollte sie sowieso in ein paar Minuten abholen. Er wird die Kinder fragen, wie es gelaufen ist, wenn sie im Auto sind – so sind die Vorschriften. Wenn sie sich beschweren, dass sie missbraucht wurden, wird er die Großmutter genauer unter die Lupe nehmen."

„In Ordnung", sagte Beth vorsichtig. „Das ist ein Anfang."

„Er erinnerte mich auch daran, dass wir nur Pflegeeltern sind, die den Jungen bis zur Vermittlung ein vorübergehendes Zuhause bieten. Jede unangebrachte Einmischung führt dazu, dass die Kinder in eine andere Familie wechseln müssen."

„Eine Drohung."

Nolan nickte.

„Was können wir tun?" Beth rieb ihre Wange über sein abge-nutztes Arbeitshemd und lauschte dem langsamen Schlag seines Herzens.

„Abwarten und sehen, wie es gelaufen ist." Er seufzte. „Wir müssen die Möglichkeit in Betracht ziehen, dass Annes Schluss-folgerungen falsch sind. Vielleicht wird die alte Dame ihre Enkel-kinder verehren."

„Vielleicht."

Sein Kiefer knackte. „Wenn die Großmutter jedoch die

CHERISE SINCLAIR

Kleinen misshandelt, werden wir die Verantwortlichen auseinandernehmen."

Beth spürte, wie alte Ängste zurückkehrten. Damals, als sie diejenige gewesen war, die missbraucht wurde, hatte sie sich mit sozialen Einrichtungen befasst. Nichts bewegte sich schnell, und einige Leute wie Price zogen es vor, den Staub nicht aufzuwirbeln. Weil es ihnen einfach egal war.

„Beth?" Sir zog sie an sich und legte sein Kinn auf ihren Kopf.

Obwohl ihre Arme mit Nolan gefüllt waren, fühlten sie sich immer noch leer an. „Alles ist gut. Alles wird gut", hauchte sie.

Sie wusste, dass sie log.

In dem stark beleuchteten Esszimmer stocherte Grant mit seiner Gabel im Essen herum. Es war ein Hamburger, aber nicht in einem Brötchen. Er hatte den Burger probiert und dann gekaut und gekaut und gekaut. Er wollte nicht mehr kauen.

Sein Magen fühlte sich ganz verdreht an, obwohl sie nicht gefrühstückt hatten. Zum Mittag war er hungrig gewesen, bis Großmutter für eine halbe Ewigkeit aus diesem Bibelbuch vorgelesen und ihn jedes Mal angefunkelt hatte, wenn sein Magen knurrte.

„Gehen wir heute nachhause?", fragte Connor die Großmutter.

Der Mund der Frau spannte sich an, und ihre Augen wurden böse, sodass sie fast wie Mama in ihrem verrückten Zustand aussah. Grant wurde schlecht; er hätte Connor sagen sollen, lieber den Mund zu halten.

Großmutter schlug hart genug auf den Tisch, sodass das Geschirr klapperte. „Das hier ist dein Zuhause."

Connor schrumpfte in seinem Stuhl zusammen und Tränen füllten seine Augen.

„Iss dein Essen", befahl sie.

Connor schüttelte den Kopf und sein Kinn bebte.

Als sie langsam aufstand, sagte Grant schnell: „Er wird sich übergeben, wenn er beim Weinen isst."

„Wenn ihr beiden denkt, dass euch Tränen weiterbringen, dann kann ich euch hier und jetzt sagen, dass ihr damit bei mir nicht durchkommt." Sie nahm Connors Teller, obwohl dieser noch voll war. „Vielleicht wird er zum Abendessen wieder hungrig sein."

Abendessen? „Aber ..." Sollten sie heute nicht nachhause gehen? Grant fragte nicht. *Bitte sorge dafür, dass der Price-Mann sie bald abholte. Bitte.*

Ein paar Minuten später, als auch Grant nichts mehr herunterbekam, nahm Großmutter seinen Teller und aß die Reste, während er und Connor schweigend zusahen. Nachdem sie sich den Mund abgetupft hatte, schaute sie auf die Wanduhr und runzelte die Stirn.

Sie kam zu ihnen und stellte sich zwischen die beiden Stühle. Instinktiv versuchte Grant, von ihr auf Abstand zu gehen. „Mr. Price wird euch fragen, wie dieser Besuch gelaufen ist. Ihr werdet ihm sagen, dass ihr eine *wundervolle Zeit* hattet."

Connor starrte sie an. „Aber das hatten wir nicht."

Ihre dürren Hände packten Connors Schultern. Sie hob ihn hoch, schüttelte ihn heftig und knallte ihn wieder auf den Stuhl. „Du hattest eine wundervolle Zeit!" Sie schüttelte erneut seine Schultern. „Wun-der-voll."

Connor weinte so heftig, dass er wahrscheinlich nichts von dem hörte, was sie sagte.

„Wir werden es nicht vergessen." Als sie zurücktrat, legte Grant seinen Arm um Connor und presste entschlossen die Lippen zusammen. Er würde dem Price-Mann die Wahrheit sagen. Oh ja, das würde er.

„Mr. Price wird mich wissen lassen, was ihr ihm sagt." Großmutters Augen zeigten in ihrem faltigen Gesicht nur eisige Kälte. „Wenn ihr mehr sagt, als den Satz, den ich euch aufgetragen habe

– zu Price oder euren Pflegeeltern –, werde ich es wissen, und es wird euch leidtun."

Etwas in Grant zerbrach in diesem Moment. Nachdem Grant mit Jermaine zusammengelebt hatte, wusste er genau, was sie damit meinte.

Sie würde ihm wehtun. Sie würde Connor wehtun.

Im Wohnzimmer stand Nolan neben Price und ... er hatte ein ungutes Gefühl. Grant und Connor waren ins Haus gerannt gekommen, hatten Nolan umarmt, als hätten sie ihn seit Wochen nicht gesehen, bevor sie Beth in die Arme gefallen waren.

Beth hatte sich auf die Couch gesetzt und die beiden klammerten sich auch jetzt noch wie verängstigte Äffchen an sie.

Stirnrunzelnd musterte er die Kleinen. *Zum Teufel*, könnten sie unter ihre Haut kriechen, würden sie es tun. Er sah zu Price. „Connor hat offensichtlich geweint."

„Das ist nicht überraschend. Veränderungen beunruhigen ein Kind in seinem Alter, und er hat viel durchgemacht." Prices Ausdruck war selbstgefällig. „Ich bin mir sicher, dass sie sich schnell bei ihrer Großmutter einleben werden."

„Was haben sie zu ihrem Besuch gesagt?"

„Sie hatten eine wundervolle Zeit." Price bemerkte Nolans Unglauben. „Fragen Sie die Kinder selbst."

„Das werde ich."

Connor saß auf Beths Schoß, sein Gesicht an ihre Brust gepresst. Ihr Arm lag um Grants Schultern, der sich an ihre Seite schmiegte.

Als sich Nolan neben Grant setzte, kroch der Junge auf Nolans Schoß. Das sah seinem unabhängigen Grant gar nicht ähnlich. Nein, er verhielt sich nicht so, als hätte er eine *wundervolle* Zeit gehabt. „Wie ist es bei eurer Großmutter gelaufen, Grant?"

Grants Gesicht lag an Nolans Schulter, und seine Stimme war gedämpft: „Wir hatten eine wundervolle Zeit." Er benutzte genau die Worte, die Price wiedergegeben hatte.

„Mochtest du deine Großmutter?"

Der zähe kleine Junge spannte sich an. Diesmal kam seine Antwort langsamer. „Äh, ja."

Price klatschte in die Hände. „Na bitte. Was habe ich Ihnen gesagt, Mr. King. Die Kinder haben die Zeit genossen." Price ging zur Tür. „Ich werde damit beginnen, alles vorzubereiten, sodass sie dauerhaft bei ihrer Großmutter einziehen können. In der Zwischenzeit wird es Besuche geben – so können sich alle besser kennenlernen. Ich werde für morgen eine weitere Übernachtung mit ihr arrangieren."

„... dauerhaft bei ihrer Großmutter einziehen können." Die Worte des Price-Mannes wiederholten sich in Grants Kopf wie ein Zug, der im Kreis fuhr. Jedes Mal, wenn er den Satz hörte, wollte er schreien, brüllen und Dinge werfen.

Gerade jedoch galt Ruhezeit – wie immer nach dem Mittagessen. Also malte er am Schlafzimmertisch einen LKW mit langen, gezackten, schwarz-roten Streifen an der Seite. Er riss das Blatt aus dem Block, zerknüllte es und warf es durch das Schlafzimmer. „Ich hasse den Price-Mann. Und Großmutter auch."

Connor sah ihn aus großen Augen an und nickte. Nach einer Minute legte er seine beiden Cookies in seinen Kühlschrank.

Als Beth gesagt hatte, sie hätte Mac&Cheese, erhob Price das Wort und versicherte ihr, dass Großmutter ihnen bereits Essen gegeben hatte. Sobald der Mann gegangen war, hatte Connor um etwas zu essen gebeten. Sie hatten die Teller mit Mac&Cheese und den kleinen Karotten geleert, also hatte Beth ihnen mehr gegeben. Als sie auch die Portion aßen, runzelte sie die Stirn und fragte, ob Großmutter vergessen hätte, ihnen etwas zum Essen zu geben. Obwohl sie gelächelt hatte, war der Gesichtsausdruck merkwürdig gewesen.

Als Connor ihr sagte: „Wir hatten eine wundervolle Zeit", war auch ihr Lächeln verschwunden.

Später hatte sie Connor zwei Cookies gegeben. „Einer für dich, einer für Grant. Für deinen Kühlschrank."

Nachdem sein Bruder die Cookies reingelegt hatte, machte er die Kühlschranktür zu und setzte sich davor. „Ich mag Großmutter nicht. Ich will nicht bei ihr leben."

„Ich auch nicht." Grant setzte sich auf dem Teppich neben ihn. „Ich will hierbleiben."

„Aber der Mann sagte, dass das nicht geht. Beff will ein Mädchen, hat er gesagt, keine großen, ungeschickten Jungs."

Der Price-Mann sagte, dass fast niemand große, ungeschickte Jungen adoptierte. Grant zog die Augenbrauen zusammen und musterte seine Hände. War er ungeschickt? Nolan sagte, er könne gut schwimmen und Fußball spielen. Aber selbst wenn er nicht ungeschickt war, waren er und Conner keine Babys. Keine Mädchen.

Sein Kinn bebte. Warum konnte Beth nicht stattdessen Grant und Connor wollen?

„Vielleicht können wir Beff dazu bringen, Jungs zu mögen?", sagte Connor wenig überzeugt. „Wenn wir superartig sind ..."

„Ja, aber Pflegeeltern bekommen Geld dafür, wenn sie sich um Kinder von anderen Leuten kümmern. Wenn Beth und Nolan uns also für immer behalten, passen sie nicht mehr auf andere Kinder auf und bekommen auch kein Geld."

„Oh." Connor stieß einen Seufzer aus.

Als der Price-Mann die Sache mit dem Geld erklärt hatte, hatte Grant ihm nicht glauben wollen. Schließlich sagten Erwachsene nicht immer die Wahrheit, aber er erinnerte sich daran, dass Rory aus der Schule bei Pflegeeltern lebte, und er hatte gesagt, sie bekämen dafür Geld. Und sie hatten zu Rory gesagt, dass sie nicht genug Geld bekamen, um ihm Xbox-Spiele oder ein Skateboard zu kaufen.

„Würde Beff uns mögen, wenn wir ihr Geld geben würden?", fragte Connor. „Ich habe einen Dollar."

Der Hoffnungsschimmer starb dahin. „Ein Dollar ist nicht viel."

Connors Mundwinkel sackten nach unten. „Ich schätze, wir müssen zu der gemeinen Frau zurück." Schniefend schob er einen Koffer zur Seite und kroch unter das Bett.

Grant zog den Koffer weiter heraus und schloss sich ihm an. Die Dunkelheit fühlte sich richtig an – wie zuhause.

Zuhause.

Er stoppte in seiner Bewegung und sah zu Connor, als die Hoffnung in ihm wieder aufflammte, groß und stark und entschlossen. *„Mama* hatte Geld."

An diesem Abend saß Beth mit einem ungeöffneten Buch im Wohnzimmer und lauschte einfach, wie die Jungen in ihrer übergroßen Badewanne planschten. Das Kichern der beiden, das sich mit Nolans tiefem Lachen vermischte, beschwichtigte ihre Sorgen.

Nach der Ruhezeit der Kinder, die sie in ihrem Zimmer verbracht hatten, waren sie mit einem Lächeln herausgekommen. Als Nolan sagte, er würde mit ihnen mit dem Kanu rausfahren, jubelten sie sogar. Danach hatten sie geholfen, die Pizza zu belegen und aus Salamischeiben glückliche Gesichter zu gestalten.

Glückliche Gesichter.

Sie hatte sich zwingen müssen, fröhlich zu sein, denn als sie sich für den See in Shorts geworfen hatten, war ihr Blick sofort auf die Beine der Kleinen gefallen. Ihre armen Knie waren nicht auf eine Weise zerkratzt, wie es bei einem normalen, abenteuerlustigen Kind eben zu erwarten war. Sie wusste genau – *oh, und wie sie es wusste* –, was diese geröteten Flecken bedeuteten. Obwohl sie oft für Master Nolan kniete, bestand er darauf, dass sie ein Kissen benutzte, wenn der Boden nicht mit Teppich ausgelegt war. Aber ihr erster Ehemann? Oh, er hatte es geliebt, sie auf Beton oder Hartholz knien zu lassen.

Nolan, der aufmerksamste Dom überhaupt, hatte die Spuren an den Jungen natürlich auch gesehen, und sie hatte seinen Ausdruck noch nie so finster erlebt. Gesagt hatte er jedoch nichts. Er hatte nur zu ihr geschaut und den Kopf geschüttelt, um ihr zu vermitteln, dass sie Geduld beweisen mussten. Und sie verstand. Während er ihnen half, ihre Haare zu waschen, katalogisierte er jede einzelne Verletzung an den Körpern der Kinder.

Beth blickte auf ihr Buch und warf es auf den Couchtisch. Nichts konnte gerade ihr Interesse wecken. Wäre die Großmutter nett, würde Beth den Verlust der Kinder betrauern, sicher, gleichzeitig würde sie sich jedoch freuen, dass die Kleinen einen liebevollen Verwandten hatten. Aber diese Frau ...

Wie konnten sie die Kinder zu einer Frau gehen lassen, die sie misshandelte?

Schritte. Das Kichern wurde lauter. Die Jungen kamen aus dem Badezimmer. Die Geräusche verrieten ihr, dass sie sich Pyjamas aus der Kommode holten und sich darüber stritten, welchen Superhelden-Print jeder tragen würde.

Ihr Lächeln verblasste, als ein grimmiger Nolan den Raum betrat. „Was ist?", fragte sie.

„Connor hat blaue Flecken am Po. Auch sah ich einige Prellungen an ihren Schultern und Oberarmen." Er setzte sich neben sie.

Blinde Wut erfüllte sie so schnell, dass sie nur noch Rot sah. „Sie ließ sie lange genug knien, um Spuren zu hinterlassen. Und jetzt sagst du mir, dass sie auch selbst Hand angelegt hat?" Beth konnte nicht länger still sitzen und lief wutentbrannt durch den Raum. „Sie waren so hungrig, dass sie ihnen garantiert Essen vorenthalten hat, oder? Das hat sie, meinst du nicht auch?"

„Ganz ruhig, Süße." Er zog sie auf seinen Schoß. „Vielleicht war sie es, vielleicht ist Connor hingefallen. Könnte sein, dass die Jungs gekämpft und davon Prellungen davongetragen haben. Sie wollten es mir nicht sagen. Kein verdammtes Wort. Wir werden es jedoch herausfinden und alles in Ordnung bringen."

Ihr Körper vibrierte. „Ich werde die Frau umbringen. Das wird es richten."

Sein tiefes Lachen rumpelte durch den Raum. „Es wäre besser, wir finden eine andere Methode. Die Kinder werden dich nicht im Gefängnis besuchen wollen."

„Du nimmst das so gelassen hin." Sie drehte sich zu ihm um. Da er normalerweise so überfürsorglich war, hätte sie erwartet, dass er explodieren würde.

„Ich bin ein gelassener Mann." Bei ihrem skeptischen Schnauben seufzte er. „Und ich werde den verbogenen Handtuchhalter im Badezimmer der Kinder reparieren müssen."

Das klang schon eher nach ihrem Dom.

„Was machen wir jetzt?", fragte sie.

„Es gibt nicht genug Beweise, um mit dem Finger auf jemanden zu zeigen, aber … wir sind gesetzlich verpflichtet, jeden Verdacht auf Missbrauch zu melden, also werden wir uns an das Gesetz halten. Ich werde Price wissen lassen, dass wir uns Sorgen machen."

Sie dachte eine Minute nach. „Nachdem du Price angerufen und die Verletzungen gemeldet hast, werde ich seine Vorgesetzte über unsere Beobachtungen informieren. Mrs. Molina schien ein netter Mensch zu sein."

„Gute Idee." Er knurrte. „Wenn die Jungs nicht reden wollen, können wir für den Moment nicht viel machen."

„Aber, Sir, die Kinder gehen morgen früh zu ihr zurück." Beth war nach Weinen zumute. „Lass uns wegrennen. Wir schnappen uns die Jungs und verschwinden. Wir k-können in Südamerika leben oder so."

Seine Lippen pressten sich zusammen. „Ich verstehe dich. Nur würden wir Probleme haben, sie aus dem Land zu bekommen. Zumal sie uns als vermisst melden würden. Wir werden uns an die Regeln halten ... vorerst. Wenn das System sie verrät, dann ja. Unsere Aufgabe ist es, sie zu beschützen, und das werden wir – unabhängig von den Kosten – auch tun."

Er hatte Recht. Sie hasste es, aber er hatte Recht. Nur ... „Was ist, wenn sie ihnen wehtut?"

„Ganz ruhig, Liebling. Wir wissen nicht, ob sie es getan hat, okay?" Er hielt sie auf seinem Schoß gefangen, bevor sie wieder durch den Raum marschieren konnte. „Nur für den Fall werde ich Galen beauftragen, Mrs. Bruns Haus zu beobachten. Mit einem dieser Geräuschdetektoren hört der Agent, wenn sie Grant oder Connor zum Weinen bringt. Und so kann im Notfall jemand einschreiten."

„Oh." Sowohl Intervention als auch ein Zeuge. „Ich mag die Idee." Sie überlegte. „Ich wette, Gabi, Uzuri und die anderen hätten kein Problem damit, die alte Frau zu besuchen und zu versuchen, ihr Cookie-Teig zu verkaufen."

„Na bitte." Er streichelte ihre Haare. „Wir werden sie in Sicherheit bringen. Irgendwie werden wir sie in Sicherheit bringen."

Sie drehte sich in seinen Armen und setzte sich rittlings auf ihn. „Ich liebe dich so sehr, mein Master." Sie küsste ihn. Sanft und süß.

Mit einem Lachen riss er sie an sich und übernahm die Kontrolle über den Kuss. Sie konnte seine Wut schmecken.

Ein Kichern unterbrach sie. Zwei gut geschrubbte Jungen in Pyjamas standen in der Tür.

Beth rümpfte die Nase. „Ihr findet es also lustig, wenn Nolanman mich küsst?"

Immer noch kichernd nickte Connor.

„Okay, mein Großer, das bedeutet Krieg." Sie nahm ein weiches Kissen und feuerte es auf ihn.

Die Schlacht war eröffnet.

KAPITEL NEUNZEHN

Als die Großmutter am Samstagmorgen die Haustür verriegelte, schlich Grant zum Fenster und zog den Vorhang zurück, um zuzusehen, wie der Price-Mann wegfuhr. *Endlich.*

Bevor er gegangen war, hatte Mr. Price der Großmutter gesagt, dass sie Grant und Connor besser nicht schlagen sollte, da Nolan mit einem Nachspiel gedroht hatte – was auch immer das für ein Spiel war. Das hatte Großmutter wütend gemacht.

Mr. Prices Auto bog um die Ecke und verschwand.

Sein Herzschlag beschleunigte sich und Grant flüsterte zu Connor: „Bist du bereit?"

Connor packte seinen kleinen Rucksack fester und nickte.

Grant drehte sich um. „Oh nein! Großmutter, mein T-Shirt ist aus meinem Rucksack gefallen. Kann ich es holen gehen?" Grant versuchte, sich wie ein *artiger* Junge zu benehmen, und zeigte durch das Fenster auf sein rotes T-Shirt auf dem Bürgersteig. Mr. Price hatte es nicht mal gesehen.

Ihre Lippen pressten sich aufeinander, was ihn an Conner erinnerte, wenn er eine saure Weintraube aß. „Das war nachlässig von dir. Hol es sofort." Sie entriegelte die Haustür und öffnete sie.

Mit Connor neben sich eilte Grant zur Tür.

„Du nicht." Sie packte Connors Schulter.

Nein! Von Panik getrieben senkte Grant den Kopf und rammte in sie.

Sie taumelte zurück.

Grant packte Connors Hand, stürmte durch die Tür und rannte um die Ecke nach hinten. Im Garten liefen sie zum Haus nebenan, zum nächsten, im Zickzack über leere Grundstücke und Straßen. Er hörte Großmutter nach ihnen brüllen und er rannte schneller.

Immer und immer weiter.

An der ersten Bushaltestelle rannte er vorbei und versteckte sich hinter einem Haus, damit Connor zu Atem kommen konnte.

Auch die zweite Bushaltestelle war zu nah.

An der Dritten stiegen sie in einen Bus, der in die Innenstadt fuhr. Der Fahrer runzelte die Stirn, schloss aber die Tür und reihte sich in den Verkehr ein.

Niemand achtete auf sie, als sie mittig vom Bus einen leeren Sitzplatz wählten. Schließlich saßen sie, und Grant hielt seine Hand hoch und kicherte, als Connor mit ihm einschlug.

Es war bisher ein verdammt beschissener Morgen gewesen. Zumindest seiner Meinung nach.

Das konnte er nicht von allen behaupten. Nolan beobachtete seine fröhliche Bauarbeitercrew bei der Arbeit an dem zehnstöckigen Geschäftsgebäude. Diese gut gelaunten Jungs werden an diesem Wochenende Überstunden anhäufen.

Leider hatte sein Tag damit begonnen, Price zu drohen und dem Bastard zu sagen, dass er ihn dafür haftbar machen würde, wenn die Jungs erneut verletzt zu ihm zurückkehrten. Die Drohung hatte sich gut angefühlt, nur befürchtete er, dass er das Arschloch damit verärgert hatte. Nachdem Price losgefahren war, hatte Nolan Galen angerufen, damit der seinen Mann zum Haus der Großmutter schickte.

Es war nicht genug. Trotz des sonnigen Tages standen ihm im Nacken die Haare zu Berge.

Er richtete seine Aufmerksamkeit auf die Pläne, die er für den Vorarbeiter prüfte. Der Zeitplan war letzte Woche durcheinandergeraten, da der Elektriker im Verzug war, und so musste seine Crew an diesem Wochenende aufholen. Nur war er heute mit seinen Gedanken ganz woanders.

Und seine Laune stank zum Himmel. Als er hier ankam, hatte seine Crew einen Blick auf sein Gesicht geworfen und entschieden, ihm aus dem Weg zu gehen.

Kurz vor dem Mittag, nachdem er mit dem Vorarbeiter alles geklärt hatte, dachte Nolan darüber nach, ins Büro zu gehen, als plötzlich sein Handy klingelte. „King.“

„Kouros hier. Es gibt ein Problem.“ Galens Maine-Dialekt war deutlicher zu vernehmen, wenn er sauer war. „Mein Mann steht vor dem Haus. Er hat ein Laser-Abhörgerät, um Geräusche hinter den Fenstern einzufangen. Damit sollte er sogar in der Lage sein, das Quietschen einer Maus zu hören. Das Problem ist, dass er die Kinder seit seiner Ankunft nicht einmal gehört hat. Nichts. Kein Spielen oder Weinen. Es gibt Geräusche von jemandem, der putzt, aber mehr nicht.“

„Vielleicht sind die Jungs nur ruhig? Vielleicht malen sie?“

„Das hat Cam zuerst auch gedacht, jetzt denkt er jedoch, dass etwas nicht stimmt. Vor einer Minute kam Mrs. Brun nach draußen und rief nach den Kindern.“

„*Nach* den Kindern? Sie hat sie nicht angeschrien?“

„*Nach*. Cam glaubt nicht, dass sie im Haus sind. Er kam wahrscheinlich ein paar Minuten nach den Kindern an, sodass wir eine Lücke in der Überwachung haben.“

„Du denkst, sie sind weggelaufen?“ *Fuck.* Als eine Nagelpistole ertönte, überquerte Nolan die Baustelle, um dem Lärm zu entkommen.

CHERISE SINCLAIR

„Ayuh. Oder sie verstecken sich im Garten. Ich werde meinen Mann dort lassen, falls sie zurückkehren."

„Die Kinder kennen die Gegend nicht. Wo zum Teufel würden sie hingehen?"

„Es ist ein langer Weg zurück zu deinem Haus. Da könnten sie sich verirren."

Nolan schüttelte den Kopf. „Grant ist ein Planer. Er erinnert mich manchmal an dich. Er wird herausfinden, was zu tun ist." Er checkte sein Telefonprotokoll. Nein, sie hatten nicht angerufen. Und Beth hätte ihn wissen lassen, wenn Grant oder Connor sich bei ihr gemeldet hätten.

„Schau nach, ob die Großmutter die Kinder als vermisst gemeldet hat." Galen zögerte. „Ich empfehle dir, Bruns Haus zusammen mit dem Sachbearbeiter zu besuchen. Wenn deine Kinder in der Nähe sind, werden sie für dich aus ihrem Versteck kommen. Wenn nicht, hat die Großmutter vielleicht eine Ahnung, wohin sie gerannt sein könnten."

„Das ergibt Sinn. Danke, Galen."

Galen beendete den Anruf und Nolan wählte sofort eine andere Nummer. Zum Teufel mit Price, es war an der Zeit, die Vorgesetzte einzuschalten. Dann würde er Beth anrufen und zu dem Haus der Großmutter fahren, unabhängig davon, ob ihn jemand begleiten würde oder nicht.

Wo zum Teufel sind sie?

Zwei Frauen an der Bushaltestelle hatten Grant geholfen, herauszufinden, welche Busse in Richtung Drew Park fuhren. Das Ticket hatte das meiste seines Geldes aufgebraucht. Sobald sie jedoch Mamas Geld hatten, konnte er ein Ticket kaufen, um zu Beth und Nolan zu kommen. Connor war klein genug, sodass er kostenlos fahren konnte.

„Warum weißt du so viel über Busse?", fragte Connor,

nachdem sie umgestiegen waren und im nächsten Bus saßen.

„Erinnerst du dich, als die hübsche Lady aus dem Frauenhaus mit uns älteren Kindern zu Busch Gardens gefahren ist? Sie hat uns ermäßigte Tickets gekauft, weil wir Kinder sind, und sie hat uns gezeigt, wie man bezahlt und ein- und aussteigt und wie man Hilfe bekommt." Da Connor älter wurde, fügte er die Warnung hinzu, die sie gegeben hatte: „Sie sagte auch, dass wir niemals bei einem Fremden ins Auto steigen sollen. Und wir sollen mindestens zwei Personen um Hilfe bitten, falls einer von ihnen lügt."

Connors Augen weiteten sich, aber er nickte nach einer Sekunde. „Jermaine würde ein Kind anlügen."

„Ja, das würde er."

„Aber wie kommen wir zurück zu Beff?" Seine Augen füllten sich mit Tränen. „Ich weiß nicht, wo sie wohnt."

„Ich schon." Grant hob stolz das Kinn. „Erinnerst du dich an die Karten, die Nolanman ihr geschickt hat? Wir haben beide eine, und da steht alles drauf." Er zog die Postkarte mit dem Bild eines Elefanten heraus. Die andere Seite hatte die Adresse.

„Oh ja!"

Nach der nächsten Haltestelle, als der Bus wieder in Bewegung kam, runzelte Connor die Stirn. „Glaubst du, Beff wird wütend auf uns sein? Wird Nolanman uns anschreien?"

Auch Grant befürchtete dies und Brüder sagten einander die Wahrheit. „Vielleicht."

Bei Connors besorgtem Ausdruck vertraute Grant seine Hoffnung an: „Wenn wir ihnen aber Geld geben, werden sie wieder glücklich sein."

Connor überlegte und nickte schließlich. „Jeder mag Geld."

Als Beth klein war, sang ihre Familie stets das Lied *Over the River and Through the Woods, to Grandmother's House We Go*. Beth hüpfte dabei auf dem Rücksitz des Autos auf und ab und freute sich, endlich wieder zu ihrer Großmutter zu können, denn ihre Nana war die süßeste Person der Welt gewesen.

Beth schüttelte den Kopf, als sie hinter Nolans Pick-up parkte und ausstieg. Mrs. Brun würde in nächster Zeit ganz sicher keine Auszeichnungen für großmütterliches Verhalten gewinnen.

Auf dem Bürgersteig hielt sie inne und ließ den Blick über das Haus und den Vorgarten schweifen. Einige Leute bewerteten andere nach dem Inhalt ihrer Bücherregale; Beth benutzte einen Landschaftsgestaltungsmaßstab. In diesem Fall: die Farbe des Schindelhauses war ein grelles Weiß. Das Einzige, was als Landschaftsgestaltung durchging, war die rücksichtslos beschnittene Ligusterhecke. Das Gras war zu kurz, um zu überleben. Keine Blumenbeete. Keine Farbe.

Fazit: Der Besitzer war reglementiert und es fehlte ihm sowohl an Lebensfreude als auch an Spontanität. Wie würde diese Person mit dem Chaos klarkommen, das mit Kindern einherging?

Mit einem traurigen Seufzer ging Beth durch die offene Haustür. Der beißende Geruch von Bleich- und Reinigungsmitteln schaffte es kaum, das muffige Aroma im Haus zu überdecken. Der Klang von Stimmen führte sie ins Wohnzimmer.

Price, Nolan und Mrs. Molina standen neben einer dünnen Frau in einem dunkel gemusterten Hemdkleid. Ihr langes graues Haar hatte sie zu einem strengen Knoten gebunden. Kein Make-up. Nach den Berichten war Mrs. Brun ungefähr so alt wie Beths Mutter, erschien aber ein Jahrzehnt älter.

Beth scannte den Raum. Keine Kinder. Ihr Herz brach. „Habt ihr sie gefunden?"

Nolan drehte sich um und sein grimmiges Gesicht verlor ein wenig von der Härte. Mit dem Rücken zu den anderen legte er seine Hände auf ihre Schultern. „Sie sagt, sie sind gleich nach ihrer Ankunft aus dem Haus gerannt." Des Weiteren flüsterte er: „Bevor Galens Angestellter hier ankam."

„Und sie hat niemanden benachrichtigt?" Beths Stimme wurde mit jedem Wort lauter.

Price drehte sich um und funkelte sie an.

„Nein." Nolan legte einen Arm um sie.

Mrs. Molina betrachtete die Frau mit gerunzelter Stirn. „Auch ich muss mich fragen, warum Sie weder die Polizei noch Mr. Price kontaktiert haben."

Die Hände der alten Frau waren auf Taillenhöhe gefaltet. Sie richtete ihren feindseligen Blick auf Mrs. Molina. „Sie sind *meine* Enkelkinder. *Meine* Angelegenheit. Ich bin die Großmutter, und Mr. Price sagte, der Staat hält Familien zusammen." Sie sah auf die Wanduhr und ihr Mund spannte sich an. „Sie sind schuld, dass ich zu spät zur Kirche gekommen bin."

Wird Gott einen Blitz zu dir schicken, weil du zu spät gekommen bist? Beth biss die Worte zurück; ein Streit mit dieser Frau würde nirgendwohin führen. „Haben Sie unter ihren Betten nachgesehen?"

Mrs. Brun blinzelte. „Unter den Betten? Warum sollte ich das tun? Sie rannten nach draußen."

Beth sah zu Mrs. Molina. „Das ist ihr Lieblingsversteck. Wenn Mrs. Brun das Haus verlassen hat, könnte es sein, dass sich die Kinder wieder reingeschlichen haben. Lasst uns das Haus noch einmal checken, bevor wir die Nachbarschaft durchsuchen."

„Guter Plan." Mrs. Molina nickte.

„Wer denken Sie eigentlich, wer Sie sind?" Die Großmutter starrte Beth mit kalten Augen an.

„Ich bin jemand, der um das Wohlergehen der Kinder besorgt ist. Dafür sind wir hier."

Die alte Frau schnaufte. „Sie kommen zurück, wenn sie hungrig sind."

Mrs. Molina sah entsetzt aus. Nolan knurrte.

„Natürlich werden sie das." Beth hob das Kinn. „Genau wie damals, als Drusilla weggelaufen ist. Oh, Augenblick − sie ist *nicht* zurückgekommen, oder?"

Mrs. Bruns bloßgestellter Ausdruck war wirklich befriedigend.

Beth ignorierte sie und lief durch das Haus zur Hintertür. Als

Nolan sich ihr in der Küche anschloss, legte sie ihre Hand auf seinen Arm. „Was ist, wenn sie es schaffen, zu unserem Haus zurückzukehren? Dort ist niemand."

„Das stimmt. Du solltest nachhause fahren und ..." Er bemerkte offensichtlich ihren hartnäckigen Gesichtsausdruck. „Ich schätze, damit verlange ich zu viel von dir." Er zog sein Handy heraus und wählte eine Nummer. „Galen, ich weiß, es ist Sonntag, aber –"

Selbst aus der Ferne hörte Beth Galens Antwort: „Halt doch den Mund. Was kann ich tun, um zu helfen?"

„Danke. Wir sind beide in dem Haus der Großmutter, was bedeutet, wenn die Kinder zu uns nachhause gehen, ist niemand da."

Beth konnte Galen sagen hören: „Es ist ein ziemlich langer Weg nach Carrollwood."

„Grant weiß, wie man mit dem Bus fährt, und sie haben genug Geld, damit er sich ein Ticket kaufen kann." Nolan schüttelte den Kopf. „Kannst du Anne oder Sally bitten, im Haus zu warten, bis wir zurückkommen? Ich werde für ihre Zeit bezahlen."

Galen sagte etwas.

„Danke." Nolan legte auf und wandte sich Beth zu: „Sally ist auf dem Weg zu unserem Haus ... und Galen hat mir deutlich zu verstehen gegeben, wohin ich mir mein Geld schieben soll."

Oh, sie liebte ihre Freunde. „Dann los. Lass uns mit der Suche beginnen."

„Du übernimmst die Schlafzimmer. Ich werde hier und im Garten nachsehen."

Beth zeigte auf die Türen unter der Küchenspüle. „Vergiss nicht, dass sie sich gerne in beengten Bereichen verstecken."

„Verstanden."

Im Flur ging Beth zum ersten Schlafzimmer, stoppte aber, als Mrs. Molina aus dem Wohnzimmer kam.

Ihr Gesicht war vor Wut ganz rot, und sie murmelte eine Reihe spanischer Flüche vor sich hin, die Beth nur vernahm, wenn

Cullen seine Sub Andrea nervte. Als sie Beth entdeckte, blieb sie stehen und gab ihr Bestes, sich wieder zu fassen. „Mrs. King, bitte verzeihen Sie mir."

„Alles gut." Beth deutete auf Mrs. Bruns Schlafzimmer. „Da ich nichts Offizielles bin, sollten Sie besser das Schlafzimmer der Frau durchsuchen. Denken Sie daran, dass die Jungs Kisten benutzen, um sich zu verbarrikadieren und zu verstecken."

Mrs. Molina warf einen Blick zurück ins Wohnzimmer. „Das würde mich nicht wundern." Sie betrat das große Schlafzimmer.

Beth nahm sich das kleinere vor. Das Zimmer war makellos sauber und enthielt einen Nachttisch, einen Klappstuhl und ein Einzelbett, auf dem eine dunkelblaue Steppdecke lag. Über dem Bett hing ein Bild von einem blutenden Jesus am Kreuz. Die andere Wand zeigte ein Bild vom Letzten Abendmahl. Kein Spielzeug, keine Bücher. Nichts.

Ungläubig ließ Beth erneut den Blick durch den Raum schweifen. Wie konnten die beiden aktiven Jungen diesen Ort nur gut finden?

Sie öffnete den winzigen Schrank. Völlig leer.

Sie fiel auf die Knie und schaute unter dem Bett nach. Nicht mal eine Wollmaus.

Wo könnten sie sein? Ihr Magen drehte sich, und alles, woran sie denken konnte, war Connors winzige Hand in ihrer. Daran, wie Grant weinte – so, so leise, als hätte er Angst, gehört zu werden. Und an das Vertrauen in ihren großen braunen Augen.

Ich will meine Babys zurück.

Als sie die Vorhänge zur Seite zog, entdeckte sie Nolan im Garten. Sie sollte ihm sagen, dass er auch unter den Stufen der Veranda nachsehen sollte. Sie versuchte, das Fenster hochzuschieben und ... es bewegte sich nicht.

Sie überprüfte das Schloss – kein Schloss – und probierte es nochmal. Nichts rührte sich. Bei genauerer Untersuchung sah sie, dass jemand das Fenster zugenagelt hatte. Ein Schauer lief ihr über den Rücken. Was, wenn ein Feuer ausbrach?

„Keine Kinder?" Mrs. Molina stand in der Tür.

„Nein." Beth ging zur Seite und zeigte auf die Nägel im Rahmen. „Ist das legal?"

Erleichtert stellte Grant fest, dass vor Mamas Haus keine Autos geparkt waren. Jermaine war nicht hier. Mit Connor an seiner Seite ging er zur Haustür und benutzte seinen Schlüssel.

Als er eintrat und abrupt anhielt, krachte Connor in ihn hinein. „Grant?" Connor packte Grants T-Shirt.

„Es ist ... nicht schön." Fast so, wie an dem Tag, als sie weggerannt waren. Grant wurde schlecht. Wenn sie nicht ihren verrückten Tag hatte, war Mama recht ordentlich gewesen. Auf eine Weise. Jermaine war das noch nie.

Grant machte einen weiteren Schritt. Bierdosen und Tiefkühlschalen lagen überall auf dem Teppich verteilt. Das Zimmer stank wie an dem Tag, an dem Connor krank gewesen war und sich übergeben hatte.

Mama ist nicht hier.

Tränen in seinen Augen ließen den Raum verschwimmen. Er wusste, dass Mama nicht mehr lebte, aber ... er hatte trotzdem gehofft, dass sie hier sein würde.

Schluchzend rutschte Connor hinter ihm zu Boden und ließ seinen Tränen freien Lauf.

„Hey. Es ist okay." Grant wischte seine eigenen Tränen weg, zog Connor hoch und legte einen Arm um seine Schultern. „Lass uns Mamas Geld holen, bevor das Arschloch zurückkommt."

Er rümpfte die Nase, als sie das stinkende Badezimmer passierten, und führte den Weg zum großen Schlafzimmer. Die Schranktür stand offen und seine Augen füllten sich wieder mit Tränen. Mamas Kleidung war weg. Der Schminktisch zeigte nur Jermaines Sachen. Kein Make-up, keine Parfümflaschen.

Nicht weinen. Nachdem er sich die Tränen von den Wangen

gewischt hatte, kippte er die hohe Stangenleuchte zur Seite und senkte sie auf den Boden. Neben der Lampe kniete er sich hin, schob die Hand in den schwarzen Metallsockel, löste das Klebeband und zog einen mit Geld gefüllten Beutel heraus.

Bei Connors aufgeregtem Quietschen hätte Grant am liebsten eingestimmt. Jetzt würden Beth und Nolan sie behalten.

Er stopfte den Beutel in seinen Rucksack und packte Connors Hand. „Jetzt lass uns heimgehen."

„Zu Beff und Nolanman?"

„Ja, zu Beth und Nolanman."

Sie hatten gerade das Wohnzimmer erreicht, als sich die Haustür öffnete.

Jermaine trat ins Haus.

Ohne Aufmerksamkeit zu erregen, verließ Beth das Haus und ließ Price, Mrs. Brun und Mrs. Molina streitend zurück.

Gut gemacht, Sir.

Bevor Nolan aufbrach, um die Nachbarschaft zu durchsuchen, hatte er die Vorgesetzte zur Seite genommen und ihr von den Prellungen und deren Befürchtungen erzählt. Dann hatte er Price den Wölfen zum Fraß vorgeworfen und gesagt, der Ermittler habe ihre Bedenken ignoriert. Es hatte nicht lange gedauert, bis sich Mrs. Molina den Sachbearbeiter und Mrs. Brun herangeholt hatte.

In ihrem Pick-up dachte Beth kurz nach und versuchte, wie ein verängstigtes Kind zu denken. Ihr wahrscheinlichstes Ziel war deren Haus.

Oder vielleicht auch nicht. Sie und Nolan *hatten* die Kinder an Price übergeben. *Wir haben sie verraten.* Schuldgefühle legten sich schwer in Beths Magen. Vielleicht hätten sie die Kinder nehmen und mit ihnen wegrennen sollen. Was hätte das aber am Ende bewirkt?

Niemand glaubte, dass die Kinder zum Haus der Mutter zurückgekehrt waren. Schließlich war Drusilla tot, und die Jungs wussten womöglich, dass Jermaine nun dort lebte.

Aber ...

Sie hatte Grants Hausschlüssel gesehen, als sie seinen Rucksack geleert hatte, um seine Wäsche zu waschen. Wenn die Jungs weglaufen wollten, wo könnte man sich besser verstecken als in ihrer alten Nachbarschaft?

Sie startete den Pick-up und machte sich in die Richtung von Drew Park auf.

Mit ihren Gedanken bei den Jungs fuhr sie die Hälfte des Weges, bevor sie merkte, dass sie etwas vergessen hatte. Nolan würde es nicht gefallen – stinksauer wäre er –, dass sie gegangen war, ohne mit ihm zu sprechen. *Oje.* Sie drückte einen Knopf am Lenkrad und rief sein Handy an.

„Hey." Seine tiefe kratzige Stimme erfüllte das Auto und wärmte ihre kalte Haut. „Ich habe gesehen, dass dein Pick-up weg ist. Fährst du nachhause?"

„Äh?" Was sie ihm zu sagen hatte, würde ihn nicht gerade glücklich machen. „Nach einem kurzen Umweg. Ich weiß, dass wir beschlossen haben, dass die Kinder nicht zu Drusilla zurückkehren würden, aber ich möchte trotzdem nachsehen. Schließlich ist es der einzige Ort, den sie kennen, und vielleicht haben sie dort einen freundlichen Nachbarn oder ein Versteck."

„Fuck. Es ist möglich." Sie konnte ihn regelrecht die Stirn runzeln hören. „Aber ich will dich nicht dort haben. Nicht in dieser Nachbarschaft, nicht in der Nähe von Drusillas Haus. Halte an und warte auf mich."

Auch sie hatte Angst. Was aber, wenn sie Recht hatte und die Kinder dorthin gegangen waren? Diese Nachbarschaft war wirklich beängstigend, besonders für zwei kleine Jungen. „Ich kann nicht warten; ich kann es einfach nicht. Ich verspreche dir allerdings, dass ich nur kurz vorbeischaue – und ich werde sofort die Polizei anrufen, wenn etwas verdächtig erscheint."

Er stieß ein verärgertes Schnauben aus. „Du bist verdammt stur."

„Ja, Sir. Ich weiß."

„Ich liebe dich, Beth. Ich bin auf dem Weg, also bitte sei vorsichtig, okay?"

„Das werde ich. Und ich liebe dich auch."

***

Als Jermaine durch ihre Rucksäcke wühlte, musste Grant alles geben, um nicht zu weinen. Seine Brust fühlte sich so beengt an, dass er kaum Luft bekam.

Er und Connor hatten versucht, an Jermaine vorbei und aus der Tür zu rennen, aber das *Arschloch* hatte Connor geschubst. Dann hatte er Grant den Rucksack weggerissen und Grant mit einem Schlag umgehauen.

Als Grant wieder auf die Füße kam, brannten seine Hüfte und seine Schulter wie Feuer. Ein paar Meter entfernt wischte Connor sich Tränen aus den Augen, sein Blick auf Jermaine.

„Na sieh mal einer an!" Jermaine hielt den Beutel mit dem Geld hoch. „Treffer."

Mamas Geld. Das Geld für Beth und Nolan, sodass sie bei ihnen leben konnten. Mit den Händen zu Fäusten geballt, machte Grant einen Schritt auf Jermaine zu. „Du lässt unser Geld in Ruhe! Es gehört *uns*!"

„Träum weiter, kleiner Scheißer." Jermaine schob den Stapel Geldscheine in seine Gesäßtasche. Seine braunen Augen waren fast ganz schwarz. Da er sich immer wieder von einer Seite zur anderen bewegte und nicht stillstehen konnte, wusste Grant, dass er an dem verrückten Ort war, genau wie Mama immer.

Connor zog die Augenbrauen zusammen. „Ich werde Nolan sagen, dass du uns bestohlen hast."

„Und den Polizisten", fügte Grant hinzu. „Wir werden es Max sagen. Und Dan!"

Jermaines Gesicht veränderte sich – wurde hart und hässlich – und Grant ging mehrere Schritte zurück. „Du kleiner Wichser. Du weißt gar nicht, was ich im letzten Monat alles unternehmen musste, um nicht erwischt zu werden, und jetzt willst du die Bullen auf mich hetzen? Schon wieder. Weißt du, was ich denke? Ich denke, die Alligatoren würden gerne zwei Gören wie euch verschlingen."

Grant bebte, aber er schaffte es, sich Connor zu schnappen und zurückzuweichen. Die Haustür war nicht ganz zu. Wenn sie ...

Jermaine packte Connor am T-Shirt und Grant an den Haaren.

Während Connor vor Angst schrie, trat Grant Jermaine gegen das rechte Schienbein. „Lass uns los! Lass uns los!"

„Du Bastard!" Wie Wonder Woman stürmte Beth in den Raum und jagte Jermaine die Faust direkt ins Gesicht. „Lass sie los!" Sie versuchte, Jermaines Hand von Connor zu lösen.

„Fuck!" Jermaine warf Connor von sich und schlug Beth auf die Wange.

Sie taumelte zurück, hob eine Hand an ihre Wange und die andere abwehrend nach oben, als wüsste sie, dass er sie erneut schlagen würde. Tränen waren in ihren Augen zu sehen. Sie hatte Angst. Schreckliche Angst.

Beth sollte niemals Angst haben.

Grant schrie lauter – „Lass sie in Ruhe!" – und trat härter und härter gegen seine Beine.

Das Arschloch schüttelte ihn an den Haaren. „Hör auf, du Scheißer."

„Aua!" Das tat *weh*. Grant konnte die Tränen nicht länger zurückhalten.

Durch seine verschwommene Sicht sah er, wie sich Beths Ausdruck vor Wut verdunkelte. Ihr Mund spannte sich an und dann ... stürzte sie nach vorne. Sie schlug Jermaines Faust weg, trat gegen sein Knie und platzierte einen Schlag mitten auf seine

Nase.

Vor Schmerzen brüllend ließ er Grant fallen und hob die Hände zu seiner blutenden Nase. „Dumme Schlampe!"

Beth schob Grant zur Tür. „Lauf!" Sie drehte sich zu Connor um. „Con –"

Jermaine schlug ihr wirklich, wirklich hart ins Gesicht.

Sie fiel.

Grant erstarrte. Sie lag einfach da. Wie Mama. Sein Herz klopfte so laut wie Nolans Nagelpistole, und sein ganzer Körper zitterte und schrie ihn an, wegzurennen und sich zu verstecken.

Beschütze Beth, hatte Nolanman gesagt ... hatte Daddy gesagt.

Jermaine stand über ihr und holte lachend mit dem Fuß aus.

„Nein!" Vor Angst und Wut schreiend raste Grant auf Jermaine zu und rammte mit dem Kopf direkt in seinen Bauch.

Eine Faust schlug auf seinen Kopf ein. Schmerz meldete sich in seiner Wange. Er landete hart auf dem Boden. Mehr Tränen. Alles tat weh. Seine Hüfte. Seine Schulter. Sein Gesicht. *Schmerz, Schmerz, Schmerz.* Er versuchte, das benommene Gefühl abzuschütteln, und hob in Erwartung eines Schlags den Arm.

Aber Jermaine hatte sich nicht bewegt. Er gab Würgegeräusche von sich, beugte sich vor und hielt sich den Magen. „Fuck. Verdammtes Gör."

Schluchzend rannte Connor zu Beth und zog an ihrem Arm, um sie auf die Füße zu ziehen.

Lauf weg! Grant brüllte, aber es kam kein Ton heraus. Er versuchte, sich zu bewegen. *Steh auf! Steh auf!*

Nur ein paar Meter entfernt schüttelte Beth schwach den Kopf und schaffte es mit Connors Hilfe auf ihre Hände und Knie.

Grant hatte da so seine Probleme. *Steh auf!* Nur wollte der Boden einfach nicht aufhören, sich zu bewegen, sodass er immer wieder umkippte.

„Ich werde dich umbringen! Ich werde dich aufschlitzen, Schlampe!" Mit verrückten Augen richtete sich Jermaine auf und zog ein Springmesser aus seiner Tasche. Er öffnete es. „Ich werde dich in Scheiben schneiden, die Gören in Scheiben schneiden, euch alle an die Alligatoren verfüttern!"

Connor stellte sich vor Beth. „Lass sie in Ruhe!"

„Nein, Connor!", schrie Grant.

„Kleiner Wichser." Jermaine hob sein Messer und schwang es.

Auf ihren Knien riss Beth Connor zurück und die Klinge verfehlte sein Ziel. Sie schob Connor hinter sich.

Grant versuchte, erneut aufzustehen. Geschafft. Er taumelte einen halben Meter zur Seite und –

Auf das ohrenbetäubende Klopfen an der Tür folgte ein lautes Brüllen: „Hier ist die Polizei von Tampa. La –"

„Ich scheiß auf die scheiß Vorschriften", schnauzte eine kratzige Stimme. Grant stockte der Atem. Es war Nolanman. Die Tür brach auf, knallte gegen die Wand und schon marschierte Nolan herein.

Max und ein weiterer Mann folgten.

„Fuck." Jermaine stolperte rückwärts, weg von Beth.

Nolans schwarzer Blick brannte, als er den Blick über Grant schweifen ließ. Als er sich Beth und Connor zuwandte, wurde sein Gesicht noch dunkler. Grant erschauderte. *Wütend.* Er war wirklich verdammt wütend.

Nolan fixierte Jermaine mit einem mörderischen Blick und marschierte los. Max versuchte noch, ihn zu packen. „King, ich denke –"

Nolanman schlug Jermaine so hart, dass das Arschloch abhob und nach hinten flog. Der Boden bebte unter Grants Füßen, als er aufschlug und er konnte beobachten, wie ihm Blut aus dem Mundwickel tropfte.

„Verflucht, Nolan", sagte der andere Mann.

Grant entdeckte Dan. Leise fluchend ging er zu Jermaine und zog Handschellen von seinem Gürtel.

Als sich Nolan neben Beth und Connor hinkniete, kam Max auf ihn zu. „Verdammt, King, hast du die geringste Ahnung –"

Grant rannte los und stellte sich dem Polizisten in den Weg.

„Lass Nolanman in Ruhe! Du kannst ihn nicht ins Gefängnis stecken! Das lasse ich nicht zu!"

Max' Mundwinkel zuckte. „Ganz ruhig, Großer." Dann zogen sich seine Augenbrauen zusammen, und er nahm Grants Kinn zwischen Daumen und Zeigefinger und sah plötzlich so wütend aus wie Nolan. „Wer hat dich geschlagen, Grant?"

„J-Jermaine. Connor und Beth hat er auch geschlagen."

„Ah ja", murmelte Max. Er hob die Stimme an: „Damit haben wir schon mal drei Fälle von Gewaltanwendung und Körperverletzung, Dan."

„Verstanden." Dan rollte Jermaine auf den Bauch, als wäre er ein kleines Kind, und fesselte die Hände des Arschlochs hinter seinem Rücken. Jermaine fluchte, aber seine Lippen waren irgendwie zerschmettert, und seine Worte kamen alle komisch heraus.

Grant zitterte so heftig, dass er nicht wusste, wie lange er noch auf den Beinen bleiben konnte. Er schafft es, sich umzudrehen, und fand Nolan, der Connor gerade auf Beths Schoß setzte. Mit einem Finger hob er Beths Kinn und runzelte die Stirn. „Süße, du solltest eigentlich besser wissen, wie man ausweicht."

Connor drehte sich in ihren Armen um und funkelte Nolan an. „Sie hat ihn geschlagen, damit er uns nicht zerschneidet und an die Alligatoren verfüttert."

„Tatsächlich?" Max' Stimme wurde tiefer und ... kälter.

Ein wenig besorgt wich Grant von dem Polizisten zurück und stellte sich neben Nolanman.

Mit einem Arm zog Nolan ihn zu sich. „Verdammt, Tiger, du hast mich zu Tode erschreckt." Er umarmte Grant so hart, dass seine Rippen knackten. Und nichts hatte sich jemals so sicher und richtig angefühlt.

Der kleine Körper in seinen Armen bebte und Nolan hatte das Gefühl, dass er selbst wie Espenlaub zitterte. *Gott*, in all seinen Jahren auf dieser Erde war er noch nie so verängstigt gewesen.

Seine Frau und seine Jungen waren jedoch okay – etwas angeschlagen, aber okay. Seine Crew war verdammt stark.

Mit einem protestierenden Knarren schwang die Haustür weiter auf, und Price und Mrs. Molina traten ein.

Grant drehte den Kopf und erstarrt, als er die beiden sah.

Mit einem schrillen, verängstigten Ton schrie Connor Price an: „Nein! Ich werde nicht zu der gemeinen Lady zurückgehen!"

Nolan atmete tief ein und versuchte, sein Temperament zu zügeln, aber ein Knurren entkam ihm. „Du wirst nicht zurückgehen. Das werde ich nicht erlauben." Seine rechte Hand ballte sich zu einer Faust. Er wollte gerade aufstehen, als ...

Beth legte die Finger um seinen Unterarm und hielt ihren anderen Arm um Connor gewickelt. „Ruhig bleiben, Sir", flüsterte sie.

Er unterdrückte einen Fluch, blieb unten auf dem Knie und zog Grant enger an sich. Der tapfere kleine Mann zitterte so heftig, dass ihm die Zähne klapperten.

Price starrte Connor finster an. „Diese Frau ist eure Großmutter, und ihr werdet –"

„Sie werden einen Scheiß tun", knurrte Nolan. Er fing den Blick des Arschlochs ein.

Price verlor jegliche Farbe und machte einen Schritt auf die Polizei zu.

Mrs. Molina bewegte sich nach vorn. „Mr. King, erlauben Sie mir, mich darum zu kümmern?" Ihr entschlossener Ausdruck versprach, dass er ihr vertrauen konnte, die Sache zu regeln.

Bevor sie sprechen konnte, schaffte es Grant, sich aus Nolans Armen zu befreien. Mit den Händen in die Hüften gestemmt, stellte er sich vor Max. „Ich will unser Geld." Tränenpfade rannen über seine Wangen, aber er blieb standhaft. Was für ein Junge.

„Jermaine hat unser Geld genommen, und wir brauchen es. Jetzt gleich."

Max' Lippen zuckten, als er den kleinen Soldaten musterte. „Okay, ich beiße an. Wo hat er euer Geld hingetan?"

„In seine Hose." Grant schlug sich auf den Hintern, um zu zeigen, wo.

Dan rollte den Bastard mit einem Schmunzeln herum, zog ein riesiges Bündel Geldscheine aus der Hose und runzelte die Stirn. „Woher habt ihr Kinder so viel Geld?"

„Es war Mamas." Connor schloss sich seinem Bruder an. „Sie hat es versteckt, und wir sind gekommen, um es zu holen, damit wir nicht zu der gemeinen Lady zurück müssen."

Nolan sah zu Beth. „Weißt du, wovon er spricht?"

„Nein. Grant, warum brauchst du Geld, um nicht zu deiner Großmutter zurück zu müssen?"

Grant drehte sich verwirrt zu ihnen um – als wäre er überrascht, wie langsam sie waren. „Um es euch zu geben natürlich."

„Uns? Warum sollten wir Geld wollen?", fragte Beth.

„Er" – Connor zeigte auf Price – „sagte, dass uns niemand außer der gemeinen Lady will. Niemand will große, ungeschickte Jungs, wenn sie nicht Geld dafür bekommen. Also brauchen wir Geld, um es euch zu geben, damit ihr uns behaltet."

Als Wut neuen Treibstoff fand, zeigte sich Nolans Temperament: „Sie haben die Jungs als groß und ungeschickt bezeichnet – und ihnen gesagt, dass wir sie nicht wollen?"

Price zuckte zusammen und machte einen weiteren Schritt zurück.

„Beruhige dich, King." Max legte eine warnende Hand auf Nolans Schulter.

Beth sagte sanft: „Connor, wenn –"

„Mrs. King", unterbrach Mrs. Molina. „Darf ich ein paar Fragen stellen?"

Auf Beths Nicken hin hockte sich Mrs. Molina vor die Jungs. „Ich denke, ich verstehe, aber ich möchte sichergehen: Seid ihr hergekommen, um an Geld zu kommen, damit ihr mit Beth und Nolan leben könnt?"

Connor nickte.

„Was ist mit eurer Großmutter?" Sie legte den Kopf auf die Seite. „Ihr habt zu Mr. Price gesagt, dass ihr eine wundervolle Zeit mit ihr hattet."

Ein vielsagender Schauer lief durch Connor, und er machte einen Schritt weg von Mrs. Molina.

Verängstigt. Dieses verdammte Arschloch. Nolan fragte: „Hat Mr. Price euch befohlen, zu sagen, dass ihr eine wundervolle Zeit hattet?"

Connor schüttelte den Kopf und sah zu Grant.

„Ah. Hat euch eure Großmutter gesagt, was ihr sagen sollt?", fragte Mrs. Molina.

Beide Jungen nickten.

Mrs. Molina sah aus, als hätte sie in etwas Saures gebissen. „Was wurde euch angedroht, wenn ihr die Wahrheit sagen würdet?"

Grant flüsterte: „Sie sagte, es würde uns leidtun."

„Sie war gemein. Sie hat mich geschlagen, weil ich ..." Als Connor verstummte und rot anlief, nahm Nolan an, dass er ins Bett gemacht haben musste. Er sah, wie Beths Lippen eine Erklärung an Mrs. Molina formten.

Connor trat zurück, sodass Beth ihn an sich ziehen konnte. Als sie ihre Arme um seinen Bauch schlang, klammerten sich seine kleinen Finger an ihre Handgelenke. Seine eigene persönliche Schmusedecke. „Sie schob Seife in Grants Mund, weil er etwas Böses zu ihr gesagt hat. Er hat sich gewehrt und dann hat sie ihn auf den Po gehauen!" Seine Augen füllten sich mit Tränen.

„Sie ist gemein", stimmte Grant zu. Er versuchte, tollkühn zu wirken, klang jedoch eher verängstigt. „Sie mag uns nicht. Sie sagt, wir sind schlecht. Und böse. Und verdorben." Als Nolan einen Arm um ihn legte, vergrub Grant sein Gesicht an Nolans

Schulter und flüsterte den Rest: „Sie hat Connor geschlagen und ihn zum Weinen gebracht, und ich hasse sie."

Nolan hörte das wütende Knurren, das aus seiner eigenen Kehle kam, und alles, was er tun konnte, war, den Jungen festzuhalten. Sein wütender Blick traf auf Beths. Noch immer in der Hocke lehnte sie sich zu ihm und rieb ihre Schulter gegen seine. Ja, sie war auf seiner Seite. Wenn es nicht lief, wie sie wollten, würden sie sich die Kinder schnappen und verschwinden. Auf keinen Fall würden sie es riskieren, dass diese Frau die Kinder erneut bekam.

Connor drehte sich in Beths Armen um und nahm ihr Gesicht zwischen seine kleinen Hände. „Beff, bitte behalte uns. Wir haben Geld."

Grant rieb sein Gesicht an Nolans Schulter, und das leiseste Flüstern wehte zu ihm: „Bitte, Nolanman. Wir sind doch deine Heimcrew."

Nolan schaute über Grants Kopf zu Mrs. Molina. Ihr Gesichtsausdruck sprach von Entsetzen und Wut, aber sie begegnete ihm mit guter Absicht. Und verstand seine unausgesprochene Frage. „Gehe ich richtig in der Annahme, dass ihr lieber zwei Jungen als ein neugeborenes Mädchen adoptieren würdet?"

„Hat Price es nicht erzählt?" Beths Augen sprühten wütende Funken. „Wir haben die Anfrage bereits letzte Woche gestellt."

Mrs. Molina drehte sich um. Ihr finsterer Blick führte wahrscheinlich dazu, dass Prices Hoden auf die Größe von Murmeln zusammenschrumpften, bevor sie Nolan und Beth ein Lächeln schenkte. „Wenn wir Mrs. Bruns Alter in Betracht ziehen, und ihre Missachtung der grundlegenden Schutzmaßnahmen, halte ich sie nicht für einen geeigneten Vormund. Ich glaube, ihr und die Jungs passt hervorragend zusammen. Ich sehe keinen Grund, sie nicht wissen zu lassen, dass sie sich entspannen können."

Beth quietschte vor Freude. „Unsere Jungs!" Sie zog Connor auf ihren Schoß und regnete Küsse auf sein Gesicht, bis er unkontrolliert kicherte. „Ihr gehört jetzt uns!"

Grinsend blickte Nolan nach unten und sah Grants Verwirrung. Nolan legte eine große Hand auf seine Wange und begegnete seinem Blick. „Wir brauchen kein Geld von dir, Tiger. Ihr seid unsere Jungs, und wir behalten euch. Für immer."

Grants Augen füllten sich mit Tränen und sein Kinn bebte.

Nolan zog ihn wieder an seine Brust und holte Beth näher zu sich, damit er seine Arme um alle drei schlingen konnte. Um seine *Familie*.

Connor zappelte und seine Stirn runzelte sich. „Aber was ist mit dem kleinen Mädchen? Ihr wollt ein Mädchen."

Verdammt, wie sollte er das beantworten?

Beth wusste, wie: „Erinnerst du dich, als Lamar im Frauenhaus dein Malbuch gestohlen hat, weil er dachte, es würde ihn glücklich machen?"

„Das hat es nicht", erklärte Connor entschieden.

„Nein, das hat es nicht. Weil er es liebt, Fußball zu spielen und am Ausmalen keine Freude hat. Nur wusste er das zunächst nicht."

Nolan verstand, worauf sie hinauswollte. „Beth und ich dachten, wir hätten gerne ein kleines Mädchen, aber wir haben uns geirrt. Wir wissen jedoch, dass wir euch beide sehr lieb haben, und wir wollen, dass ihr uns gehört."

„Ihr habt uns lieb?", flüsterte Grant.

Beths Augen liefen über, als sie sanft seine Wange berührte. „Ja, Baby. Wir haben euch ganz doll lieb."

Connor kuschelte sich wie ein gut gefütterter Welpe an Beth und grinste sie breit an. „Okay, ihr könnt uns behalten."

KAPITEL ZWANZIG

Mit einem Tablett voller Fingerfood trat Beth auf die Terrasse, auf der sich alle ihre Freunde eingefunden hatten. Sofort wurde sie mit einer Welle der Freude überflutet. Könnte das Leben noch schöner sein?

Nachdem Grant und Connor vollständig akzeptiert hatten, dass sie geliebt und gewollt waren, hätten die letzten paar Wochen nicht wundervoller sein können. Selbst der erste Tag an einer neuen Schule hatte die Jungen nicht gestört, und jeden Tag kamen sie mit urkomischen Geschichten nachhause.

Sie hatte Nolan noch nie so oft lachen hören.

Um ihre neue Familie zu feiern, hatte Nolan für heute alle eingeladen, die bei der Sache mit der Großmutter geholfen hatten.

Beth schüttelte den Kopf, als ihr auffiel, wie sich die Gruppe nach Geschlechtern aufgespalten hatte. Nolan stand am Grill. Bei ihm fand sie Master Z, Dan, Vance, Galen, Marcus und Ben.

Im kinderfreundlicheren Bereich saßen ihre Freundinnen.

„Hast du deine Geschäftsbelege für mich?", rief Jessica. „Es ist an der Zeit, die Vorauszahlungen neu zu berechnen."

„Ja, Ma'am, Madam Buchhalterin." Beth rollte mit den Augen.

„Sollte dir Z nicht schon beigebracht haben, dass man Leute nicht nervt?"

„Er hat mir beigebracht, *ihn* nicht zu nerven." Jessica grinste. „Wenn du dir jemals Zs Expertise mit" – sie warf einen Blick auf Grant, der neben ihr saß – „ähm, mit *Werkzeugen* aneignest, wirst auch du meiner nervigen Art entkommen."

Beth seufzte. Sie würde ihr also niemals entkommen. Nur konnte sie sich nicht beschweren, wenn Jessica Grant gerade so glücklich machte. Sie hatte ihm erlaubt, die fünf Monate alte Sophia auf seinem Schoß zu halten. Sein Grinsen könnte nicht breiter sein.

Neben Grants Stuhl spielten Connor und Karis Sohn Zane mit einem Ball. Hinter den Jungen lag Karis großer Deutscher Schäferhund Prince.

Uzuri, Gabi und Sally hatten ihren eigenen Tisch beschlagnahmt und steckten die Köpfe zusammen. Die drei „Gören" des Clubs hatten zweifellos Unfug geplant.

Viel Glück dabei, Mädels. Wirklich, sie sollten ihrer Umgebung mehr Aufmerksamkeit schenken. Anne saß nahe genug, um sie zu belauschen, und ihr Gesichtsausdruck sprach von Belustigung. Sicher, die Mistress war eine Frau, wenn es aber um BDSM ging, galt ihre Loyalität der dominanten Seite. Die Gören waren am Arsch.

Beth schlenderte zum Grill und stellte das Tablett auf einen Tisch.

Nolan legte seinen Arm um ihre Taille und küsste sie auf den Kopf. „Danke, Süße."

„Gern geschehen, Sir."

Nachdem sie den Männern zugenickt hatte, machte sie sich zu ihren Mädels auf. Jedenfalls, bis sich ihr Master Z in den Weg stellte. „Elizabeth."

„Sir?"

Mühelos forderte er ihre gesamte Aufmerksamkeit für sich

ein, bevor sich ein Lächeln auf seinen Lippen formte. „Mutterschaft steht dir gut, Kleines. Ich freue mich für euch."

Sie erwiderte das Lächeln und spürte, wie die Tränen kamen. „Oh, Master Z, vor drei Jahren hast du mir ein erstaunliches Geschenk gemacht." Sie trat einen Schritt zurück und lehnte sich an Nolan. „Als du mir meinen Master gegeben hast, hast du mein Leben verändert." Er hatte ihr das Leben gerettet. „Vielen, vielen Dank."

„Na aber, Süße." Nolan zog sanft an einer Strähne ihrer Haare. „Ich denke doch eher, dass du das Geschenk bist, nicht umgekehrt."

„Hast du Z gerade zu seinem Matchmaking gratuliert?" Galen salutierte ihr mit seinem Bier. „Ermutige ihn nicht, Sub. Jeder ungebundene Dom im Club lebt in Angst, seinen Plänen zum Opfer zu fallen."

Z warf dem Ex-FBI-Agent einen amüsierten Blick zu. Jeder wusste, dass Galen und Vance glücklich mit ihrer kleinen Göre Sally waren.

„Ich glaube, dass uns die ledigen Master ausgehen", warf Marcus ein.

„Holt könnte ein gutes Ziel sein." Ben schob sich ein gefülltes Ei in den Mund und summte vergnüglich, bevor er sich ein weiteres nahm. „Anne ist der Meinung, dass Saxon einen guten Master abgeben würde."

Als es an der Tür klingelte, sagte Nolan: „Das sollten Alastair und Max sein." Er schmunzelte. „Warum nervst du die beiden nicht ein bisschen, Z? Es wäre für uns alle ein Vergnügen, zu sehen, wie Alastair seine Gelassenheit verliert."

Master Zs Gesichtsausdruck wurde nachdenklich. „Das wäre es in der Tat."

Oje. Die Drago-Cousins standen auf seiner Liste. Beth ging ins Haus. Sollte sie die beiden warnen? Sollte sie ihnen sagen, dass sie genauso gut bereits anfangen konnten, Verlobungsringe zu kaufen und sich Farbmuster für die Hochzeit anzusehen?

Ach ... nö.

Als sie die beiden Doms auf die Terrasse führte, quietschte Connor beim Anblick der Männer. „Max! Doktor!" Er rannte zu ihnen und stoppte direkt vor Max und Alastair. „Ihr seid zu unserer Party gekommen!"

„Connor, es ist schön, dich zu sehen." Als Alastair seine Hand ausstreckte, schüttelte Connor diese und strahlte, dass er wie ein Mann begrüßt wurde.

„Hey, Kumpel. Ich habe dir etwas für deine Sammlung mitgebracht." Max ging auf ein Knie, griff in seine Tasche und zog einen langhalsigen Dinosaurier heraus. „Das ist ein Brachiosaurus."

„Für mich?" Connor betrachtete den Dinosaurier mit Ehrfurcht, packte ihn und rannte sogleich los, um ihn Grant zu zeigen. Als Beth sich räusperte, stoppte er, wirbelte herum und tanzte aufgeregt auf seinen Zehenspitzen. „Danke, Max!" Und schon rannte er weiter.

Max grinste. „Tolle Jungs hast du."

„Ja, das finden wir auch. Schön, dass ihr gekommen seid." Beth wies auf die kleine Gruppe von Menschen. „Gibt es jemanden, mit dem ihr noch nicht das Vergnügen hattet?"

Alastair schüttelte den Kopf. „Ich glaube, ich kenne alle. Max?"

Max warf einen Blick auf die Männer. „Ich kenne die Doms und Ben." Sein Blick richtete sich auf die Frauen. „Jessica, Kari, Anne, ja. Nicht die drei am separaten Tisch."

„Ah, das sind die Subs, die sich als die *Gören* bezeichnen", murmelte Alastair.

Max' Augen strahlten. „Die drei muss ich treffen. Ich schnappe mir schnell ein Bier und dann kannst du mich vorstellen."

Als die beiden Männer die anderen Doms begrüßten und ihnen Getränke gereicht wurden, wanderte Beth zu den eben erwähnten Gören. „Was plant ihr Böses?"

Sally schüttelte bedauernd den Kopf. „Nichts fürchte ich. Gabi erzählte uns von ihrem Besuch in der Nachbarschaft der Großmutter."

„Großmutter?" Beth erstarrte. „Meinst du die Großmutter meiner Jungs?"

„Genau die." Gabis Mundwinkel hoben sich. „Der Cookie-Teig kam, also haben Uzuri und ich die Truppen versammelt und die Bestellungen ausgeliefert."

„Ich dachte nicht, dass Mrs. Brun etwas bestellt hat", sagte Beth.

„Oh, das hat sie nicht. Sie ist viel zu geizig." Uzuri rümpfte die Nase. „Aber fast alle ihre Nachbarn haben Cookie-Teig bestellt. Als wir also den Teig ausgeliefert haben, nahmen wir uns die Zeit mit jeder einzelnen Person etwas zu quatschen."

„Wir hielten es für unsere bürgerliche Pflicht, sie zu warnen, ihre Kinder von dieser furchtbaren Frau fernzuhalten", sagte Gabi selbstgerecht. Sie schaute zu ihrem Mann hinüber. „Da ich einen pingeligen Anwalt als Dom habe, haben wir natürlich darauf geachtet, was wir sagen."

„Sie ist so eine ekelhafte Person. Würdest du glauben, dass sie allen erzählt hat, dass die Jungs frech und unhöflich waren?" Uzuri sah zu Connor und Grant, ein liebevoller Ausdruck auf ihrem Gesicht. „Ich wollte zu ihrem Haus marschieren und ihr eine Ohrfeige geben."

„Das haben wir im Grunde getan. Die Nachbarn sind Zeuge des Tumults geworden, als die Jungen weggelaufen sind. Natürlich mussten wir ihnen sagen, *warum* sie weggerannt sind, und jeder Einzelne war *entsetzt*." Gabi grinste. „Da einige von ihnen zu ihrer Kirche gehören, bezweifle ich, dass sie jemals wieder die Sonntagsschule für die Kinder unterrichten wird."

„Tausend Dank dafür!" Beth strahlte sie an. „Wir wollten die Jungs nicht dem Trauma einer Anklageerhebung aussetzen, aber es fühlte sich auch nicht richtig an, jemanden im Alter meiner

Mutter eine runterzuhauen. Es ist schön, zu wissen, dass sie nicht ungeschoren davongekommen ist."

Sally runzelte die Stirn. „Brun haben wir geregelt. Was ist jedoch mit dem fiesen alten Price?"

„Mrs. Molina war so wütend, dass seine Karriere wahrscheinlich zum Stillstand kommen wird", sagte Beth. „Alastair wollte sicherstellen, dass Price nie wieder mit Kindern zu tun hat."

„Wie will Alastair das machen?", fragte Uzuri.

Beth sah zu den Doms und lächelte, als sie dem lauten, ausgelassenen Lachen des großen Kinderarztes lauschte. „Als ihr Arzt hat er die Jungen befragt. Sie nahmen Stofftiere, spielten mit ihnen Familie und sprachen über Adoption und Pflegeeltern. Und vor der Kamera erzählten die Kinder Alastair alles über den – wie Grant ihn nennt – Price-Mann."

„Wow, zwei entzückende kleine Jungen, die sagen, der Sachbearbeiter habe ihnen das Gefühl gegeben, ungewollt zu sein?" Gabis Lächeln wurde immer breiter. „Price ist am Ende."

„Das ist für alle Kinder auf dieser Welt ein Gewinn", entgegnete Beth. „Und vielen Dank, dass auch Mrs. Brun leiden muss."

„Es war uns eine Freude", stimmte Gabi ein. „Und, na ja, wie Sally bereits sagte, das Leben ist gerade etwas langweilig. Ich habe Marcus seit ... oh, mindestens einer Woche nicht beleidigt."

Sally kicherte. „Armer Marcus. Ich bin mir sicher, dass er es vermisst, dich zu bestrafen."

„Und ich habe seit ... Ewigkeiten keine der Spielzeugtaschen der Master mehr sabotiert", sagte Uzuri.

Max traute seinen Ohren nicht und blieb hinter der kleinen dunkelhäutigen Sub stehen. „Du hast es gewagt, eine Spielzeugtasche von einem *Dom* anzufassen?"

Sie drehte sich um, sah ihn und zuckte vor ihm zurück.

Fuck. Okay, ja, er war groß, und vielleicht hatte sie nicht erwartet, einen Mann direkt hinter sich zu sehen, aber er hielt doch keine blutbefleckte Axt oder Kettensäge in seinen Händen. Ihre Reaktion wirkte etwas übertrieben. Nichtsdestotrotz trat er einen Schritt zurück, lief um sie herum und stellte sich neben Beth.

Eine hübsche Rothaarige mit Tattoos auf ihren Oberarmen rutschte näher an die verängstigte Sub heran. „Alles ist gut."

„Hey, Max, willkommen auf der weiblichen Seite der Terrasse." Beth legte eine Hand auf seinen Arm. „Gabi" – sie zeigte auf die Rothaarige – „Sally" – ein Verweis auf die Brünette – „und Uzuri" – die scheue kleine Maus. „Meine Damen, das ist Alastairs Cousin Max Drago. Er ist erst kürzlich hergezogen. Vielleicht habt ihr ihn schon im Club gesehen."

„Willkommen in Tampa, Mr. Drago." Sally musterte ihn aufmerksam.

Gabi nahm die Hand der scheuen Maus und sagte zu ihm: „Schön, dich kennenzulernen, Mr. Drago."

Zweimal ein *Mister*. Nett. Und sie wollten ihre kleine Freundin beschützen. Das wurde deutlich. Sein Blick kehrte zu Uzuri zurück, die kein Anzeichen eines Lächelns zeigte. Ja, er hatte sie zu Tode erschreckt ... ohne etwas getan zu haben. *Verdammt.*

Langsam hockte sich Max vor ihr hin und streckte seine Hand aus. „Es tut mir leid, dass ich dich erschreckt habe."

Mitleid fegte durch ihn, als er sah, dass sie sich so weit zurückgezogen hatte, wie sie nur konnte. Aber sie schwitzte nicht, wimmerte nicht, kauerte nicht. Keine neue Angst, eine alte – und sie hatte überreagiert. Sie musste sich wieder auf das Pferd setzen. Damit hatte er Erfahrung. *Schlage die Angst nieder, Sub, oder sie wird dich lebendig verzehren.* Noch hatte er seine Hand nicht zurückgezogen; er wartete geduldig.

Schließlich erkannte Uzuri, dass er nicht vorhatte, sie zu attackieren ... und nur darauf wartete, dass sie sich wieder fasste. Ihre dunklen Wangen erröteten. Ein paar Sekunden später bewegte sie sich langsam nach vorne und gab ihm ihre kalte kleine Hand. Die Art und Weise, wie ihre Finger in seinen zitterten, war wirklich herzzerreißend.

„Es freut mich sehr, dich kennenzulernen, Darlin'." Er neigte den Kopf. „Was muss ich tun, damit du dich von meiner Spielzeugtasche fernhältst?"

Sie zog ihre Hand zurück, ohne ihm zu antworten.

„Ich würde vorschlagen, dass du sie nicht verärgerst", riet ihm die Brünette. Sally. Sie sah aus, als würde sie eine ziemliche Herausforderung darstellen. Und er liebte Herausforderungen. „Glaub mir; ich meine es ernst."

Gabi grinste ihn aus schelmischen Augen an. Ja, sie würde auch verdammt viel Spaß machen. „Zu spät. Du bist bereits dem Untergang geweiht."

„Ich verstehe." Er sah auch, dass die beiden Subs Eheringe trugen. Single war nur Uzuri. Er ließ den Blick über sie schweifen. Obwohl er als Mann die Fülle an Haaren, das perfekt gemachte Make-up, die tadellose Maniküre und Pediküre und die stilvolle Kleidung zu schätzen wusste, erkannte er auch die Anzeichen für eine Frau, die überdurchschnittlich viel Aufmerksamkeit brauchte.

Darüber hinaus hatte sie kein Wort zu ihm gesagt, und ihre Körpersprache sprach Bände. Sie trug schweres emotionales Gepäck mit sich herum.

Ein weiser Mann würde von seinen vergangenen Erfahrungen lernen und sich nicht erneut verbrennen lassen. *Sei kein Idiot, Drago.*

Mit Bedauern – denn sie war wirklich eine Schönheit – schüttelte er den Kopf und sprach seine eigene Warnung aus: „Lass meine Tasche lieber in Ruhe, Sub. Ich glaube nicht, dass wir in der gleichen Gewichtsklasse spielen." Er bezweifelte ohnehin, dass sie etwas tun würde. Sie sprach vielleicht davon, die Spielzeugtasche eines Doms zu sabotieren, aber diese kleine Maus hatte dazu nicht die Nerven. Nicht in einer Million Jahren.

Sie blinzelte und riss die Augen so weit auf, als hätte er ihr einen Klaps auf den Hintern verpasst. Eine Schande, dass er dies nicht hatte. Er würde wetten, dass sie einen Arsch hatte, der für ein Spanking wie gemacht war.

„Es hat mich gefreut, euch alle kennenzulernen." Er nickte den anderen zu, erhob sich und kehrte zu den ruhigeren Gewässern der Männer zurück.

Grant saß auf einem Stuhl mit einem Baby auf dem Schoß und konnte nicht aufhören, zu lächeln. Jessica erlaubte ihm, Sophia zu halten, und sie war das hübscheste Baby, das er je gesehen hatte. Jessica hatte sogar gesagt, dass Sophia ihn mochte und dass sie nicht jeden mochte.

Das war die beste Party – sogar besser als letzte Woche, als Connor fünf Jahre alt geworden war und einen Geburtstagskuchen und Geschenke und alles hatte.

Partys waren cool. Er kannte die meisten anwesenden Erwachsenen, und die Leute, die ihm fremd waren, hatten seinen und Connors Namen gewusst. Wie der dunkelhaarige Mann namens Galen, der Nolan angerufen hatte, nachdem Grant und Connor von Großmutters Haus weggelaufen waren. Galen hatte geholfen, sodass Nolanman sie aufspüren konnte.

Und das hatte er.

Nolan stand an dem riesigen Grill – und Grant wollte helfen, aber ... im Moment wollte er einfach Sophia in seinen Armen halten.

„Ga-ba-da." Sophia trat mit ihren kleinen Füßen um sich. „Ga-ba-da."

Grant grinste, hielt einen Arm um sie gewickelt und hob mit dem anderen den fetten Ring mit den roten und gelben Schlüsseln hoch. Sie schnappte sich das Spielzeug und brachte ihn damit zum Lachen. „Was ist das?", fragte er sie.

„Ba-ba-ba."

„Schlüssel", sagte er gedehnt. „Schlüssel."

Sophia klapperte mit den Schlüsseln in der Luft und schlug ihm fast damit ins Gesicht.

„Vorsichtig. Sie ist immer recht enthusiastisch." Sophias Mama hatte blonde Haare. Beths Haare waren schöner mit all dem Rot, aber die Sonne ließ Jessicas Haare leuchten. Und Sophia hatte die gleiche Haarfarbe.

Lachen war neben Grants Stuhl zu hören, wo Connor mit Zane einen Ball hin und her rollte.

Bälle waren auch cool. „Wie lange noch, bis Sophia einen Ball rollen kann?"

Zanes Mama lachte. „Wahrscheinlich ein weiteres Jahr. Für dich wachsen Babys vielleicht nicht schnell genug, aber für Mütter sprießen sie jeden Tag gefühlt zehn Zentimeter in die Höhe."

Glaubte Beth, dass er und Connor schnell wuchsen? Gerade beobachtete sie ihn mit einem kleinen Lächeln auf den Lippen. Das machte sie oft, und es löste bei ihm immer ein Gefühl aus, das er nicht einordnen konnte. Freude? Jedoch war ihm genauso nach Weinen zumute, aber irgendwie auch nicht.

Connor stand auf und lehnte sich an den Oberschenkel der dunkelhaarigen Frau. Ihr Bauch war unfassbar groß und rund. Beth hatte gesagt, dass in Annes Bauch ein Baby heranwuchs.

„Du hast wirklich ein Baby da drin?", fragte Connor total verblüfft.

„Oh, und wie ich das habe." Ihr Lachen war fast so melodisch wie das von Beth. „Um genau zu sein, geht es da drin gerade rund, sodass du vielleicht einen Fuß spüren kannst." Sie nahm Connors Hand und legte sie auf ihren Bauch.

Connors Augen weiteten sich. „Das Baby hat mich *getreten*."

Neben Nolanman drehte sich der gruselige Typ um, der mit Anne gekommen war. Er hatte Connor gehört und kam nun zu ihnen. Er war beängstigend groß.

Mit jedem Schritt von dem Mann zogen sich Grants Augenbrauen näher zusammen. „Ist dieser Mann der Papa des Babys?" Er sah nicht so aus, als sollte er ein Papa sein.

„Jungs, das ist Ben." Der Mann platzierte seine Hand auf ihrer Schulter und Anne legte die Finger um seine. Jetzt, wo sie ihn in seiner Nähe hatte, wirkte ihr Ausdruck irgendwie sanfter und … schöner. „Ja, er ist der Papa. Wir werden schon bald eine dreiköpfige Familie sein."

„Das Beste, was mir je passiert ist", sagte Ben zu ihr, und wenn er grinste, wirkte er kein bisschen gruselig. „Hey, Jungs."

„Nolanman und Beff sind unsere Familie", machte Connor Ben klar. Seine Augenbrauen zogen sich zusammen. „Aber wir sind nicht in Beffs Bauch gewachsen."

Grant erstarrte. Bedeutete das, dass sie keine echte Familie waren?

Ben fuhr mit der Hand über Annes Haare und sagte zu Connor: „Familien entstehen auf unterschiedlichste Weise. Manchmal, weil Babys im Bauch wachsen. Manchmal, weil jemand auserwählt wird. Auserwählt für eine Familie, mit der man dann lebt und lacht. Wie eine Familie entsteht, ist egal."

Okay. Sie waren eine Familie. Grant entspannte sich und rieb sein Kinn an Sophias seidenweichem Haar. Begleitet von süßem Lachen warf sie die Schlüssel auf die Decke unter ihnen.

Connor nahm die Schlüssel und ein Kuscheltier in der Form einer Katze, das das Baby vor einer Weile von sich geworfen hatte. Sophia entschied sich für die Katze. Es würde sicher Spaß machen, eine Schwester zu haben. Wenn die Dinge so funktionierten, wie Ben sagte, konnte eine Familie größer werden, richtig?

Connor hielt ihr die Schlüssel hin und kicherte, als sie versuchte, sie auch zu greifen. „Ich mag Babys."

„Ich auch." Grant wog Sophia auf seinem Schoß, um ihr gurgelndes Lachen erneut zu hören. „Wir könnten uns ein Baby aussuchen. Wir sind große Jungs. Groß genug, um uns um eine kleine Schwester zu kümmern."

. . .

Nolan stand sprachlos hinter seinen beiden Jungs. Hatte er richtig gehört?

„Ja, ich möchte ein Baby." Connor streckte einen Finger nach Sophia aus und grinste, als sie sich mit einer winzigen Hand an ihn festklammerte. „Wenn wir uns ein Bett teilen, könnte sie im anderen schlafen."

„Richtig. Aber Mädchen spielen mit Puppen. Unsere Kisten sind voll mit Sachen für Jungs." Grant überlegte. „Nolanman würde uns helfen, neue Kisten zu bauen, aber haben wir Platz dafür?"

Connor runzelte die Stirn. Ein paar Sekunden später kroch ein süßes Lächeln über sein Gesicht. „Ich brauche meinen Kühlschrank nicht. Dort können Kisten hin."

Er brauchte den Kühlschrank nicht länger ... weil er keine Lebensmittel mehr horten musste. Nolan fühlte Beth neben sich und legte seinen Arm um sie.

„Okay. Dann suchen wir uns also ein Baby aus." Grant küsste Sophia auf den Kopf und sagte feierlich: „Und wir werden sie beschützen, wie es Nolanman mit uns tut."

Connor nickte. „Große Jungs beschützen Mädchen."

Nolan schaute nach unten und sah die Liebe in Beths sanften Augen. „Ja", flüsterte sie. „Genau das tun sie."

LESEPROBE

Die Master der Shadowlands: Buch 12

Für Freitagabend im Shadowlands hatte sich Uzuri ganz in Weiß gekleidet – ein Neckholder-Top, ein bauschiger Petticoat, der ihren Arsch kaum bedeckte, und schenkelhohe Netzstrümpfe. Ben, der Sicherheitsmann an der Tür, hatte ihren weißen Spitzen-Stilettos tatsächlich zugestimmt, und so musste sie zur Abwechslung mal nicht barfuß in den Club.

Sie hatte sich die Haare geflochten und sie zu einem griechischen Kranz auf ihrem Kopf geformt, der auch als Heiligenschein fungierte. Als sie Holt gesagt hatte, dass dies ihr Engeloutfit war, hatte ihr Freund laut gelacht. Der Blöddom. Was wusste der schon?

Andererseits war er vielleicht noch etwas mürrisch, weil sie ihm all diese Viagra- und Penisvergrößerungsprodukte abonniert hatte. Sie grinste.

Es war Zeit für ihre Schicht als Kellnerin. Sie ging zur Bar, tanzte ein paar Schritte zu dem Lied *Mirrors* von Natalia Kills und ließ über jeden abgetrennten Sessionbereich den Blick schweifen. Einer zeigte eine Domina, die ihren männlichen Sub auspeitschte; im nächsten war ein Sadist, der seinen Lieblingsmasochisten schlug. Saxon hatte die Spanking-Bank beansprucht. Er hatte riesige Hände, und die Frau, die an die Bank geschnallt war, schrie bei jedem Klaps.

Ein paar Mitglieder hatten sich um den nächsten Bereich versammelt, und Uzuri hielt an, um zu sehen, was sie so fasziniert hatte.

Oh. Die Drago-Cousins toppten zusammen. Uzuri konnte nicht widerstehen und blieb stehen, um zuzusehen. Wer würde das nicht?

Alyssa, eine brünette Sub, war an einen Bondage-Tisch gefesselt, während Alastair heißes Wachs über ihre nackten Brüste träufelte und Max verschiedene Vibratoren an ihrer Pussy benutzte.

Zwei Doms auf einmal. *„Du solltest es irgendwann mal versuchen."* Oh, Sally hätte die Idee niemals vorschlagen sollen. Uzuri hatte letzte Nacht von den Drago-Cousins geträumt und war mit klopfendem Herzen aufgewacht.

Obwohl die Session sie ein wenig verängstigte, war sie auch heiß. Okay, verdammt heiß. Vielleicht, weil Master Alastair einer *dieser* Doms war. Wie Master Marcus, der Anwalt war, zog sich Alastair gut an. Elegant und stilvoll. Er hatte sein Sakko und die Krawatte über einen Stuhl geworfen. Darunter trug er ein weißes Hemd, an dem er die Ärmel hochgekrempelt hatte. Seine Haut war ein paar Schattierungen dunkler als die von Uzuri, und er war … wunderschön.

Und Alastairs Beziehung zu seinem Cousin war wirklich erfrischend anzusehen. Die beiden waren ein tolles Team.

„Ich dachte, du magst Master Alastair nicht." Sally erschien neben ihr und schlang einen Arm um Uzuris Taille. „Wenn das allerdings stimmt, müsste ich deinen Geschmack in Frage stellen. Jede ungebundene Sub in diesem Club verehrt ihn."

„Natürlich tun sie das. Sieh ihn dir nur an." Männliche Perfektion. Ein paar Zentimeter über einen Meter achtzig, schlank mit definierten Muskeln und gemeißelten Gesichtszügen. Obwohl seine Augen im dunklen Clubraum der Farbe seiner Haut ähnelten, war seine Iris bei Tageslicht ein unheimlich schönes Grünbraun, die Augenform orientalisch angehaucht.

Seine tiefe Baritonstimme, die mit einem britischen Akzent daherkam, war einfach das Sahnehäubchen auf dem Kuchen.

„Ich mag die Art, wie er jetzt seine Haare trägt", bemerkte Sally.

„Ich auch." Vor einer Weile hatte er aufgehört, sich die Kopfhaut zu rasieren. Seine Haare waren also jetzt lang genug, um seine krausen Locken zu präsentieren. Ein perfekt geformter kurzer Bart umrahmte seine sinnlichen Lippen und bedeckte seinen Kiefer.

Wenn er nur kleiner wäre ... weit, weit unter einem Meter achtzig wäre gut. Sie konnte unmöglich mit einem Mann zusammen sein, der sie überragte.

„Habt ihr euch jemals ausgesprochen?" Sally warf ihr aus den Augenwinkeln einen fragenden Blick zu. „Ich meine, vor etwa einem Jahr hast du ihm vorgeworfen, dass er dich nur wegen deiner Hautfarbe will. Ich habe dich noch nie jemanden anschreien hören."

„Du hast Recht; ich war unhöflich. Und ... es war auch nicht wahr." Als Schuldgefühle die Oberhand erlangten, senkte Uzuri den Blick auf ihre Schuhe. „Er hat mich fasziniert, und ich wollte eine Session mit ihm spielen – obwohl er schrecklich groß ist –, aber nachdem er mich gefesselt hat, beugte er sich über mich, und ich bekam Angst. Ich geriet in Panik und konnte es nicht erklären, und er verstand nicht, was los war, da ich schließlich um die Session gebeten habe."

„Oh, wow." Sally runzelte die Stirn. „Aber dann ..."

„Danach verließ er für mehrere Monate die Stadt. Als er zurückkehrte und sehen wollte, ob wir zusammen herausfinden könnten, warum ich in Panik geraten bin, ging ich auf ihn los." Sie hätte sich entschuldigen sollen. Doch jedes Mal, wenn sie es sich vornahm, war sie wie ein Angsthase davongerannt. Was, wenn er noch wütend auf sie war?

„Oh. Du hast einen Dom angeschrien. In der Öffentlichkeit. Und hast ihn für etwas beschuldigt, was nicht wahr ist?" Sally schüttelte den Kopf. „Und jetzt ist er ein *Master*."

„Ich weiß." Master im Shadowlands durften fast alles tun, was sie wollten. Uzuris Stimmung hellte sich auf. „Zumindest bin ich keine Auszubildende mehr."

„Mmmhmm." Sally kicherte. „Kann ich zusehen, wenn du Master Z sagst, dass er nicht *wirklich* die Kontrolle über dich hat?"

Oh Gott ... Master Z betrachtete alle Subs – insbesondere die Auszubildenden – als seine Verantwortung. Dabei spielte es auch keine Rolle, wie lange es her war, dass sie das Programm verlassen hatten. „Du bist ein Gör, weißt du das?"

Sally schmunzelte. „Galen und Vance sagen mir das auch ständig. Wirklich merkwürdig." Ihr Blick kehrte zur Session zurück. „Wow."

Max und Alastair hatten die Intensität erhöht. Uzuri fühlte, wie sich der Neid in ihr erhob. Wie wäre es, zwei sehr erfahrenen, sehr behutsamen Doms ausgeliefert zu sein?

Mit einem sanften Lächeln tropfte Alastair heißes Wachs über die Brüste der Sub, während sein Cousin ihre Pussy neckte. Alyssa kam – schon wieder.

„Gott, sie sind gut." Sally fächelte sich Luft zu. „Also ... zurück zu meiner Frage: Hast du dich jemals bei Alastair entschuldigt?"

„Nein. Ich gehe ihm aus dem Weg." Seit diesem Abend mied sie sowohl ihn als auch seinen Cousin Max.

Max kam mit überschwänglichen Empfehlungen aus einem Club in Seattle und war nun seit einigen Monaten Mitglied des Shadowlands. Ob als Co-Top mit Alastair oder allein, er hatte sich als talentierter und mächtiger Dom erwiesen. Niemand war überrascht, als Master Z ihn für den Titel als Master vorgeschlagen hatte. Der Club hatte letzte Woche abgestimmt. Uzuri hatte für ihn gestimmt – so wie die meisten anderen Mitglieder.

Uzuri beobachtete, wie er Alyssa betörte und neckte. Wie bei

Alastair würde sie sich mehr zu Max hingezogen fühlen, wäre er ein Mann von durchschnittlicher Größe.

Nichts an ihm war durchschnittlich.

In einer schwarzen Jeans, passenden Stiefeln, einem schweren schwarzen Ledergürtel und einem engen ebenso farbenen T-Shirt war er einschüchternder als jeder andere Dom im Raum. Sein Bizeps erinnerte an Felsbrocken, und die Art und Weise, wie sich die Baumwolle über seine muskulöse Brust erstreckte, war beängstigend und hypnotisierend.

Er hatte sein schulterlanges braunes Haar mit einem Lederband zurückgebunden, was seinen quadratischen Kiefer und seine hohen Wangenknochen betonte. Seine Augen waren ein intensives Blau in seinem gebräunten Gesicht, seine Gesichtszüge wie gemeißelt. Wie Holt und Alastair war er atemberaubend gutaussehend. Der Unterschied zwischen ihnen war, dass Max' Gesichtsausdruck nur bedrohlich wirkte, bis ... er lächelte.

Sein Lächeln könnte wahrscheinlich eine Nonne dazu verlocken, mit ihm hinter dem Altar dreckige Dinge zu tun.

„Nun, ich denke, du solltest dich entschuldigen und dann eine Session mit beiden Doms spielen. Schließlich hast du Wachs auf deinen Schamhaaren überlebt. Wachs, das von den großen, bedrohlichen Drago-Doms auf deine Brüste getröpfelt wird, sollte deinen ganzen Monat versüßen, meinst du nicht auch?" Sally stieß sie mit der Schulter an und ging dann zurück zu ihren Mastern.

Wachs auf ihren Brüsten? Von Alastair, der über ihr stand? Alistair *und* Max?

Uzuri schlang die Arme um sich selbst und beobachtete, wie Max Alyssa zurück an den Rand der Klippe trieb. Jedes Mal, wenn er sich etwas zurücknahm, goss sein Cousin Wachs auf die Brüste der Sub, jedes Mal aus geringerer Höhe, was die Hitze erhöhte. Ein Dom teilte Schmerz aus, der andere Lust. Alyssa war schweißgebadet, bettelte und flehte.

Wie würde es sich anfühlen, in Alastairs grünbraune Augen zu schauen und zu betteln? Zu wissen, dass er die ganze Kontrolle hatte. Zu wissen, dass sie sich der gesamten Aufmerksamkeit von ihm sicher war, nicht nur von ihm, sondern auch von seinem ebenso beeindruckenden Cousin?

Als Uzuri spürte, wie sie feucht wurde, trat sie einen Schritt zurück und krachte dabei in jemanden hinein. Starke Hände packten ihre Arme, stützten sie und drehten sie herum.

Sie schaute in die silbergrauen Augen von Master Z, dem Besitzer des Shadowlands.

„Ganz ruhig, Kleine." Seine geschmeidige, tiefe Stimme linderte ihre Ängste und sie entspannte sich.

„Es tut mir leid, Sir", sagte sie.

„Es gibt nichts zu entschuldigen." Er schenkte ihr ein sanftes Lächeln, eine Hand nun auf ihrer Schulter. „Was hältst du von der Session?"

„Session?" Die Hitze brodelte immer noch in ihr, zusammen mit dem Wunsch, diejenige zu sein, die von den Doms aufmerksam beobachtet und in den Wahnsinn getrieben wurde. Nur war ihr auch bewusst, dass die beiden sie auf erschreckende Weise überragen würden. Sie wandte ihren Blick ab. „Ähm. Es ist interessant, und Wachs-Play ist nett, aber … ähm, ein Dreier ist nicht mein Ding."

Master Zs Augen verengten sich, sodass es ihr noch schwerer fiel, ihn zu deuten. „Ich verstehe", sagte er mit sanfter Stimme.

Er sieht zu viel, war alles, was sie denken konnte. Ihr Versuch, von ihm auf Abstand zu gehen, wurde von seiner Hand auf ihrer Schulter unterbunden. „Ich mache mich besser auf den Weg. Meine Schicht an der Bar beginnt gleich."

„Natürlich." Er ließ sie los.

Sie eilte davon und blickte nach ein paar Schritten über ihre Schulter. Sein Blick lag weiterhin auf der Session und er wirkte nachdenklicher denn je.

ÜBER DEN AUTOR

Autoren sagen oft, dass ihre Protagonisten mit ihnen argumentieren.

Dummerweise sind Cherise Sinclairs Helden allesamt Doms. Was bedeutet, dass sie keine Chance hat, jemals ein Argument für sich zu entscheiden.

Als USA-Today-Bestsellerautorin ist Cherise dafür bekannt, herzzerreißende Liebesromane mit hinreißenden Doms, amüsanten Dialogen und heißem Sex zu schreiben. BDSM, Leute. BDSM! Wer kann dazu schon ‚Nein‘ sagen?

Mit den Kindern aus dem Haus lebt Cherise mit ihrem geliebten Ehemann und ihren Katzen am pazifischen Nordwesten, wo nichts gemütlicher ist als ein regnerischer Tag, den sie damit verbringt, neue Bücher zu schreiben.

Rezensionen:

Ich hoffe, Dir hat das Buch gefallen! Ich würde mich freuen, wenn Du für die Fortsetzung von Nolan und Beth eine Rezension verfasst. Vielen Dank.